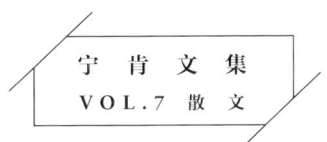

说吧，西藏

宁 肯

上海文艺出版社

目录 ———

序：我与新散文　　　　　　　001

第一辑　沉默的彼岸

天湖　　　　　　　　　　　002

藏歌　　　　　　　　　　　008

雪或太阳风　　　　　　　　015

一条河的两岸　　　　　　　019

喜马拉雅随笔　　　　　　　029

沉默的彼岸　　　　　　　　036

在一棵树中回忆　　　　　　063

第二辑　大师的慈悲

大师的慈悲　　　　　　　　068

神赐的静物　　　　　　　　074

西藏的色彩　　　　　　　　078

杀生戒　　　　　　　　　　081

藏北少女——致火柴　　　　083

拉萨之夜——致商略　　　　085

那沙，还是原来的沙么？
——观纪录片《无境》随想　088

回到拉萨　092

说吧，记忆——《蒙面之城》
2010年再版序　097

为什么不同
——《天·藏》创作谈　102

许多偶然，或潜移默化
——一本书的精神编码　105

第三辑　日记

西藏日记（1984—1986）　114

第四辑　对话

重现的时间　130

两年，在哲蚌寺下
——与林跃的若干次对话　132

流浪的魅力与真实的西藏

　　——对话李晓犁　　　　181

西藏往事——对话祝勇　　184

小说是小说家看世界的方式

　　——对话孙小宁　　　　215

存在与言说——对话王德领　226

慢的艺术——对话周志雄　　242

西藏：给了我超现实的感觉

　　——对话阿琪　　　　　253

在哲蚌寺，和贝多芬、李白一起

　　坐看黄昏——对话行李　266

后记：一个人的道路　　279

序：我与新散文

一

　　大约在 1997 年前后，《大家》设置了"新散文"栏目，一批新锐散文家先后在此登场，如张锐锋、于坚、祝勇、周晓枫、庞培、马莉，新散文写作受到关注。1998 年 3 月，我在这一栏目下发表了长篇系列散文《沉默的彼岸》，也被归为"新散文"名下。1999 年《散文选刊》（第三期）推出"新散文作品选"，入选者为庞培、于坚、张锐锋、宁肯和马莉，同期配发了阿琪语："作为一门古老手艺的革新分子，新散文的写作者们一开始就对传统散文的合法性产生了怀疑：它的主要是表意和抒情的功能、它对所谓意义深度的谄媚、它的整个生产过程及文本独立性的丧失，以及生产者全知全能的盲目自信等等，无不被放置在一种温和而不失严厉的目光的审视之下。之所以说他们的作品是新散文或他们已是新散文作家，无非是：一、他们的写作确实导致了一个与传统意义上的散文创作不同的结果；二、他们是分散的，甚至是互不相识的，对散文这一文体有各自独立的理解但同时又通过作品体现出美学追求方向的基本一致性；三、他们的作品都主要归结在《大家》'新散文'栏目名下。"

我认为大致说得不错，我要补充一点的是，这些人都是诗人或都有过不短时间写诗的经历。作为最早的怀疑者之一，我想我了解一点新散文写作者为什么对传统散文的不满。新散文写作是在没有理论先行，没有标举口号的情况下，从写作实践开始的。这一点有点像当年"朦胧诗"的发轫：从不满流行的艺术表现以及旧的意识形态系统开始。当然，新散文的姿态要比"朦胧诗"温和得多，但同时也更深入了人的感知系统，表达了更为直接也更复杂的经验世界，这一点毋庸置疑。

"新散文"写作者中，我熟悉的张锐锋的探索无疑是最自觉的，也最雄心勃勃。首先，张锐锋改变了传统散文短小的形式，使散文变成了一个庞然大物（张的散文一般有数万字，甚至十几万字）。张锐锋敞开了散文的空间，进而也敞开了散文作者的心灵空间。其次，与长度相关的是，散文表现什么在张锐锋的文本被提出来：散文不是一事一议，不是咏物抒怀，不是取向明确，题旨鲜明，不是形散而神不散，不是通过什么表达了什么的简单逻辑。散文要面对人类整个经验世界，表达的是一个人或一个生命面对现实与历史的心灵过程，是大体在一个框架内，表现心灵的细节与感知的绵延如缕的精神密度，每个语言细节都是流动的，具有动态的思辨的色彩与追究不舍的意义深度。

与张锐锋看起来完全不同的是，于坚的散文完全取消了散文的深度，让语言最大限度地进入日常生活经验。于坚看起来是表象的、罗列的、平视的，实际上在与张锐锋完全相反的方向上，消解了传统的散文（美文）的构成，从而确立了自己散文的民间独立话语姿态。周晓枫从语言的修辞意义上进入了新散文的表达，她的速度、敏捷、转身、智慧让人惊叹，"语言的狂欢"在周晓枫的文本中几乎近于一种舞蹈，是新散文写作意识体现出的一种最直接也最易看到的结果。这种结果背后的原因是，周晓枫完全不同于传统女性散文的心情文字，没有忧郁、顾影自怜，也决不抒情，甚至反抒情，有着某种黑色解构的味道，带有明显的智性捕捉事物的特征。

祝勇同样是一位有力的探索者，他的特点是把小说的结构、叙述以及文体互动引入了长篇散文的架构，其文本的结构叙事与历史本身的严酷叙事构成了相互对照与指涉，形式本身就具有强烈的当代知识分子面对历史甚至现实的个人姿态。

新散文在《大家》栏目上集中出现仅仅是一个标志性的事件，事实上之前新散文写作一直暗流涌动，只是不像诗歌与小说的先锋姿态那样引人注目。一个重要原因是新散文与生俱来处在一种无所不包的散文"大锅"之中，就像通常所说的，没有什么不能煮的，没有什么不可放入的。散文同时是精英的形式（学者散文或小说家散文）又是大众的形式（报纸副刊），因此也是观念最顽固、最可各执一词的形式。谁都能写散文，谁都可以插一脚，谁都可以不负责任。有的人立了很大的牌坊，如大散文、文化散文、学者散文，牌坊很大，成为所谓的大散文家，而更多非职业散文作者则像个过客，偶一为之，时有光顾，然后也会居高临下打着哈欠还品评两句：散文嘛，有什么可说的，不就是散文嘛，散文就是——哈欠，谁都可以打，无技术可言。这就是散文的真实处境，人们并不把散文当作一种富有创造性的文本经营。

在众声喧哗的散文"大锅"中，一批具有自觉意识的青年散文家埋头耕耘。事实上早在上世纪八十年代,先锋小说发轫之际,一些"怀疑者"就开始了散文文体与散文意识的革命,其中刘烨园是最重要的倡导者与实践者之一,其独立的思考、孤绝的锋芒与"大陆"般的思考密度,至今仍是新散文最重的"精神收藏"之一。到了九十年代中期,"新生代"散文家集体登场,向传统散文发难,标志性事件是《上升》与《蔚蓝色的天空》两个重要散文文本的问世。这两个文本并不著名,但十分重要,是不久鲜明提出的"新散文"概念的重要依据,事实上没有这两个文本就不可能有"新散文"概念的提出。苇岸、张锐锋、冯秋子、王开林等无疑是"新生代"散文主要的贡献者。已故的苇岸是"新生代"最早"由诗入散文"的写作者之一,是由诗歌革命引发散文革新的代表人物。苇岸散文的每个句子都受到诗歌的冶炼,每一个叙述单元都类似诗歌的单元——与传统的抒情"散文诗"毫无瓜葛。苇岸的散文是"极少主义"的智性与诗性的双重写作,是类似文学结晶的"舍利子"、"光明的豆粒"。《大地上的事情》五十小节被诗人朗诵、谈论,纪念,苇岸因此成为当代唯一受到诗人推崇的散文家。

二

像许多"新散文"作者一样,我也经历一个由诗歌到散文的过程。"朦胧诗"以来,诗歌以前所未有的丰富表现给文学以极大的冲击,先锋小说无疑受到诗歌的影响,表现十分活跃,倒是与诗歌相邻的散文既热闹又静悄悄,始终似乎没有惹人注目的文本变革。更多的有野心的人投入到诗歌与小说的实验中,散文似乎是一种无法实现野心的文体,甚至根本就不是一门独立的技艺,八十年代,太老的人与太多的过客哄抬着散文,让野心勃勃的人对散文不屑一顾。老实说在进入散文写作之前我也是抱着这种心态,但是一个偶然的机会改变了我。

1986年夏天,在西藏生活了两年的我回到北京,见到了散文家韩少华先生。当时韩少华先生正主持《散文世界》,约我写一些有关西藏的散文。那时我基本已停止了诗歌写作,正着手小说创作,对散文从未有过像对小说或诗一样想法。也不知道散文怎么写。韩少华先生的约稿让我陷入了茫然的沉思:散文,什么是散文?怎样写散文?西藏?像印象中游记那样的西藏?某年某月,什么因由,我到了哪里,见到了什么,有什么感受,表达什么人生哲理,等等?看了一些别人的散文,放下了,读不进去。我在想阅读散文的必要性:读者有什么必要读一个人什么时间何种因由到了哪里?即使你到了天堂,真正的读者有必要看你介绍的天堂吗?散文的关键是什么?诗歌的关键是什么?为什么诗歌能以最大的缺省直接切中语言的要害而散文不能?散文一定先要交代时间、地点、什么事、通过什么表达什么?还有,为什么小说可以不清不楚地从一个细节开始而散文不能?尤其像《喧哗与骚动》那样的小说,开始就是视觉与意识的活动,而散文为何不能?

那时我满脑子诗歌和小说。我有了一些诗歌和小说的准备,完全没有散文(传统)的准备。我难道不能像诗歌或小说那样写散文吗?我决定尝试一下,直接从视觉与意识入手,让自己进入某种非回忆的直接的在场的状态,取消过去时,永远是现在时。我接连写出了《天湖》《藏歌》《西藏的色彩》,洋洋万言,非常自由。我感到散文从未有过的自由,感到神散而形不散——完全是生命的过程。《天湖》《藏歌》连续发表在1987年《散文世界》第三、四期上,是我最初的两篇散文。

《天湖》一开始是这样的:

　　他们蹲在草地上开始用餐,举杯,吵吵嚷嚷……越过他们模糊的头顶,牛羊星罗棋布,还可以看见一两枚牧人的灰白帐篷。骑在马上的人站在荒寂的地平线上,像张幻影,一动不动,朝这边眺望。然后,就看见了那片蔚蓝的水域。很难想象,在西藏宁静到极点的崇山峻岭中,还隐藏着这样一个遥远童话世界。据说,当西藏高原隆起的远古,海水并没完全退去;在许多人迹罕至的雪山丛中,在高原的深处,还残留着海的身影,并且完整地保留着海的记忆,海的历史以及海的传说,只是这些传说只能到鸟儿的语言中去寻找了。

《藏歌》的开头也是这样:

寂静的原野是可以聆听的,唯其寂静才可聆听。一条弯曲的河流,同样是一支优美的歌,倘河上有成群的野鸽子,河水就会变成竖琴。牧场和村庄也一样,并不需风的传送,空气便会波动着某种遥远的、类似伴唱的和声。因为遥远,你听到的可能已是回声,你很可能弄错方向,特别当你一个人在旷野上……你走着,在陌生的旷野上。那些个白天和黑夜,那些个野湖和草坡,灌木丛像你一样荒凉,冰山反射出无数个太阳。你走着,或者在某个只生长石头的村子住下,两天,两年,这都有可能。有些人就是这样,他尽可以非常荒凉,但却永远不会感到孤独,因为他在聆听大自然的同时,他的生命已经无限扩展开去,从原野到原野,从河流到村庄。他看到许多石头,以及石头砌成的小窗——地堡一样的小窗。他住下来,他的心总是一半醒着,另一半睡着,每个夜晚都如此。这并非出于恐惧,仅仅出于习惯。

它们当然没引起任何反响,它们无声无息,就像散文"大锅"里的任何模糊不清的食物。那时散文要靠资历或庸常的大量的出镜才能引起一点注意。它不像小说是一种和人有距离的文体，八十年代，几部有分量的中短篇小说就可以让人刮目相看。小说不看资历，只认作品，所以新人层出不穷。尽管如此，1987年，我还是相当为自己不多的几篇散文写作感到骄傲：我对散文有了自己的认识。但是我不再写散文，种种原因，不久我甚至也离开了文学。

直到十一年之后，1998年，我再次从散文起步。在清音悠远、雪山映照的《阿姐鼓》的声乐中开始了《沉默的彼岸》的系列写作。我又回到十二年前《天湖》的起点。我自觉地向音乐在内心展开的视觉与意识对位，我与西藏同在。根本没有回忆、交代、说明，完全是在场、是共时、是翱翔。我感到无比的自由，因为我有着无比巨大的时空，我从天空任何一个出口或入口进出，就像出入西藏有着无数窗洞和小门的寺院。显然我没有，也不想走一条传统散文的路子。

三

诗歌有"诗到语言为止"一说，小说有"写什么并不重要，重要的是怎么写"的极言，这些都可以争论。但不可否认的是，当你在寻求一种新的表现形式时，事实上你也在寻求一种新的内容表达。甚至同一内容，不同的表述或换一种表述会产生不同的意义。词语，句子，段落都具有独立的审美意义，它们甚至并不依赖全篇的架构而独立存在。语言不仅是记事与传达思想的工具，也有着自己摇曳的姿态与可能性。我认为的散文应该是这样的：可以从任何一个词语或段落进入阅读，也可以在任何一个地方止步，这是我所理解的散文的语言。我理解的散文的语言不是传统的炼字炼意，字斟句酌，而是进入某种状态，抵达某种形式后内心寻找到的语言。就散文语言的切入与展开而言,我倾向两种方式:一、由视觉展开或伴随的意识活动;二、由意识活动引发的视觉推进。前者像一个长镜头,并且一镜到底,有设定好的某种现场的视角,同时不断展开内心活动或高度主观的画面呈现。后者则是散点透视,由意识活动引发的蒙太奇画面的切换,所有的事物,包括景象、事件都根据内心活动调动。《天湖》属于前者,《藏歌》属于后者,十年之后的《沉默的彼岸》《虚构的旅行》《一条河的两岸》,仍是这两种状态的叙述方式,只不过视角更加灵活,心态更趋平静。

我一再强调状态(在场)与视角,是因为这两个词在散文叙述中非常重要。先说状态,散文开头呈现出作者何种状态对散文十分重要,它必须首先是精神的、在场的,只有写作者写作之前进入了某种特定的内倾的状态才能把读者带入心灵在场的状态。换句话说,散文是一种现场的沉思与表达。散文应该像诗歌那样是现在时或共时的,而不是回忆的过去时。我认为优秀的诗歌和小说都是某种特定精神状态下的产物,创造性散文更应如此。与状态相关,必定有一个散文的视角问题。散文的视角事实上也应该像小说的视角那样受到限定,而不该是一个全能的外在于叙述的叙述者。某种意义,视角叙述即是角色叙述,这已经接近小说,但又不同于小说。两者的着眼点不同,散文的角色叙述的着眼点在于亲历与所思,但同时散文中的"我"又不完全等同作者的我,这一点倒很像诗歌中的"我"——诗歌中的"我"并不等同诗人自己。

散文的角色叙述应该特别提到后来的三位颇具风格的作者,他们是:刘亮程、马叙、安妮宝贝。刘亮程的散文之所以一度让人耳目一新,秘密就在于将乡村陌生化,而陌生化的本质就是角色叙述。也就是说,刘亮程对散文的叙述主体作了限定,那是一个扛着铁锹看上去无意义的盲目的刨地者,也即劳动者的叙述,人们透过这个被限定的同时也被抽象化了的劳动者的主观叙述，看到了完全不同的村庄：看到了牲口、劳动、土地，展现了一种形而下的被宿命规定的自得其乐与自我矮化，这个劳动者用一种比牲口还弱智的语言与牲口对话，以此解构了牲口的意义，更何况人的意义。刘亮程的散文是超现实的，却达到了前所未有的真实。

马叙的散文写的是小镇，就其视角的限定与观念意味，马叙毫不逊色刘亮程，甚至某种意义更加自然。马叙含而不露，因而也更接近日常经验，不像刘亮程姿态那样明显。马叙的散文看上去有流水账的"低智"特征，如《从东到西，四个集镇》《在异地》《1989年的杂货店》《在城镇，在居室》，局部看完全消解了散文的审美功能，整体看似乎也不具智性的落点。但马叙又是一个彻底的智性写作者，马叙的智性不来自词语审美或智性的捕捉、叙述的寓意。马叙完全是平面的、表象的甚至罗列的，但描述的一切又都被一种"目光"打量过，这种目光是低视的，看不远的，无态度的，多少有些像马的目光。这个"目光"很关键，有了这样的目光，这样的角色叙述，也就有了马叙的"小镇哲学"，正如刘亮程的"乡村哲学"，耐人寻味。有人说马叙是一个"趴着的写作者"，说出了马叙的意义。

安妮宝贝似乎从哪方面说都与刘亮程、马叙不同，前者有着巨大的商业标识，同时又为时尚的标识遮蔽，使人们难以辨认她的真正价值。毫无疑问，安妮宝贝的叙述是都市趣味，处于都市化的漩涡与前沿，有许多时尚的标识，要想陌生一个五光十色满目赝品的都市生活难度可以想象，但安妮宝贝却以"桀骜不驯的美丽"（吴过语）做到了。一本《蔷薇岛屿》集中展示了一种极端个性化的角色叙述，叙述者安妮宝贝时而用近似零距离的"我"，时而用远距离的"她"交替叙述了自己的"漂泊、独处与回忆"，意识跳跃、破碎，将一个都市女子的心灵角色惊人地展现出来，从而触到了都市的最敏感神经：物质、孤独、拒绝、拥有、疼痛以及它们的混合体，而这一切又都是安妮宝贝既时尚又独特表达的。刘亮程、马叙、安妮宝贝，三位散文作者梯级呈现了当下乡村、小镇、都市三个妙不可言不可多得的文本，是新散文地图极富个性的立体的贡献。

新散文写作者风格各异，创作理念、表现手段、艺术面貌各不相同，甚至相互对立，但新散文仍然有一致性，那就是把散文当作一种创造性的文本经营，而不仅仅是记事、抒情、传达思想的工具；在艺术表现上呈现出自觉的开放姿态，像诗歌和小说一样不排斥任何可能的表现手段与实验，并试图建立自己的艺术品位、前卫的姿态，使散文写作成为一个不逊色于诗歌和小说的富于挑战性的艺术活动。

第一辑

沉默的彼岸

天湖

他们蹲在草地上开始用餐，举杯，吵吵嚷嚷。风很大，吉普车停在一旁，两侧的车门都敞开着，听得见风穿车而过的呜呜的响声。他们吵吵嚷嚷。而远处，越过他们模糊的头顶，牛羊星罗棋布，还可以看见一两枚牧人的灰白帐篷。骑在马上的人站在荒寂的地平线上，像张幻影，一动不动，朝这边眺望。然后，就看见了那片蔚蓝的水域。很难想象，在西藏宁静到极点的崇山峻岭中，还隐藏着这样一个遥远的童话世界。据说，当西藏高原隆起的远古，海水并没完全退去；在许多人迹罕至的雪山丛中，在高原的深处，还残留着海的身影，并且完整地保留着海的记忆，海的历史以及海的传说，只是这些传说只能到鸟儿的语言中去寻找了。

现在，阳光远离我们落在湖上。湖水明媚，光滑，我们却掉进苍穹巨大而混乱的阴影里,整个湖盆草原都是这样。这里气候多变,天空密布着阴云,呈现出一派莫测高深的景象,弄得草原苍绿、深邃,有如大片夜色,一直伸展到湖边才豁然开朗,打开一个蓝色透明的世界。这湖光山色,纵非天上,已殊人间。他们高高举起酒杯,杯影与湖光重合,还有刀叉声——那么,那湖的光影里就是传说中的岛了?隐隐约约,似隐似现,有点像大堡礁。不,一点儿也不像。她一峰独秀,脱颖于湖心,并且还戴着一顶迷人的雪帽,并且还微笑着吗?他们吵吵嚷嚷,或者千年一笑也未可知。他们乒乒乓乓。最好还是别笑吧,如果孤独,就永远孤独,就醒着,读着太阳和满天的群星。

地上扔着腊肠,熏肉,酒,打开的罐头,撕剩的面包和留着齿痕的骨头。一把亮闪闪的藏刀。那个矮墩墩的家伙站起来,举着一架"尼康"一类的玩意儿给另外几个拍照,嘴里还咬着一根火红的香肠,他们都快活而且油腻地笑起来。司机却笑得勉强,他是个军人,酒量很大,表情坚定,不时瞥一眼空荡荡的吉普车,并且每次都把目光停留在我身上,我靠着吉普车不停地抽烟。

我决心已定,就是说我要不顾一切独自去湖边。那时候我可能因触犯众怒而被扔在这儿,不过我断定他们没这个胆量。倘若他们有的话,也不会放弃去湖边的打算而停在这里大吃大喝。当然了,也说不定。那也无所谓。不错,一"路"上车颠簸得太凶——沿着驮盐牦牛踩出的"路"开到这里,再也无法靠近湖边。下车步行呢?一是时间紧,当日还得返回;二是没这个必要。对了,没这个必要。这就是他们反对我的全部理由。如果大家伙儿把各自的满足与怯懦收集在一起,力量当然也貌似强大,再无动于衷的人也会感到孤单无助。这时候就特别需要酒量。好吧,把给我满上的那杯酒,我始终没过去喝的那一杯抓起来,干了!

扔下杯子,我径直朝湖边走去了。我知道他们都吃惊地盯着我的后背。我的背部感到了他们还没来得及商量的目光。我走得很快，有点儿像跑，后来竟真的跑起来。不管怎样，我应该快去快回，别叫他们过于难堪，尤其是别让司机——那个挺不错的军人太为难了。我多少有点儿紧张，但主要还是兴奋。一坨坨刺猬状的玛扎草或者叫别的什么草在我脚下咔咔作响，偶尔还能看见一朵暗红色的达玛花，开得并不鲜艳，但在此地也称得上鲜艳了，真像俗话说的"万绿丛中一点红"。你不用经意看她就会从老远的草丛里跳进你的眼睛，你还以为发现了一颗红宝石。活佛花开得就普遍了，随处都能看见那一顶顶钻出草头儿的黄帽子。至于点地梅、满天星，那已不是我现在的心情能留意到的了。那得细品，平心静气，屏住呼吸，才能联想到诸如星空、银河，或者童年摇篮曲什么的。总之那属于沉思默想，或半睡眠状态，我这状态不行。我心潮澎湃。我在奔跑。我心里只有一池湖水，只想着快一点儿，再快一点儿，直扑湖边。

我已深入草原腹地，视野越发寥廓，荒远，陌生。现在，当我头顶混乱的苍天，当我如此渺小地置身在如此浩瀚的大草原上，我才猛地感到地球确实是圆的，圆得使山脉都显得矮了下去，群山仿佛悄悄后退着，在地平线边缘下面不时地探头探脑，露出几许牙齿一样的银峰，就连海拔七千多米的念青唐古拉主峰在此地也不过才露出半个雪白的脑袋。当然，这里海拔也已近5000米。我猛然想起一件事，并且暗吃一惊：据说人在高原切忌奔跑，特别是在4500米以上，倘若奔跑或剧烈运动，就极容易突然昏厥，乃至暴死。多可怕的说法！事实证明这不过是吓唬人玩儿的。

当然了，我还是放慢了速度。

我小心谨慎但我无法使自己停下来。时间不多了。一条不宽的河拦住去路。尽管不宽也是条河。这该诅咒的同一条河已经是第三次出来和我作对，它那种流法成心跟你过不去，你不知道下一回它会打哪儿溜出来。河水清浅，冰凉刺骨，全是遥远冰川的雪水。岸边杂草丛生，有蜥蜴隐匿其间，要十分当心。不过躲开了蜥蜴，尾随的鱼群是无法摆脱的，你赶都赶不走，有些胆子大的还会在你的小腿肚上亲亲热热地咬上几口，那才叫你开心呢！

总算过了河。此时满目的湖水真叫人激动。这是最后的冲刺了，我又抑制不住地跑起来，隐隐欲裂的头痛又一次向我发出危险的信号。但我此时就像穿上了"红舞鞋"，想停也停不住。至今回想起来，那仍是我生命历程中的一个老大的谜。平时我很珍惜自己，注意饮食起居，冷暖适度，甚至留心自己的肤色、脉搏，哪怕有一点儿小小的不适就疑神疑鬼——当然那通常是在我比较无聊的时候。现在我完全推翻了平时的我，甚而置美妙的生命于不顾。不过话说回来，人的一生能有几次把自己径直交给上帝？什么也别想了……天湖在望，天湖伸手可及！

最初看到的湖岸上那顶灰白帐篷已立在眼前。一群面目不清、衣袍褴褛的孩子叉着两腿站在帐篷前，仿佛训练有素，整整齐齐站成一排，都用乌黑雪亮的眼睛看我。接着帐篷里面又钻出几个高大男人，动作迟缓而坚定，后面还跟着两个蓬着头、露着白白牙齿的女人；其中一个袍襟里还伸出一颗婴儿油亮的小脑袋，很像一只警觉的小松鼠。最后出来的是一个黝黑但面容干净的少女，忽闪着一双深邃的充满黑色梦幻的大眼睛，一副无所谓的表情。我想除了老人，倘若有老人的话，这个部落的人都出来了。他们所有人都目不转睛地看着我这个不速之客，这个奔跑的疯子，不知发生了什么事，好像就要采取一致行动。其实我同他们一样，又何尝不感到某种威胁！我尽量不看他们。当他们发现我并没什么恶意，并不对他们构成威胁，而且是朝湖边去的时候，他们开始窃窃私语，指指点点，后来竟嘻嘻哈哈嘲弄似的笑起来。自然我也随之轻松下来。我朝他们友好地挥挥手,那里爆发出一片兴高采烈的欢呼狂叫。

有趣的是一个男孩子居然反复模仿我挥手的姿势,其他孩子也竟相效仿,许多条手臂戏剧性地挥舞着,一时间草原洋溢着土风舞的味道,就差一点音乐了。不,音乐在天上!此时,太阳西垂,阳光正从湖上辉煌地赶来,草原沉浸在红色热情的气氛里。大群的水鸟从我和那些欢乐的孩子头顶上掠过,无数双翅膀让湖光山霭托浮着滑翔。没有声响。此刻才体会出地球也是无言的。但滑翔的鸟群里唱出了第一声欢叫,霎时间,天空布满鸟的语言,无色的却又多彩的传说漫天飞舞——终于,我一脚踏到了浩瀚的湖边!

这时飞翔着的传说变成了宇宙的歌咏,像《欢乐颂》,像贝多芬的交响乐戛然而止——我真想一头扎进湖水,扎得深深的,今朝今世再不回头——那里应是沉寂的又是喧哗的,冰冷的又是炽热的,无色的又是极度绚烂辉煌的——而只要超越那瞬间的迟疑,就会在那属于永恒的一瞬获得欢乐的永生!然而,就在这时候,泪水蒙住了眼睛……

也许……生命之泪也许谁都有过。

谁都有过的生命达到顶峰时潸然泪下的片刻。这时所觉出的疲劳也许是最感人至深的。那就默默地让泪水横流。老天在上,没人打搅你。那就回味你刚刚开始不久却已创痕斑斑的平生。而现在不过是一部宏伟交响的序曲,它结束了,在你二十六岁的时候……

此时,阳光已经熄逝,水色苍苍茫茫。湖水无言,我亦无言。那么,面对即刻降临的下一轮黑暗,我们再见了。

再见,纳木错。

我转身,朝着大面积的阴影,朝着艰辛的却责无旁贷的人生走回去。暮色浓重,我带来了夜,他们仍在等我。随后吉普车载着叫骂在草原上飞快地奔驰,仿佛为了拼命摆脱夜的追赶。我拿出备用的氧气袋子把导管插入鼻孔，在他们的声讨中昏然入睡。仿佛听到他们还在抱怨司机，好像要不是司机固执己见，他们非把我扔在纳木错湖不可。自然是气话。好了，回到拉萨我请客。

1987 年

藏歌

寂静的原野是可以聆听的,唯其寂静才可聆听。一条弯曲的河流,同样是一支优美的歌,倘河上有成群的野鸽子,河水就会变成竖琴。牧场和村庄也一样,并不需风的传送,空气中便会波动着某种遥远的、类似伴唱的和声。因为遥远,你听到的可能已是回声,你很可能弄错方向,特别当你一个人在旷野上。

即便荒野的石头,只要你愿意感觉,石头也会发出某种细致的铿锵声响,甚至如某个久远时代的歌唱。石器时代我们粗糙的手掌自然过于遥远,但歌声不从来就是遥远的吗?尤其在某些时刻,譬如黄昏,夜深人静。

某些时刻……你凝神谛听。

你走着,在陌生的旷野上。那些个白天和黑夜,那些个野湖和草坡,灌木丛像你一样荒凉,冰山反射出无数个太阳。你走着,或者在某个只生长石头的村子住下,两天,两年,这都有可能。有些人就是这样,他尽可以非常荒凉,但却永远不会感到孤独,因为他在聆听大自然的同时,他的生命已经无限扩展开去,从原野到原野,从河流到村庄。他看到许多石头,以及石头砌成的小窗——地堡一样的小窗。他住下来,他的心总是一半醒着,另一半睡着,每个夜晚都如此。这并非出于恐惧,仅仅出于习惯。当有一天歌声不是从山坡上,而是从一孔突然打开的、并且近在咫尺的小窗里飘出,刹那间石破天惊,上苍也为之动容:

> 说说我吧
> 我的爱情是一重石头山
> 石头不动也不摇
>
> 说说你吧
> 你的爱情是山上雪
> 太阳一出就化了
>
> 说说我吧
> 我的爱情是河底石
> 磐石永远冲不走
>
> 说说你吧
> 你的爱情是河里鱼
> 河水一冲就溜走

说说我吧……

哀怨，也轻松，但是怎样的轻松……藏歌从苦难极深处升华而起，竟从不过分沉重；然而聆听者却一任发呆，魂系天外。爱情，欢乐，死亡，生命的诞生，往复升腾，万古不落的主题，平静如同草木的诉说。这里从不因为死亡或遗弃，新的婴儿就不呱呱坠地，就不啼破异常寒冷的早晨。只有藏歌才能将苦难和苦难的记忆化为抒情，少女一旦成为母亲，歌声就不再是呜咽着，不再酿成出神的泪水；歌声就会化为饱满的乳汁，化为石头底下涌动而出的叮咚的泉水；歌声就是圣母、月光、摇篮曲。如果天上真有音乐，那一定是藏歌。只要隐秘的山村拥有那么一小片天空，天空就会在某些非常宁静的时刻突然颤动起来，因为夜色升起，只好秘而不宣，有时候还会划过一两颗雪亮的流星。

即便山上的寺院，也常常使天空失去平静。那音乐似乎本属于昏暗的阳光难以窥入的神祇殿堂，而殿堂自然就是非人世的空间。但那些红袍加身的孩子是关不住的，特别是他们的心灵关不住，一有机会或不由自主，歌声就会脱出喉咙。因而他站在倾斜扶摇的顶台上。他的下面是浩瀚而白色的寺院群，寺院群顺着山势铺陈开去，白森森错落纷繁，犹如自山体开凿出的巨型浮雕，又像白垩纪留下的冰川残片，有着无数小而深邃的窗洞，像蜂房一样。他只要伸一下手就可裁一片云，摘一颗星。当他超离一切之上的童声划破沉寂的夜空，不似天籁，胜似天籁。

于是，有一天忽然就到了燃灯节，一个属于那个圣者的节日。山村的每一孔石头小窗都燃起了长明灯。天与地在这一天密不可分，融为一体。点点的灯光，点点的星。那个圣者许多年前死去了，他留下了不可动摇的信仰和传说。他又如期而至了。长明灯就是他的眸子，他的星。家家都期待着什么，都静得出奇，而你也似乎感到某种东西就要降临。

那么，走出谜一样的村子，再穿过一大片无人问津的黑暗，那时你看到了什么？山上，寺院灯火辉煌。后面夜色由浅入深，深的是山体，是比夜色还浓重的巨幅黑影。正是在这高深莫测的黑影里，寺院燃起了数千盏长明灯。灯火流畅而宁静，分明呈现出一幅玄奥的几何图形，极空灵，极神秘，莫非是那位先圣的心灵已经显现？这岂止让人震撼而已！图案上空，但见桑烟——一种为敬神而燃起的桑烟，缕缕轻扬，像一条条飘带，又像一只只手臂，并且在不停地摆动，冉冉上升，以致整个寺院群也要超拔而去了。那么，你是个无神论者吗？在这庄严的图案前你会望而却步吗？

你站在积雪很厚的山顶上，夜风瞬间使你汗湿的脊背变得冰凉。你骄傲，为了终于超越于寺院之上。静观默立良久，你顶着一钩弯月从山顶下来，一个人，你从来就是一个人，当你渐渐步入迷宫似的寺院，那些寄养在寺里的狗从无数个角落奔出，朝你狂吠，你没有丝毫畏惧。你见得多了，在八廓，在扎什伦布，在雍布拉康和昌珠你都遇到过这情景。在帕里也是这样。可今天这日子怎么了？听不见一声狗叫。你反而毛骨悚然。你来探寻什么？你像异教徒一样，或者压根你就不知道什么是信仰，你闯入这神秘的禁地干什么？你怀着鬼神也难以理解的原始冲动吗？你睁着一双困兽般的眼睛，既蛮横又惶恐——这就是你，一个在圣殿之下想入非非的人吗？你试探着深一脚浅一脚地向前摸索着，灯光闪烁，已经闻到桑烟潮湿的发苦的香味。

高墙。深巷。你摸索前行。像液体一样的黑暗从你脚下汹涌上来，刚好把你严严实实地淹没。没顶之灾！你哐的一声跌倒在柔软的石阶上，你的手触到一个毛茸茸的家伙，那家伙好像早有准备，只是轻轻蠕动了一下，居然一声不响地轻轻靠在你身上，就像兄弟那样。你觉得简直太荒谬了,可你分明感到了一丝温暖,并且甚至差不多想要流点眼泪什么的。你们一同向上仰望。上面,天光熹微,寺顶人影幢幢,似乎不时还可以看见从天上伸下一条条手臂,动作很慢,像玩一种叠手操,时散时聚。好像还可以看到一张张俯视的面影,映着微光,轮廓十分清晰。但是看不出表情,连五官也没有。或者整个看去是在微笑?是的,不错,这是一掬没有五官的微笑,甚至想象中的笑。如果上面是人间,那么你是什么?你和一个毛茸茸的家伙靠在一起。如果上面是天堂,你是什么?人间?不,仅仅是生命,或者根本从来就没有人间?或者正因为天堂的存在你才长期被视为非人?在神的史册里没有中间状态。你进不了天堂,又不可教化,这才糟透了。所以你只能和你的兄弟——尽管你不承认它是你的兄弟——蹲在潮湿的深渊里,那么,或许你只能形同困兽才多少有一点力量?你的兄弟从不指望进天堂,因此也就没有地狱可言,甚至也没有反抗。

潮湿,像大雾一样的潮湿,但你差不多已是石头,绝不会发霉,这一点倒是你最不必担心的,那就来支烟抽抽。然而就在我划火点烟的当口,我的兄弟倏然消失了,它一声不吱悄悄离开了我。我们不是兄弟,我们是兄弟,谁知道呢?这世上真的有所谓兄弟?

这当然……或许只是个……梦魇。

不过,无论如何,你该感谢那个孩子。你最终能走出这场"梦魇"或"黑森森",多半有赖于那个孩子好像呼喊似的歌声。你吸着烟,一支接一支,那时桑烟已落,代之而起的是你抽的烟。你的兄弟不喜欢你抽烟,但是谁要它喜欢!一支烟让你感觉回到人类,你不再有恐惧,一切都如幻觉般地正在消失。当那些手臂、面影、微笑纷纷退去,寺上寺下都只剩下一个人,一个抽烟的人和一个孩子。

孩子是守夜人,我觉得我也是。

孩子走走停停，影子晃来晃去，哪一盏长明灯给风吹灭了，他就把它重新点燃。跳荡的火苗的光亮舔着他的红袍子，也舔着他光光的脑袋和像小姑娘一样的面庞。他不过十四五岁，在刚才众多的面影中显现不出来，但是现在不一样了。现在天已有点发亮了，你再没有了恐惧，你甚至觉得男孩像某个童话，像《卖火柴的小女孩》，他没有表情，平静而安详。他有着多大的舞台呀，怎么可能那么平静？事实上很快我就看到他调皮起来。他蹦蹦跳跳，竟忽然哼唱起来了，一点儿不错，他还是童声！真的，就连他的歌声也像小姑娘的歌声，甚至冬天的歌声！开始是低声的，后来禁不住放开了喉咙。他望着灯火，手里扬着火把跳着，点燃着并不需要点燃的灯，几乎像一种舞蹈。那歌就那么两三句，头两句像山谷的号子，扬起，然后是休止，一声轻叹：

咿呀——

咿哟——哟——

岂止悠扬！那轻叹的拖腔以黎明为背景，拖得你浑身释然，仿佛飘飘离地，冉冉升起，身飞九重，更难说灵魂寄往何方。不过别担心，灵魂马上还你，当绵长拖腔的尾音行将消失，一个短暂的休止、一个片刻的静默之后，第一句重复性的主题早已喷薄欲出，划破黎明的天空，霎时间你觉得天开地裂，以致整个风烛残年的寺院都像是在松动、崩裂、坍塌，发出"咔嚓咔嚓"的响声，只怕要落你身灰尘了，快走……

天已完全放亮，孩子像天幕上的剪影，灯还亮着。

你转身离去，像解脱之后得到某种启示。"某种启示"，你这样想着，站在村边上。早晨格外宁静，村子升起缕缕炊烟。你想你要走了，你要到冈底斯去，而你的目的地是喜马拉雅。你要再次拜谒那条世界上最年轻的山脉,最年轻的牧场,你要找到那支歌的源头。走吧,你说,不要怕渺茫和寂寞,即使没有驼铃你也是骆驼。

1987年

雪或太阳风

有三场雪突如其来,让我顿生美感。那是恐怖的美、恍惚的美和幻觉的美。特别是后者,令我至今对它的直觉意识仍保持得清晰、完整,每一根毛孔都张开着。

圣丕乌孜雪山巍峨、高峻,以致我们的石头房子一天中要有很长一段时间落入它的阴影中。就是在那所简易昏暗的石头房子里,那天我大睡了一夜,直至第二天上午十点仍然未醒。"宁,还睡呢!"又是他在喊我,不用睁眼就知是他。那个三十六岁人的嗓音我熟悉得不能再熟悉了,甚至于他如此粗野、兴奋的喊声非但不能使我略有惊吓,还常常不能把我唤醒。他比我大十岁,倘若抛开云南那十年,我们应是同龄人。他喜欢早起,我喜欢晚睡,他喜欢上两节课而我通常总是三四节,有时我还要把课排到下午。我们住一个宿舍,可谓同室操戈。

"宁,下雪了嘿!"

我并非没有感觉,只是这感觉并非来自于雪,而是来自于大敞亮开的门。通常只要他下课回来,不管我是否还在酣睡,他总要把门大开着,放一放浊气,同时把我们养的一只西藏独有的卷毛狗放出去飞跑。他知道我不在乎敞开门。

"胡子,胡子。"

他在叫我们的狗。我已无法再睡,这才把睡了十二个钟头的眼睛开,这一刹那,上帝,我看到了什么?

房间昏暗。石门洞开,像一画框。外面一孔银白的世界。骄阳斜射,大雪纷飞,雪与光弥漫飞舞、铺天盖地,像白云发生了雪崩。呼啦啦,雪光倒卷入门,像飘舞的绸带一直铺陈到我的床前!我只穿了一件薄薄的秋衣,呆呆地坐在床上,两条腿还在被子中。我一动没动,一任雪光铺陈到我的脸颊和胸前。雪把阳光带进了屋内,带到了我的眉梢上。梦里正下着雪,醒来依然是梦,莫非我坐在一个童话的世界里?我惊奇,专注,眼睛一眨不眨,仿佛一个醒后的婴儿,没有思想,没有欲望,只有惊奇、惊奇、惊奇……

另一场雪。

无人区。西藏腹地。遥远的牙齿般的地平线是点点银亮的雪峰,旷野坦荡无边,寂寥,同样也是地球的腹地,停止了奔跑的野驴群,此刻正在五月的夕阳里产崽,远远望去,那一泡泡粉红色的生命像初雪陈于天边,柔软、晶莹、闪闪发光、纤毫毕现。谁这时放上一枪,如果地球不顷刻爆炸,整个宇宙也会有一场末日的混战,幸好人类还尚未染指于此。

幸好个把人来此也不过如出洞的鼠类,巴望一下就得赶快回洞,譬如我们这一群不速之客。我们的嘎斯六九吉普在湖盆草原上颠簸、摇晃,至少有三次险些翻盘,以致我们不得不弃车步行,却还是到不了湖边,这似乎已说明问题。天象难测,后来终于出现了我们所担心的那种局面。事实上,在远远的湖对岸,在对岸那一线矮矮的雪峰后面早已有小股云团冉冉升起,而现在已是伏兵四起。这还是我们所能看到的正前方,实际上同样的情形在我们背后也出现了,而且更险恶!

"宁,这天象可够恶的。"

"你还没瞧后头呢!"我说。

后面乱云飞渡,天网恢恢,原野一派肃杀之气。我们都有些慌,不停地朝天上张望,那样子就像几只小动物,而且是那种最常见的小动物,干脆说就是鼠。这时候天越来越低,大块大块的黑云像岛屿一样飘浮着,游动着,不住地碰撞,开而复合,而高原的日光由于受阻,以更强烈的张力从无数蛇形的云块缝隙中透射而下,形成万道光柱,直落地面。我们几乎是在浩瀚的光层中行走,在幽黑的光影中跋涉。天幕不住地晃动,草原便随着光怪陆离。明与暗瞬息万变,恍恍惚惚,惚惚恍恍,人这时已像鬼,忽明忽暗,忽蓝忽绿,眼球突出,面孔丑陋,互相看着都害怕。

跑,往哪里跑?逃,向何处逃?雪,劈头盖脸就砸了下来!

"宁,这下的是什么呀!"

我惊魂未定,伸出手来立刻就接了一捧。是雪,但就像冰雹,有黄豆大小,原来是雪粒子。雪粒下得急雨似的,难道要埋了我们不成?幸好还没打雷,若再打雷不活埋了也得给吓死。我们不是没有过这方面的体验,在哲蚌寺,在圣丕乌孜雪山上那类似古希腊的白色建筑群中,在它那高墙深巷只见一线天的石阶上,曾经一个晴天霹雳,雪粒子就砸下来。那时就像天罚,我一个跟头栽倒在石阶上。我想我肯定是触怒了什么,否则晴天霹雳,六月下雪又为了什么?这事至今还没闹明白。幸亏佛深似海,我听到了嘤嘤嗡嗡的诵经声,声音就在我的头顶上,在那高墙之上打开的窗洞里。我佛如来,宛若天籁——那又是另一场雪。

眼前虽然场景恢宏，却必须感谢我佛没有霹雳。

跑吧，跑出这块有雪的云，总不能坐以待毙。自然是往有阳光的地方跑，谁在此刻都会直觉地意识到这点。然而阳光越跑越暗，雪粒子倒越下越猛，以致我们最后竟把远处的阳光跑没了。原来我们只顾朝有阳光的地方跑，却不曾意识到这同时也是云跑的方向，云比人快，当然越跑越绝望，于是幡然醒悟，掉头朝相反的方向跑。果然不久就见到了一丝光亮，虽然朦胧如潜在水底，却也十分令人激动，因为毕竟看到了希望之光。

光线越亮，雪粒子仿佛下得越急，鼻子和脸被砸得生疼，脚下咔咔作响，齐脚背的浅草已完全为大雪覆盖，一派银白的世界。我们气喘吁吁，浑身焕发着热气。希望已确凿无疑地即将成为现实，我们干脆停住了脚步，四下张望。蓦地，一道骄阳斜刺里切入幽深的雪雾，仿佛把大雪腰斩了，我们的身体一半在雪中，一半在银灿刺眼的阳光中！这简直是一个奇观！

很快，一切都复归宁静。无论是暴雪，还是太阳风，都已追逐着离我们远去。我们呆呆地定在了大草原的腹地，一动不动。从此，我生命中再也无雪。即便有，也视而不见。

1992年

一条河的两岸

分水岭

一滴水融入大海，很像一个人出门远行。

一只岩羊或山顶上的豹子可以独自面对世界，一个人面对世界也是可能的。每一次对河流、草原、陌生山峰的超越，实际上也是对内心空间的超越。许多雪水、湖泊、小的分水岭已是过眼烟云。在高处，在喜马拉雅大的分水岭上，远眺两个方向的流域，寒烟高挂，雪水分流。人不能两次踏进同一条河，但这里人可以一次踏进两条河。用不着费力地选择，河流的任何一个方向都可能成为我的方向。

我漫无目的，非常年轻，二十六岁，在河岸上步履匆匆。因为一只鸟的虚无的弧线,我停住脚步,直到它一头扎进河里,弧线消失。一只鸟可以吸引我,一块云也同样如此。落日时分,我看见河上升起铅云,从山后升起的。我看到铅云翻卷出漂亮四射的金光,我弯曲的剪影被投在金色河上。波光粼粼,晚霞夕照,我逆光而行。逆光中的河流使我想到人与河的关系是一种古老的关系,是生生不息、生者与生者的关系,不是逝者与逝者的关系。

子在川上,想已是暮年。同样,我也不相信希腊人。

蓝色

想拥有一条河的两岸,就得经常渡河。一整天了,老人的牛皮舟像是专为等我。他没有什么乘客,笑着把我迎上船。这是冬天的河流,蓝,清,湍急,牛皮舟一到水上就横过来。老人撑舟,顺流而下,很准地在预定位置把我送上岸。我没任何事情,多次到过对岸,对岸总能吸引我。我不过就是走走,面对大山伫立,像没父亲的孩子,或压根就没父亲的概念。望着最初缓升的浅山和谷地,我想,那里一定藏着什么秘密,只是没有一次我能揭示这秘密。

蓝色河水冲击着白卵石,夏季这些卵石是河底的一部分,冬天它们构成岸。阳光似火,卵石光芒万丈,每一颗卵石都像一个太阳。成堆的太阳在河滩上,你就能想象河是多么的蓝。深蓝,冰冷的蓝,完全不为太阳所动。河之冰蓝令每颗卵石更加耀眼,连鸟的飞翔都让你感到晃眼,你真想遁入水中,在那深蓝的玻璃体中,永远不再出世,就像抱着一个蓝色女人。可我只能在太阳中行走,我生为太阳照耀,我是旅人。

我来到沙地上,沿低缓的浅山上升,仰望屏壁般的大山。山顶终年积雪。我于是想,山是凭空而来的吗?我是凭空出现的吗?是山走到了水边,还是水到了山前?山是大地的旅人,永远绵延。山很累,又要出发。事实上,水又何尝不是如此?

牧人走向大海

一次我在拉萨河曲水大桥渡过雅江。曲水有点特殊,拉萨河在此汇入雅鲁藏布江。河口扇面打开,滩涂盛大,气象恢宏,流域内无数马蹄形的沙洲像无数马蹄的梦。这里同时还是青藏高原三大山系交汇处,它们是冈底斯山脉、喜马拉雅山脉(分列于雅鲁藏布江两岸),以及北部赶来的念青唐古拉山余脉。这里江河相遇,群峰苍翠,湖泊逼近天际,因此,据说这里埋藏着解开神秘高原隆起之谜的金钥匙。岗巴拉山危入云端,是群山主峰,它被三大山系簇拥,向上抬升,举杯,那杯中酒是高山之湖——羊卓雍。羊湖一鉴到底,与天相接,酒已经不能举得再高。

我旋山,进入雾海,又透出云层,到了岗巴拉山顶。我与山峰一同立于云层之上,一种遗世独立之感,使我看到西藏更加广阔的天空。羊湖碧蓝,像海,伴有潮汐,据说是当年高原对古海神奇的挽留。高原依然有海,牧人骑在马上,走向大海。黑牦牛白羊群在岸上星罗棋布,像永恒的棋局,而牧人如旷世隐逸的高手,终日行云流水。某一时刻,与牧人的目光相遇,你会突然感到被仿佛浩瀚的水面收去,感到一种提升,飘荡,体轻如燕,几乎可以健步如飞。

空船

我进入冬天的山谷,我在风中行走,我看到了荒草,牛粪墙,浑黄的村落,屋宇上飘扬的经幡。如果不是经幡,以及那些风马旗,浑黄的村落就无法分辨，正如无法辨认沙漠中的巨蜥。经幡在自然界表明了人的存在，同时也是神的存在。人在这儿是一种多么可怜的存在。我不可能再翻越另一道山，进入另一重谷，那需要很多时间。那里仍可能有村落，但不是我所能理解的村落。而且，老人还在等我。

老人本可以先回对岸，也许他还有别的乘客，但他固执地等。他挣五毛钱，来回一块，戴着旧毡帽，皱纹和笑容给我留下阳光如刀的印象。阳光在山脉刻下了什么，也在他脸上刻下了。五毛钱，空船回来，一个人横舟，是他的一生。这一次他不会空船，我们说好了。老人憨笑，如岩石的笑，使我心里布满裂纹，纹底充满阳光。

冬天

冬天，依然温暖，阳光强烈，但植物还是回到了土地。冬天漫长，天空简明，自然界安静。一场雪降临，两三天融化。河岸上残雪点点。残雪聚集着阳光，燃烧自己，也点燃了阳光。

我在远处或水上看到这些白色的火焰，但当我走近时，它们已变成水汽，一缕缕青烟，被天空吸尽。

音乐悬崖

布达拉宫波动在水上更像一种幻觉。从环形街望过去，水和音乐是这座白色城市的主题，城市每天从水中升起，就像太阳一样。在一种梦想的高度上，水面是倾斜的，因此无论从哪个角度看去，布达拉宫都最先从水面升起，渐渐露出它的尖顶，然后才是寺院众多的红色的钟声。排窗是布达拉宫最富迷幻的音乐部分，而白墙像雪，非常净，看上去无比辽阔，构成了像高原的背景色。这时整个看去,布达拉宫像一架管风琴被置放于世界屋脊的水中,风穿过红色和白色窗洞时发出高原向世界的奏鸣。布达拉宫是世界建筑的悬崖,就其对天空的想象力而言,她绝无仅有。哥特建筑无法与其争锋,希腊神庙看上去像一些简单的布局。或许只有金字塔像钟声敲响时,仿佛可以想见布达拉宫的身影。

那时太阳也正在布达拉宫金顶奏鸣。

那时高原上升,万道金光从河上,从布达拉宫金顶直抵我睡眠的石头房子,与此同时微尘与圣音也同时抵达。那时天空透亮如蝉翼,并像蝉翼一样灵敏。而谁在蝉翼上颤动?谁在颤动中醒来?

我的生活

拉萨河流经郊外时展现出平沙、沼泽与田园的景致。学校依山傍水,毗邻白色的寺院。我在学校拥有一份教职,我的石头房子是岸上不多的建筑之一。学校后面的山坡上,我还拥有一小片冬天的树林。

我说拥有,是因为每天我从操场穿过时,都要看到墙外那片山坡上的树林,想不看都不行。操场是倾斜的,是山坡向下的延伸。我喜欢那片冬天的树林,喜欢它闪光的落叶、道路,这使我的生活带有明快色彩和冬天的静谧。学校建筑与寺院建筑具有同样神圣的性质,经声与读书声相闻,一点儿也不相扰。

十一月的燃灯节,四月的沙噶达瓦节,我的学生布满转经路上。我也会去,他们叫我去。他们带着酥油、香草、酸奶、甜食,穿上漂亮的衣服,嘻嘻哈哈,有说有笑。我被他们簇拥,像外来的传教士,被另一种宗教场景和热情鼓舞。德清卓嘎拿着一条经文向我大声朗读,先用藏文念了一遍,然后翻译过来:人要学习才有希望,才能过上好日子。我真假难辨，他们大笑。他们是善意的。

春天让人生动，发笑。

春天

穿过早晨还在睡眠的山村，进入树林，我有一种强烈的感觉，我的体内也有一片树林。我感到体内叶脉的呼吸，飞鸟的欢叫，大地的催促。春天阳光猛烈，当融雪之水从山体跌落，构成哈达一样的季节性瀑布，我对沉默了一冬的山脉有了一种生动的把握。我记录声音，倾听鸟鸣，描写雪水以及雪水漫过树林的寂静和光亮，表达这个季节的声音、光线和色彩。当我觉得还不可能的时候，树林一夜之间披上绿装。

自然界充满了节奏、悬念和突变，再没有比积蓄了一冬的春天更让人感到自然界和我们身体的速度了。

春天短暂，迷幻，花朵开放。我甚至见过山洞里的花朵，那些花阴湿，奇静，叶片很薄，红色花萼，阳光只有极短时间的照耀，甚至达不到花朵的位置，但它们开放。花期很长，一动不动，手碰一碰，就会有水从根部浸出，像泪水。非常细小的水源拖着流沙从洞口细细地流出，汇入谷中溪水。银沙培育了草坪，一种真正上好的草坪。任何地方都不会有如此细密的草坪。草坪、溪水成为人们转经之后的乐园，人，自然，宗教，交织并融为一体。

大边巴

大边巴脸上有块疤，据说生下来就有。疤痕的图案十分奇特，很像耳朵错位后印在了颧骨上，并且扯动了她的下眼皮，顾盼时眼白闪烁。此外大边巴脸很长，是个比别人都高瘦的女孩儿，说笑时神气活现，一点儿也不觉得自己有什么不同。有一阵子大边巴好几天没来。她母亲死了。人们满面神秘，毫无恐惧，窃窃私语，把有关情况告诉了我。

我觉得难以置信。他们说大边巴母亲死后第二天给家里来了通知，说她要在第五天黄昏回家，走什么路线，从谁家门前经过，说得一清二楚。她要人们回避，别冲撞了她，否则她难以生还。规矩人们都懂，当然还要强调一下。那天街上十分安静，大边巴母亲如期而至，借助阴影，一帆风顺回到家中。她从绘有莲花和白象的柜子里取出一只手镯，擦拭干净，交给大边巴；与家人共进了晚餐，还说了会儿话，喝了新打的酥油茶，然后，披上一条哈达，笑着从原路返回。中间没出什么岔子，一切都在安静气氛中进行，不许大声说话，不能碰掉杯子、碗、筷子，邻居被告知收起夜晚饮酒的喧哗。

这不可能，我说。

格吉同我大声争辩，说她亲眼看见大边巴母亲回来的身影，黑衣，包着平时的绿头巾。德清和阿努也说看到了同样的情景。都说看到了，就是我没看到。大边巴又上学来了，看上去没什么变化，手上真的多了一只手镯。她们举着她的手腕让我看，大边巴不住点头，证实她们所说一点儿不假。有一刻，我认为我在大边巴眼里看到了那个黑衣的女人。我见过那女人，去过她家家访，我能想象出她一身黑衣的笑容。

一条河的两岸

我想得到大边巴母亲这件事的解释。但是很难解释，很多事物一解释就奇异地消失了。问题也许在于使用什么样的语言解释，不同的语言有不同的世界，世界存在于语言当中。事情发生了，或者没发生，两种语言无法争论，而我身陷两种语言之中。

什么是真实的发生？真实的边缘或界限在哪儿？比如我相信一张桌子存在，是因为它不仅可视还可触摸，在三度空间内我们证明它存在的手段可以很多，甚至可以多到无限，但我们是否从心灵的角度证实过桌子的存在？这可笑吗？我们从来也不使用这种看似可笑的方法，因为我们生活的空间是有限的。

高原民族的心灵空间是无限的，他们从不相信死亡这件事，生命对他们而言，是一条河的两岸，有舟楫相送，就像河边老人所做的，人们可以过来过去。生死没有明显的界线，中间只是一条河。他们相信并能看见（内视）灵魂的存在。他们说，人要穿衣，灵魂也有衣服，肉体就是灵魂的外衣；灵魂并不总在肉体中，就像晚上人要脱衣睡觉，灵魂也常要离体而去——梦就是灵魂对肉体的暂时游离。假如肉体不堪使用，像穿破的衣服一样，灵魂也会将它丢弃。如果肉体突然不堪使用，比如得了暴病，灵魂就会变成游魂，要四处游荡一段时间。

如果有什么事未了，灵魂还会借助原来的肉体返回家中，将事办妥，与家人告别。我常常被告诫，在旷野、山谷、废墟或无人居住的建筑物中，切不可大声喧哗，因为那里通常是游魂的栖息地。

游魂最怕惊吓，一旦被惊吓，就会变成水中的饿鬼，再无法上岸，那才是真正的死亡。这是一种解释，或者一种语言，他们世代生活在这种语言当中。除此之外，他们与我没有什么不同，他们像我们一样生活，开玩笑，饮酒，热爱生命，为前程打算，只是他们认为没有死亡。他们多了一维空间，而我们认为那是不存在的空间，或者一种心理空间。但手镯是怎么回事呢？我不知道。

德拉

那件事过去了，一切如常，没有什么不同，手镯戴在大边巴手上，永远不会丢失。我教育他们，传授知识，也常被他们取笑。没有绝对的谁改变谁，只是一种双向的丰富。世界美好。

我在门前开有一小片菜地，自己种菜吃。当我的油菜刚有了点儿模样，一夜之间它少了近一半。德拉偷了我的菜，该死的德拉，她拿去招待她那些不知哪来的胡乱朋友。德拉主动告诉我是她偷的，要我不要瞎怀疑别人，不会有别人，她说。我们没什么交道，甚至依然是陌生的。我来到这所学校并没引起她的注意。她拿出钱。我说钱就算了，你怎么能对那些还未长成的菜苗儿下手呢？德拉说，老了还怎么吃？就是嫩着才吃呀。我说，德拉，你不是藏族，你就是汉族，什么都吃。德拉说，汉族就汉族，你不也是汉族嘛，别没事老装我们藏族。德拉说不上是汉族还是藏族，她的汉族名字叫沈军，藏族名字叫德吉拉姆，简称德拉。她的父亲是藏族，母亲是汉族，这在拉萨十分少见。她母亲是英语教师，毕业于北京外国语学院。她认为我是个有点儿可笑的人，管我叫陶渊明，很不尊重陶渊明。她闯进我的文字完全是出于我对她的气愤，我写到那片菜地不能不提到她。我的菜地被她毁了，还搭上一个古代的诗人。

纪念币

我来到渡口，老人看出我有一段时间没来了。他的皱纹没什么变化，笑的时候还是那样深刻。上帝的刻刀已不可能再给他增减什么，他已经完成或接近完成，而我还差得远，太远了，我年轻外露，在德拉看来我还是个可笑的模仿诗人生活的人，想起她来我就切齿。下船时我给了老人一枚银元大小的硬币，那是一枚纪念西藏自治区成立二十周年的纪念币，上面刻有布达拉宫的银色图案。老人握着硬币一直在岸上等我，我返回时他仍攥着硬币。老人张开手要把硬币还给我，我摆手，示意那是他应得的。老人可能真把它当银元了，他觉得承受不起。我无法形容老人当时对我还是对上帝的那种神情，那是用皱纹和不畏阳光的眼睛表达出的并非简单感恩的复杂神情。我认为也应该为老人铸一枚纪念币，或者，在布达拉宫图案背面刻上老人的头像，作为一种古老人类的象征。

  我要继续我的旅程。至于德拉，我将专文写到我们之间纠缠不清的故事。在那个文本中，我会毫不掩饰对她的厌恶或喜欢。

2000 年

喜马拉雅随笔

天堂主要是由鸟构成

我看到他的时候,他的红氆氇已大部分为雪覆盖,雪挂在他的眉梢上,从不同角度看他是雕塑、雪,或沉思者。他的背后是倾斜的浩瀚如瀑的白色寺院,雪仿佛从那里源源涌出。他深居简出,每年的雪,是他走出的日子。他已走出寺院多时。寺院年代久远,曾盛极一时,它坍塌的历史像它的存在一样长久。现在,它存在于远胜过它的盛大的废墟之中,并与废墟一同退居为一种色调单纯的背景。不是历史背景,甚至不是时间背景。只是背景,正如山峰随时成为鸟的背景。寺院的语言曾昙花一现,湮没至今,无人破译。他在沉思那些语言吗?不,他与那些语言无关,与那些传说也无关。

他沉思的东西不涉及过去，或者也不指向未来。他因静止甚至使时间的钟摆停下来。他从不拥有时间，因此也获得了无限的时间。他坐在我曾经坐过的飞来石上。那本就是他一年一度的岩石。他面对山下面的雪，谷地，沉降的河流，草，沙洲，对岸应有的群山，山后或更远处的阳光——他在那所有的地方。我远远地注视着他。我的学生在更远一点的地方。他们在山脚戏雪，追逐，堆雪人，嬉闹声到我这里还稍有嘈杂，但我想，到他那里可能已变成天堂的鸟叫。别打扰他吧，让他听到鸟叫，这样的距离正是鸟的距离，据说天国主要是由鸟构成的。

雪已不能触及他

雪远没有止的意思，但我看见他身上的雪开始融化。他的红氆氇从大雪中渐渐脱离出来，雪同他保持着几乎是椭圆形的距离，我认为我看到了大雪纷飞的午夜中窗口与灯光的效果，我是说在整个雪中，他真实得近于梦幻。他像一团火焰，雪已经不能触及他。还有什么能触及他呢？

那一刻稍纵即逝

是，有时是挺无聊的，哪儿都一样，重复的日子无论在天堂还是地狱都不受欢迎。为什么人们喜欢雪？日子不再重复，一场雪是一次对世界和生命的更新。有人意识到，有人没有，而无论你意识还是没意识到，事实上你身体内部，特别是那些脆弱或不洁的部分，都在因雪而更新。智者在更新什么呢？我无法获得他那样大的境界，那样的空明，那样不在"场"的飞升，想雪就看到雪，想阳光就看到阳光，或同时看到阳光和雪。一场雪是不能覆盖整个高原的,就像阳光也不能做到这点。我们相遇过两次。我认为是两次,但也许就是一次,这一次。我曾与他并肩(请允许我这么说)站在寺院顶部延伸出的露台上,背后是广阔的废墟,我们将拉萨河谷尽收眼底。我们甚至眺望到了江水与长河在崇山峻岭中相遇的情景,毫无疑问,这是落日时分。我们目光深远,脸被夕阳映红。那时我们曾有过交谈,藏语与汉语的交谈,一种几乎不可能的交谈,但我们交谈着。他告诉我,我认为如此:他非本地人,他是蒙古人,早年从青海来到拉萨,哲蚌寺;他无法确定自己的年龄,因而也说不出入寺已多少年,时间对他从未存在过,时间有意义吗?他不需要时间。如果时间都没有意义,的确是一种伟大的境界,我从未想到这层。我们不可能谈论更多的东西,但我认为我们还是谈到了夕阳与河流,因为它正照耀着我们,充满了我们,让我们闪闪发亮,以致在某一刻我们看上去身体内燃,开始发光,浑身透明,我看到的他是这样,他看到的我也是这样,我们彼此映照。然后,我们倏忽暗下来。那一刻真是稍纵即逝。

自由的阅读

1984年8月,一个阳光透射的日子,我站在这所学校的大门口。我的目的地到了,这是一次比梦还遥远的行程,我很累,一脸时间和阳光的风尘。学校几乎是按寺院的传统,接纳我,为我提供了讲台、简单的教具和一间石头房子。我站在讲台上,或是在孩子们中间,我是被围绕的人,就像大树下的释迦,语调舒缓,富于启迪,我讲述语言、人类和诗歌。我渴望的生活开始了,并且理解了一种长途跋涉后的喜悦。我喜欢我的石头房子,喜欢它花岗岩拼贴的外表,喜欢阳光下它富含云母和石英的光亮。那时我很年轻,心胸开阔,喜欢阳光、蓝色河流,喜欢超现实时间和一切神秘事物，喜欢凝视天空、山脉、星云和暗物质，喜欢对内心长时间的关注。我阅读。除了讲述之外我大部分时间都是用来阅读的。我读鱼王，读灰色马、灰色的骑手，读有交叉小径的花园，读王维和米拉日巴，读四个四重奏、萨迦格言和雪莱，这时我的阅读是一种真正的阅读，一种没有时间概念、如入无人之境、与现实无关、自由的、梦幻般的阅读。阅读中的幻觉和幻觉中的阅读，使我仿佛生活在空中。事实上，多少年来我就没有一天接触过地面，我永远是那种离地三尺生活的人。

时间之箭

而且，我喜欢冬天。喜欢冬天的漫长，沉静，雪，潜在的生长。喜欢阳光直落树林的底部，这时树林灰白，明净，路径清晰，铅华已尽，像哲人晚年的随笔，只透露大地的山路和天空的远景。整个冬天，我的石头房子常常门户洞开，饱含阳光，这时我崇尚古典，听海顿、巴哈或天方夜谭，读博尔赫斯或加缪，与书中的时间交谈，写一些笔记，片段，不断地追问，使自己简洁，略去一切的多余。我相信，我所做的一切与雪中的智者本质上没有什么不同。我们不过是以不同的方式接近和抵达，我们同样感到了事物的核心，钟的秘密心脏。我们的分歧在于，他是时间的箭头，而我却常常需要返回。

旅行

这时候，唯有旅行。我渡河，一个人上路，越过夏季的雅鲁藏布江，翻越岗巴拉雪山，我看见了美丽的羊卓雍湖，看见湖盆草原上广阔的黑牦牛和白羊群，它们星罗棋布，没人牧放它们，只有黑白子的棋局，没有对局者。或者，这是一场天局？对局者在天上。谁是裁判？不，这里没有末日，因此从来也不存在末日的审判。我的旅行漫长，不计时间，没有目的，没人牧放我。

  我见到了著名的卡日拉冰川，看见印度板块与欧亚板块相撞错起的恢宏壮观的断面，一睹年楚河在太阳下明晃的烟波，看见英山的雄姿，白居寺十万佛塔的盛大。我到了帕里。我在喜马拉雅山脊上旅行，被数座八千米的雪峰照耀。帕里被称作高原上的高原，喜马拉雅南北分水岭。我看到卓姆河从头顶上飞流直下，以一天四季的速度，跃下葱岭，冲向低地，冲向异国绿色的平原和蓝色的海岸，而风从海上来，我看到孟加拉湾暖流沿卓姆河溯流而上，一路夹风带雨，跃上葱岭，到了帕里，但再也无法翻越帕里。帕里是西藏的极限，喜马拉雅的悬崖。我在悬崖上，我的脚下，云烟如梦，雪水分流，水从我白皙的脚面和俯下身的双手向两个方向流去。分水岭在上帝和我的手上。我感到江山在手，苍天在握，我甚至可以飞翔，如果我愿意的话。

飞流直下

  我真的飞起来。沿河旋山而下，一天四季，呼呼而过。雪山草甸，灌丛花朵，针叶树，阔叶林，四季垂直分布，我感到海风拂拂。帕里之下空气潮湿，水源丰沛，满目青翠，风景如画。这里真称得上天堂，甚至天堂的后花园。我看见了农妇与河边成熟的稻田，看见了雪山森林下面的村舍，亚东小城在卓姆河稍稍迟疑的地方静静地展开。这是一个被梦幻包裹着的小城，她在亚热带森林中，如果不是奔腾的河水，古木桥，河上的远景，小城几乎要密不透风了。

  小城古色古香，除了有限的几处砖石建筑，小城仍旧沉浸在色彩斑斓的木质建筑的记忆中。作为城市的要素,商店,酒楼,茶坊,卖手工艺和古董的摊点,街景,民居,车站,旅店,招待所,这里都存在,但又是那么的不同。因为这里的一切都是木结构的,饱含着时间和宁静,我觉得我好像走在宋朝的街上,走在另一种文化的《清明上河图》里。小城色彩浓郁热烈,讲究窗饰,门的雕花和图案,但主要是对色彩,特别是对红色调子的酷爱。家家都摆放着鲜花,人们守着大自然丰富的色彩和花朵,已经在大自然的怀抱,但还不够,还要把鲜艳欲滴的植物和花朵搬到房前、走廊、楼宇的阳台和窗上,因此小城是花的世界。

小城下着雨,细雨霏霏,所有的建筑都湿透了。树,楼宇,店铺,街景全湿透了。我走进一家邮电所,向柜台里的姑娘要了两张明信片,稍稍迟疑了一下,写下了阿来的名字,落款是亚东下司马镇。在另一张上我写下了自己的名字。我认为明信片是现代信鸽,我预先把自己寄回了高原。也许我还应该寄给另外一些人,一些更远的人们,但他们是谁呢?我站在桥上,望着流水和远方,那已是另一国度。水流湍急,翻着岩石和白浪,据说这里有一种极为珍贵的鱼,叫鲥鱼。往事如斯如水,故乡如雨如烟。他们是谁?谁?

鸟群

小城还没醒来的时候,我渡过卓姆河。早雾还未散尽,我沿着卓姆河的一条溪流,进入山谷茂密的森林。差不多整整一天,我徜徉在岚雾缭绕的林中。我翻过了一道又一道浅山,每隔不远就要在生满苔藓的树上留下必要的标记。也许我已经越过国界,也许没有,谁知道呢,管它呢。森林之溪比比皆是,四个方向的瀑布垂落,鱼还没诞生,各种鸟的鸣啭像不同乐器发出的声音,很容易听出那些大鸟的声音,而小鸟细碎众多的叫声往往与潺潺的水声构成背景上的音乐。有时,背景上的音乐也会突然喧哗起来,是因我的到来?我听不出是抗议,还是迎接,总之,像是发生了什么事情。但不管发生了什么事情,相对于人类的良知、命运,这里的一切都是美好的,让我们珍惜吧,我们已经所剩不多了。我采集了植物标本,拍了很多照片。我的想法是,开学的第一天,孩子们会意外地发现,教室成了展室或陈列室,而他们就像亚热带鸟群,开始大声喧哗。

2001 年

沉默的彼岸

湿地

从无雨之河开始的漂泊与沉思，到了雪线之上突然中止了，鼓声从那儿传来。正午时分，火山灰还在纷扬，鼓声已穿透阳光，布满天空，沿着所有可能的河流进入牧场，村庄。所有的阴影都消失了，鹰从不在这时候出现，一群野鸽子正沿着河流飞翔。闭上眼，静静地躺在湿地和沼泽之中，面对天空，鼓声，阳光的羽毛。大片的鸥群从你身体上掠过，你摆着手，示意它们不要离你太近。但你的周围还是站满了鸟群，它们看着你，看着湖水，看着湖水流线型从草丛和你的身体上滑过。

一个人，躺在隆起的天地之间，有时也在刺破青天的山峰上，就像雪豹那样。那时积雪在你的体温下融化，阳光普照，原野的亮草弥漫了雪水。这些浅浅的像无数面小镜子的雪水汇成了网状的溪流，它们打着旋儿，流向不同，不断重复，随便指认一条，都可能是某条大江的源头。

不，不是所有的源头都荒凉，没有人烟。

在我的行迹中，生长着岩石，冰川，汩汩的泉水，同样，也生长出了帐篷，村庄，正午的炊烟。村庄或石头房子几乎是从岩石上发育出来的，经幡在屋脊上飘扬，风尘久远，昭示着时间之外的生命与神话，存在与昂扬。村子太旷远了，以致溪水择地而出，从许多方向穿过村庄，流向远方。桑尼的弟弟，一个三岁的男孩，站在时间之外，在没有姐姐的牵引下，那时候正走在正午的阳光里。

这是个没有方向的孩子，只是走着，时而注视一会儿太阳。

毫无疑问，男孩不是第一次单独出来，或许他想念一条小溪？一只飞鸟？但无论他向哪个方向走去，他都会走到上一次的那条小溪。他不可能走得太远，小溪不允许，小溪拦住了去路。

正是融雪季节，圣丕乌孜雪峰不动声色，却有涓涓细流渗流下来，到了村中也不过尺宽，村子几乎成了网状的湿地。三岁男孩上次就到过这里，但他曾涉过这条小水流吗？或许，这一次他要试试？

他一眨不眨地凝视着欢畅清冽的流水，他没有鱼的概念，但他在看什么呢？看一颗琥珀色卵石的滚动？看沙金的跳闪？他试着用一双小手去拦截水流，结果水流一下涌到身上，他一屁股坐在沙地上。

他没有任何玩具，除了自身一无所有。

他的小鞋湿了，脱下来，结果他发现了鞋，鞋成了他的玩具。他拿起鞋，端详了一会儿，慢慢放在水里，立刻就灌满了水，然后提起来，倒下去。如是反复动作。这是姐姐桑尼汲水时的情景。他开心极了。这时阳光已不再颤动，鼓声远去，午后的山村空灵，寂静，一如笛声里的空谷回音。男孩玩得兴起,已浑身湿透,不小心小鞋落在水上,立刻漂起来。小鞋顺流而下,像船一样航行。

男孩呆住了,异常兴奋,直到小鞋从视野中消失。他拿起剩下的另一只鞋,又端详了一会儿,然后,轻轻地再次放在水流上。小鞋再次航行起来,顺着水流,像一片树叶,漂向远方。他失去了一只鞋,却拥有了一只自己的船。

他彻底的一无所有,脸上出现了茫然。

你走吧,你对自己说。黄昏前你还有一段路程,你还要渡过那条不远的大河。

到了河边,牛皮舟靠过来。过了河,老人问你,要不要等,你说不用了。这时候,整个河两岸没有一人。你向山里走去,老人没有马上离开。你想目送老人到对岸,但老人似乎也想看着你离去。事实上,整个一天,你是老人唯一的乘客。

你几次回首,发现牛皮舟仍在这边岸上,老人背对着你,固执地等你,却望着对岸。你决定不再回头。你站在山顶上时,正是一天中两个惊人相似的时刻:黎明与黄昏。这时候你再次朝下望去,暮霭中,老人已到了缥缈的对岸。

寺院

有时候,像一种召唤,当你走进鼓声的时候,同时也就走进了那传说中浩瀚的白色的寺院。你何时穿越了那片冬天的树林,那谜一样的村落,那些狗叫,卵石,沟壑,水声,你都浑然不觉。白色的寺院群依山而建,像一艘白轮船泊在山坳里,远远看去寺院有着无数蜂窝一样的窗洞,窗洞仿佛自山体开凿而出。无法断定寺院建筑的年代,也无法知道那里有着多少双苍老、智慧、永恒的眼睛。时间在这里无迹可寻,视觉上更是应接不暇,扑朔迷离,无论从哪个角度把握都是不可能的。没有出口,但似乎又到处都是出口,而每个出口又是事实上的入口。阳光打开或关闭,随时都可能出现一座宏伟的经堂,一个隐秘的院落,一个重檐和回廊之下幽深的天井。阳光一束或几束打在天井深处的廊檐下,就有水从岩石里渗出,但淙淙的水声并非来自于此,可能是上面。上面,一线水槽在阴影和阳光中贴檐而走,但水声是因更上一层的垂落而产生的。不,那又是另一种声音,另一种时间了。

那就撤出身体吧,撤到无数条高墙曲巷中的一条。

站在石阶上,站在蜂房一样窗洞里传出的嘤嘤的诵经声中,终于感觉到了风。如果感觉不到,很可能你突然面对的是一处岩壁般的高墙,一扇紧闭的大门。这不是出口,但很可能是真正的出口,你进不去。如果你进去了,时间将会顷刻流入,永恒将不复存在。但我还是进入了,虽然我看起来仍站在门外。门是虚掩着的,里面的世界辉煌、隐秘,香火盛大,桑烟轻扬,三千长明灯跳动闪烁,照得红袍身影们在金色佛像前飘逸舞动。鼓声咚咚,这是一面深藏的人皮鼓,它源于某种酷刑,但据说唯有洁净美丽的女人皮才配制作此鼓。这是高原神秘的鼓声之源,任何一处空气和水的颤动都始源于此。身着红氆氇的苍茫老僧们面对面成行端坐,经幢一条条从顶部垂下,上面遥遥有小的回廊和倾斜的天窗,阳光落不到地面,只能斜射到经幢并透过经幢,落在高处的雕梁和壁画上。大殿两侧壁画幡影重重,神殿中部,一张黄缎卧榻上,一个看上去已非人间的老者仰卧着,已奄奄一息,某种东西正在脱离他的肉体,至少有三百名喇嘛正口诵经声伴他在中阴得度的路上。

这里是最后的出口,与天界仅一念之遥。一位神明般的主事老僧此时

抓住了老人的手轻握着,并以悠长的丹田之音念念有声:

　　老人啊,注意我的话,好使你能选择易走的路,你的脚愈来愈冷了,生命已离开你的双腿,冷气正在向上蔓延,你要镇定沉着,抛开生命进入实相之境,毫无可怖之处。老人啊,你要沉着,长夜的黑影已侵入了你的视线,你的生命正在接近,愈来愈接近最后的解脱了。

主事老僧一面指引,一面敲打着弥留之际的老人,从锁骨敲到头顶,这样似是让灵魂无痛苦地解脱出来。老僧手舞足蹈的指引似在指点着灵魂沿途的陷阱和避开陷阱的道路:

　　老人啊,山岳朝向苍天,默不作声,清风拨弄流水,花自盛开,你走近时鸟不振翅,它们对你不闻不见;老人啊,你的视力已经丧失,气息已经衰尽,你与人间已无瓜葛,你走你的路,我们走我们的,依照我们指的路线继续你的前程吧……

卧榻上的老人身体内部不断传出有节奏的声响,这种节奏随着神秘而盛大的仪式继续,那时鼓声激越,寺顶高处吹响了低沉的法号,把被度者脱身而去的体滑声传向四野和天空。鼓声催促,并召唤着远方的人们,寺院高耸入云的大殿上,每一条幽静的石阶上朝圣者每日都络绎不绝。人们带着酥油来,带着糌粑来,带着哈达、银器、宝石来。那些个日日夜夜,白山碧水,天高野阔,没有故乡,倾其所有,不问归程,用每一次身体的长度,把河流、山脉、草原与圣地连接起来。在天堂的路上,没有死亡,只有灵魂的飞翔。

黄昏

　　许多次，我试图穿越浩瀚迷离的寺院。我成功了，但只有一次。许多次的迷途而返之后，那一次缘着细小的水源，寻着微弱的水声，逾墙而过，穿过从未到过的颓圮的院落，到了寺院的底部。我气喘吁吁。这里并不平静，事实上每天仍在发生着事情——每天都在坍塌着。放眼望去，这是一个每天都在微量增加的庞大的废墟。我不知道这里已坍塌了多少年代，繁衍了多少传说。我走着，一个人，在阒无人迹的瓦砾、残垣和断壁中，我是废墟中唯一有形的生命。甚至很可能许多年来许多世纪来，我是第一个涉足此地的人，按照有关说法我已走进可怕的传说之中。是的，不错，这里的一切迹象都表明这儿是亡灵的集结地，许多等待出发的亡灵有的据说已等了几个世纪，永远不可能再转生，最终据说会风干，变成墙上斑驳的痕迹。诸如此类吧，总之，这是非人之地。某种细微的坍塌声像水滴尘落，有时一小块石片悠然坠地如一片树叶。如果这时突然狂风大作（据说经常这样），雷雨交加，我不知道还会是什么样的情景，还会发生怎样惊人恐怖的亡灵飞舞的景象。够了，赶快离开，一刻也不能再耽搁了，一次涉足，足矣。

　　然而，这儿其实是必由之路，想超越迷宫的寺院这儿亦是秘径。是的，我穿越了呼啸的亡灵，语言的亡灵，建筑的亡灵，最终逾墙而过，上了一条秘密山路，啊，风，终于够着风了，是大自然的风，不是废墟的风。高处的风很亮，满目夕照，一派火红！我来到了半山腰上，快接近山顶了，我坐在一块飞来石上，坐看黄昏云起。远方的河流，我的来路，下面寺院的顶部、背部尽收眼底，一览无余，而其正面的庞大、威严与神秘全失，所有正面的伟大的布局在背面都失去了应有的联系，各局部堆砌在一起又孤立无援,再加上那正面无法看到的偌大的废墟,我认为我看到了事物虚弱的一面。唉,谁像我总是喜欢探究事物的背部呢?特别是那些威严事物的背部。现在,整个寺院只不过是我辽阔视野中的一部分,而且是很小的一部分,只要我稍稍抬起一点点目光,庞大的寺院立刻就会被我忽略。我并非坐禅,在信仰之地我却是一个怀疑论者,当然,我是温和的怀疑论者,温和到不会向别人说的程度。我不喜欢猛烈的事物,不喜欢强烈、激情,然而眼前的猛烈又让我惊异,我是说黄昏,大面积的阴影。由于地理形貌的原因,高原的黄昏盛大,猛烈,刚刚寺院零乱庞大的背部还在阳光中,转瞬间就掉进从山顶俯冲下来的巨大的阴影中。

是的,高原的黄昏是猛烈的!大面积的阴影还在快速地移动,树木,村庄,田野,鸟群,云,水面,纷纷陷落,这会儿它的前沿差不多已抵达一条火红的大河的边缘。火红的河流自东向西,追着落日,源远流长,阴影在巨大的火红面前似乎难以渡河,一时停住了。但周围在变暗,在用更大的维度吞噬流动的火红。然而源远流长的河流几乎有着无限的流域,它快要与另一条更大的河流汇合了,虽为浅浅的远山所阻,河流仿佛一下子黯然消遁,不知所终;然而隔过那一线黛色的岛屿般的山脊,火红的光影再度出现,而且越发辽阔,高远,盛大,水光粼粼,浩渺无边——那是拉萨河与雅鲁藏布江的交汇处,那里像扇面一样,打开了一泓天水相接无限寥远的金色滩涂;滩涂上无数面椭圆的小水泊,像无数面漂浮的马蹄形的梦;这些梦让晚景一照,璀璨无比,闪烁跳动,简直像女娲以五彩之石刚刚补过的还在微微颤动的一角橘色的天……这就是我的黄昏,我每天的黄昏。

只是今天,我在高处,在冈底斯念青唐古拉山系的一块巨大的飞来石上,对岸就是火红的喜马拉雅,我的视域我的黄昏无限广大。我曾见过许多黄昏,见过海上黄昏,见过平原黄昏,见过沙漠和蒙古人的黄昏,那都是超静的伟大的黄昏,是诗歌长河中旷古不变的黄昏,只有这里,这伟岸高原的黄昏才是震古烁今、独步天下的黄昏。它宏大,剧烈,被大团的铅云崩射,被河流分解,被佛光普照,被蜂拥的百万大山纵横切割,以致整个高原几乎要通体透明……

古往今来,哪一个伟大的诗人、作曲家、帝王,能接得住这里的黄昏?也许只有贝多芬、海顿、巴赫、李商隐、李白、秦皇汉武,向晚驱车,登临古原,他们的共同出席共同演奏,或可能接住这每天都横空出世、大道无形、立体倾斜的黄昏。是的,这是音乐的黄昏,甚至音乐的悬崖,所有恢宏、细微的节奏、旋律、跳跃、休止、奏鸣、交响都在这地形的皱褶,倾泻的光影,地球的黄昏中……

这里,高原的黄昏何曾像古老中原诗歌那样静?从来没有,事实上,从一开始,从高原浮出海面之日起,高原的黄昏从来就没平静过。我无法想象这纵横的高原曾是地中海,不能想象它辽阔的海面曾迎迓过多少美丽的海上黄昏?那时据说这片海域近东向西,其蔚蓝的波涛差不多波及了整个阿尔卑斯、喜马拉雅、冈底斯地区。后来据说印度板块从南面,也就是从差不多相当于现在澳洲的位置上漂移过来,最终与欧亚大陆相撞,于是海底抬升,高原隆起,伟大的喜马拉雅与伟大的冈底斯并行浮出水面,雅鲁藏布江开始慢慢地流淌在两山之间。

那么,那片古海退哪儿去了呢?据说一直由东向西,退到了现今的北非与南欧之间,阿尔卑斯山脉一侧,也就是现今的地中海。这是板块学说理论,同时也是诗的理论,因为这几乎已经接近于童话。但如果西藏不产生童话,还有哪个地方能够产生童话呢?学者说,雅鲁藏布江是印度板块与欧亚板块相撞的缝合线,就是说喜马拉雅属印度板块,冈底斯属欧亚板块,雅鲁藏布江一川携两大板块两大山系,这是一种说法,也是童话。海水退去,但据说并未完全消失,高原深处还残留着海的身影,海的记忆以及鸟的语言，比如那些人迹罕至、海一样颜色的高原湖泊，它们不仅蓝得像海，而且味道相同：咸的。有人甚至称拾到过变异的活的海螺，我肯定是见不到了，但我相信，我相信会有一种现实性的神话，而且我也在其中。我无法不展开种种遐想，我满目黄昏，我是温和的，但有时内心也异常猛烈。

磨房

  七点钟，太阳还高高的，阳光照在田野上，青稞麦长得不好，到了收获季节还没人来收获。就这样度过整个季节吗？也许就是这样，一直到冬季，到来年春天。那时候再深翻一遍土地。前面有了树，一线矮树。一线矮树构成了简单的风景，谁知道矮树下会不会掩映着一条小溪呢？或者一条大河的小支流也未可知，结果就是。还没走到那线矮树，就隐约看到了它的光，它弯曲素净的身影。多朴素的小河呀，它的源头不会很远，但你是不会找到它的。隐约中居然还有一座小桥。小桥埋在了土里，就几块石板，几乎不能算是座桥，就称它是座桥吧。

  踏上石板桥就进入了树丛。河水流过小桥分成了两股，左边一股稍宽，右边一股已近水渠。事实上也是如此，这股水流是专为前面的磨房而开出来的。两股水流或靠近，或分开，到前面大约一公里的地方又合为一处。葱葱草木差不多把整个水域都覆盖了，特别是两水的中部，树木比河两岸的灌木高出了许多，因此也茂盛得多。一条小径在林木中似有还无，因为走的人少，绿茵茵的草坪总是不断漫过小径，小径不由得就有些荒芜。一个人，午后，或黄昏，走在两水间微微隆起的林荫小径上，除了河上的水鸟，偶尔的鸭鸣，再不会有什么能打扰你的心了。说真的，也许是你打扰了它们呢。许多次发生过这样有趣的情形，一只突然窜进林中的银鸥箭一般把我的视线带到另一侧的水上,一线浮游的像雪一样的鸭鹅便晃动着脑袋,煞有介事地大叫几声,仿佛我的视线侵犯了它们的领地,我绝无此意。

我不过是随便走走,可能的话再看看那水上的磨房。天还很亮,我已经听到水轮转动的声音了,我还闻到了炊烟的草香。渐渐的磨房的轮廓在林中和水上显露出来,水车巨大的轮子缓缓地转动着,扬起了好看的永恒的水花。磨房骑在水上,它是我所能见到的所有石头建筑中唯一的全木质建筑,长方形,没有屋檐,像是一座廊桥。我无法想象,以石头建筑著称的民族早年是怎样建起这座全木质磨房的,尽管它丰富的色彩已经褪尽,线条、雕花、形式已被久远的风雨剥蚀得面目不清,但当年透红的底色,独特的风格仍依稀可辨,也因此更有了一种时间感和沧桑感。事实上没一个民族不是古老的,都有着自己独特的历史沧桑,并且今天仍在延续着。如果说每个孩子都是未来,那么每个老人就是历史。

我不会轻易打扰磨房的主人。那是个生着灰眼睛的老人。其实她并不老,只是看上去已是个老人。可能是因为阳光和别的关系,她的中年看上去比青春似乎还要短暂,就像这里的草原似乎没有夏季,还没完全变绿就已开始泛黄。而且,她那双眼睛,雾蒙蒙的。她叫卓姆,头发已经花白,但还梳着辫子,含着胸,许多次闪现在学校房前屋后的黄昏里。我们远远的打过照面,但她总是怯生生的,没有勇气走到我跟前。她停了磨房的活来找我,却怕遭到最后的拒绝,迟迟没敢张口。她是为孩子的事,她的儿子永毕因上学期动手袭击前任班主任而被逐出校园,我是继任者。但是永毕一如既往每天早晨随着固定的上学读书的人流来到学校,仍然在教室外与同学打闹,说笑,嘻嘻哈哈,只是不再进教室。随着每次课间之后的铃声,校园奇迹般地安静下来。永毕一个人留在教室外,不走远了,斜背着书包在教室四周徘徊,游荡,累了就坐在教室窗根下晒晒太阳,偶尔也拿出卷了的书,在炫目的阳光下翻两下,然后又放回书包。一旦教室内有什么动静,永毕就会迅速地站起来,把生着雀斑的脸贴在窗子的护网上,一动不动地朝里看。

通常教室的歌声让永毕最为激动,这时候他会像猴子那样上到护窗网上,把整个瘦削的身体印在明亮的窗上,同时也印在窗外绵延的蓝色山脉上。那阵子,通常是下午,卓姆黑色的身影也开始怯生生闪现在校园。开始我完全不知那是永毕的母亲,因为那完全是一个老人的极缓慢的身影。直到有一天,我转过墙角听到永毕叫了我一声,我回过身,却没看到永毕——他已及时闪到墙后,出来的是花白头发的卓姆。

那一天我一下就明白了,这些天这个徘徊的影子大概是为我而来。显然,那一天老人鼓起了勇气,但是因为紧张两肩不住地颤抖,仍含着胸,低着头,双手合十,连续不断地说:"咕叽咕叽(求求您求求您)。"起初她还对着我说,但慢慢地她的头抬起来,最后已是面向上天,就在那一刹那,我看清了卓姆的眼睛,那原不是一双银灰色的眼睛,而是一双患着白内障的眼睛,并且已为水雾笼罩。尽管那时只是黄昏,天光尚亮,我认为月亮已经升起,只是月华为浮云笼罩,像白内障的月光,但同时也是一个苦难母亲的月光。

永毕又来上学了,仍然淘气,管不住自己,但是每每想到卓姆的目光我都原谅了他,我批评他,提到他的母亲,他也不觉得什么。

桑尼

桑尼,下来,快下来,你要摔着了。下来,桑尼,大家都在等你。现在该你了。你准备一下,大家都唱过了,就差你了。格吉,格吉,先进行下一个节目。

桑尼从旋柳上下来，险些摔倒，拉珍和仓曲扶住了她。

林中之舞。她们出来了，几乎是飞翔着，从蓝白色的帷幔后出现在草坪上，展翅飞翔。仙女也不过就是这样了。雪顿节还差几天呢，她们就穿上了仙女般的夏装，花枝招展。她们边唱边跳，银鸥掠过水面不时地冲向小岛，冲进歌声，甚至把晶莹的水滴洒在她们头上。她们歌唱，整齐地甩着长袖，像林中之妖，都脱胎于飞鸟。桑尼没有上场，和拉珍靠着同一棵树，面对的却是两条不同的河。她们是乡村的女儿，水泥厂的孩子现在都像白度母或绿度母，像唐卡一样欢乐。

两条不同的河一条是拉萨河主河，一条是它在密林中的支流。拉萨河是很大的水，有雪山映照，小支流上有廊桥和磨房。是的，我们在一个小岛上，小岛有个好听的名字，叫尼雪林卡。小岛是孩子们夏季的乐园。今天我要让所有的孩子都快乐，歌唱，我差不多做到了，他们一踏上小岛立刻就消失在丛林里，他们多快活呀，飞奔着，扯着蓝白相间的消夏帷幔，把小岛几乎装扮成了夏日别墅。

拉珍穿得一点也不比城里孩子逊色，头上盘了漂亮的红发绳，特别是银饰和绿松石使她成为一个盛装少女。只有桑尼，桑尼依然故我，两只短辫垂在瘦削的肩上，看不出与平时有什么变化，甚至没穿藏装，还是平时的胶鞋，已经小了的棕色条绒上衣。上衣刚刚洗过，带着白霜，看得出洗得很用心，实际上桑尼还是做了准备。坐在地上的人都吃着，喝着，嚼着，桑尼也不例外。桑尼带来了一小瓶自制酸奶，一小袋红糖糌粑。我说，桑尼，给我一点你的红糖糌粑吧。我说，她们的我都吃过了，现在我想尝尝你的。桑尼张开手，不知所措，脸红了。我拿了一小块，放到嘴里。我还喝了她的酸奶。我说，桑尼，我听到过你的歌声。桑尼低着头，脸红得像火。我说，桑尼，有一次我从山上下来，进入村子，很远就听到了你的歌声，我看见你背着柴，一蹦一跳，一见我你就不唱了，还记得吗？桑尼摇头。我说，你就唱那支歌吧。

桑尼不语，脸越发红，甚至连旁边的拉珍脸都红了。我喜欢她们的脸红，就像喜欢朴素的土地。可是桑尼的神情里除了羞涩还有别的东西，我说不上是什么东西，也许那支歌透露了她不愿让别人知道的东西？她只愿在没人的时候对自己唱歌？那支歌多动听呀，她一溜烟跑回家，理也不理我，可是她的脸多红呀。

  高山的流水哟向东流
  我的家呀在南头
  请你请你拐个弯哟
  把我带回家门口

  高山的流水哟向东流
  我的家呀在南头
  太阳就要落山了
  羊群还在山外头

桑尼家养了一大群羊，有四五十只，一大早桑尼要把羊赶到山沟里去，让两条狗看着，然后来上学。桑尼还要背柴，劳动，有时候课堂上桑尼的座位空着，她一天不来，或者两天。但有一次一连空了三天。我问拉珍，桑尼呢？拉珍摇头，问桑尼的邻居仓曲，仓曲也摇头。我叫上丹巴尼玛、拉珍以及仓曲，我们去了坦巴。坦巴坐落在圣山脚下，是一个倾斜的村庄，再往上就是圣山上的哲蚌寺了。桑尼家住山根儿，几乎是村子的底部，溪水绕屋而行，山谷的风最先从她家屋顶掠过，经幡总在哗哗响。那天阳光直射，午后，我们走在去坦巴的坡路上，过一处高地，前面有两个小小的人影，仓曲遥遥一指说，那就是桑尼。我们紧走，在转弯处看得更清楚了，两个背柴人弯腰走着，拉珍说，左边一个便是桑尼。我仍看不出那个就是桑尼，因为两人背上的麻袋都太大了点，而且样子差不多，全遮住了她们的身子，只能看见麻袋下面两只脚在地上移动。拉珍喊，桑尼，桑尼！两条麻袋停住，缓缓转过来。两个都是女孩，她们只停了一刻，简单回头看了一眼我们，又继续走路。我问仓曲到底是不是桑尼，仓曲说是，拉珍和丹巴尼玛都说是，我们一同大喊起来。

桑尼终于停下，她的同伴迟疑地继续向前走，不时地回头张望一下。桑尼停下却没有动，也没有转过身来，我看到的仍是麻袋的背影。如果没有下面两只脚，如果仅仅是麻袋稍稍脱离于地面的那种倾斜在乡间路上的姿态，那很像是飘浮或遗落在路上的一个梦。麻袋生出了脚，独自走在午后乡村路上？

到了桑尼跟前，我说，桑尼，为何好几天不来上学？桑尼深埋着头，不语，身后柴火为她挡住了骄阳，阴影里桑尼一张汗水浸透的火红的面庞，头发散着热气，洗过一样。我说，把柴火放下，桑尼。桑尼挪动了几步，把柴火倚在墙上，借着墙的一点支撑，腾出手，解开肩胛和胸前的绳索，慢慢蹲踞下来，一点一点放下了柴，可以想见，再背起来是多么的难，也因此她不是背也不是挎，而是让同伴把麻袋捆在了自己身上，不到家就不解下，途中歇歇脚也要背着柴火歇。不知道她已走了多少路，柴火从哪里捡来。仓曲说，是从拉萨河畔一个部队锯木厂那儿背来的。我回过身，朝下望去，我差不多看见了那条河，先看到了公路，然后是树丛，透过树丛能看见一点亮水。那是一条不算短的下坡路，而现在是上坡，可能走了一上午了，现在已是午后。

是因为背柴不能上学吗？我问。

桑尼擦汗，完全不想回答我的问题，看了我一眼，毫无羞涩，可能太累了，太累的人通常都是淡漠的，无论大人还是孩子。她看我一眼差不多也相当于看一眼阳光，这是她不乐意的，但那一刻我看到她的瞳孔呈现出一种让我吃惊的琥珀色，好像有什么熔化了。无疑这双眼睛与高原的太阳有关，与对太阳的复杂感情有关，她无法恨太阳，只是无奈，甚至无视。

我说，丹巴尼玛，星期天我们一起去锯木厂；桑尼，明天来上学吧。

我不能批评桑尼什么，几乎是恳求。桑尼不说话，眼睛望着别处，一声不吭。我想，我得见见她的父母了，不是批评桑尼，我想可能是父母的原因。我听说桑尼的父亲在城里工作，我很想同她父亲谈谈。我问桑尼，父亲什么时候回家？桑尼一愣，仿佛没听懂我的话。我说，我想同你父亲谈谈。说完，我注意到桑尼表情的变化，通常桑尼的沉默是难以把握的，但这次不同，随着嘴角让我吃惊地抽动，泪水突然流出来。我不知道发生了什么，而且，她那被太阳反复灼伤、熔炼成琥珀色的眼睛一旦盈满泪水，似乎说明了什么。我没见过盲人流泪，但我认为我见到了。

我忘记了某种忠告：小心提到父亲。

原来她没有父亲。她的生父只在坦巴住了三天，之后她出生了。她的继父时间长一点，二十个月吧，那年她九岁。这个男人现在在城里，她去看过他。他离开后再没回来过。

我说，阿妈在哪儿？

桑尼揩着泪，指了指前面。

走，我说，丹巴尼玛，你来背柴。

桑尼抓住柴包，丹巴尼玛抢了半天也没抢下。我说，丹，算了，你就帮她托着点吧。桑尼重新把柴包捆在自己身上，丹帮她系上绳子。我不知为什么要系上绳子，这是一种习惯？我不认为是农奴时期留下的习惯。仅仅是一种习惯。

我们来到麦场上。尽管我已预感到桑尼母亲的个性，但见了面还是让我有些吃惊。这是个与桑尼完全不同的女人,一个强壮的女人,一身厚重的黑袍子,一条灰色包头巾勾勒出一张白而线条强硬的脸,大而凸的眼睛由于脸上褶皱的扯动有点变形,几乎敌意地看着我。我说明来意,询问桑尼这几天为什么不能来上学。女人的回答非常严厉,几乎疯狂:她说有人打她,骂她,我叫她上学,她不去!说得简洁,生硬,咬牙切齿。这是个总是处于愤怒也总打不败的女人,由于愤怒,脸上的皱纹很像高原的褶皱。

有这事?我不相信这是可能的。

桑尼,告诉我,是谁?我问。

桑尼不语,她漠然的表情告诉我,她什么也不想说。显然她不认为这有什么可大惊小怪的,所有人都知晓只是我不知道。

你们知道吗?我说。

我的样子把仓曲和拉珍吓坏了,丹巴尼玛告诉我是旺金和尼玛次仁,他们常骂她,说她臭,骂她脏,还打她。我一拳打在丹结实的胸上,问:丹,为什么你从没对我讲过!你还班长呢!

旺金,我在心中咀嚼着这个名字。

我去过旺金的家,他家有着我所见过的最豪华的经堂,他的父亲不是用青稞酒而是用啤酒招待我。

我说,尽量压着怒火,如果是因为这件事,桑尼,明天来上学吧。桑尼摇头。我说如果不上学,不读书,什么都不会改变。桑尼看了一眼母亲。甭看我,母亲说,明天你把达娃送到拉萨去,放他那儿你就走!桑尼的眼泪立刻又流出来。达娃是她的弟弟,她可不想那么做。我说,桑尼,这样吧,明天你先不要去拉萨,先到学校来,上学的事我们明天再谈,好吗?

这一次我的话起了作用,桑尼揩着泪点头了。

事情总算过去了,桑尼没去拉萨。

我去了旺金的家,他父亲仍用啤酒招待我。我说,我还是喝青稞酒吧。旺金父亲吃惊地看着我。谈到旺金打人的情况我尽量和风细雨,但还是怒不可遏。

我和丹还有桑尼一同去了锯木厂。

我喜欢桑尼,由衷地喜欢。我说,桑尼,有些东西并不重要,比如新衣服,以后总会有的,但你有的别人可能永远不会有。我说,要不让拉珍和仓曲跟你一起唱?你看行不?拉珍,仓曲,来,你们,桑尼,你们一块唱一支歌。

拉珍邀请桑尼。

桑尼终于站起来,脸红红的,掌声响起来。

她们唱的不是桑尼的歌,是祝酒歌,很普通的歌,她们面对河流,阳光,飞翔的水鸟,声音有点不同,只是我发现桑尼基本上没怎么张口,脸一直通红。拉珍和仓曲径自唱着,我不由得叹气,让桑尼开口太难了。一曲终了,拉珍和仓曲退下,就在这时桑尼开口了,正是我要听的歌:

  高山的流水哟向东流
  我的家呀在南头
  请你请你拐个弯哟
  把我带回家门口

  高山的流水哟向东流
  我的家呀在南头
  太阳就要落山了
  羊群还在山外头

丹

　　有三种时间，同时存在于一个空间：老人，孩子和树。树立于村头，孩子站在树洞里，老人坐在树下吮吸夕阳。但那溪边黑袍裹身的汲水女人回眸的一瞥又意味着什么？那是惊人的一瞥。老人，孩子和树，瞬间，被收入这飞逝的一瞥之中。

　　这已是另一种时间。我不在其中。

　　我站在时间之外，在学校早晨的围墙里面，因此可以十分清晰地看到老人飘然而逝以及丹巴尼玛掠过天空的身影。我起得很早。睡在岩石上的鹰起得更早一点，在东方刚刚泛白的时候，它们就已用完了早餐，带着神圣的职责飞向天空。

　　它们是使者。我来到的时候，天空已无迹可寻，下面只空留下一个油腻的圆台。

　　圆台四周，芳草疯长，达玛花盛开，活佛花汇成了宁静如幻的光感，据说这幻缈的光感即使到了夜晚也不会完全消失，不仅如此，还会更加恍惚，更加迷离，仿佛月华幽放的花朵。圆台就在这花丛中，浅浅地高出地表。人已去，但神职人员的工具犹在。刀具。横七竖八。已残破，但刃部雪亮。一把板斧。一枚指甲。牙。一件红色的薄衣被抛置于台外，但绯红的袖管仍弯曲地搭在椭圆形的台沿上，弯曲，仿佛生命犹存，仍有话要说，仿佛仍在够着生命的世界。

　　我的目光再次投向天空。天上有什么呢？我看不到天空后面的东西，完全无迹可寻。我的眼睛一亮，我还是发现了什么，不是在天上，而是在地上一小片静静的花丛中，那是一双乌黑的发辫，梳得很整齐，摆得也整齐，周围是鲜花。

一个少女，在这里，在花丛中的天葬台上，与早晨一同冉冉升起。但那可怜的老人为什么就不行？风烛残年，在这里解脱，升入伟大的天穹，是老人一生的向往和夙愿。他被肢解了，很安详，那些使者也来了，但它们就是不肯下来。它们下来了，但立刻又飞走了，无论身着红氆氇的大师怎样召唤，它们还是飞走了。这是极罕见的情况，甚至只是传说中发生的事情。这是让死者和生者都不能也无法接受的。

可怜的老人。

可怜的丹巴尼玛一下子飞翔起来。

强烈的高原阳光下，丹住的石头房子黑洞洞的，与阳光形成强烈的对比，以致我刚一走进去什么也看不见，只感到了潮湿和阴凉，实际上并不潮湿，完全是一种错觉，因为太黑了。渐渐地适应了黑暗中呈现的事物，我从混乱和黑暗中看到一个模糊不清的老人，确切地说是一张脸。老人躺在角落里，显然太老了，以致无法断定老人的年龄，我认为有八十岁或一个世纪了。老人已经显形，两腮凹陷，半张着嘴，眼珠或不如说是眼眶直勾勾地望着房顶，吃力地向我这边转动。他还可以支配眼珠，但已不能支配自己的萎缩的脑袋。头部有稀疏的但并不特别白的头发，仅从花白头发看应该不到一个世纪。

丹巴尼玛的父亲从里屋走出来，同样是个小老头。我说明来意，小老头完全听不懂我的话。我跟丹说，找个懂汉语的人来。丹跟父亲说了，小老头点着头出去了。这是一次临时决定的家访，丹近来反常，旷课，完不成作业，打人，他是一班之长，如此表现，我还能管谁呢？但我还是给了丹很多机会，丹却视而不见，依然故我，毫不体谅我的苦心。我无法理解丹，丹已变得不可理喻，我数落他，他还向我瞪眼。终于，我不能再心平气和，我骂丹，我说我当初瞎了眼怎么让你当班长，我说丹，你惭愧不惭愧呀，惭愧不惭愧呀！我揪住丹的衣领，仿佛要他醒来，丹怒目之后像要打我的样子，但是突然捂着脸，蹲在地上号啕大哭。一边哭丹一边道委屈，丹说，他再也受不了了，爸爸整天骂他，打他，嫌他吃得多，不让他吃饱饭，常常早晨饿着肚子来上学，中午放学回家没有饭吃。他管教淘气的弟弟，爸爸却揍他。丹说不想上学了，想回当雄老家去放牛，找舅舅，可他又舍不下爷爷，爷爷病重，爷爷快要死了。丹哭着说不下去了，捧着脸跑了。

我喜欢丹，丹是我的影子，健壮，憨直，我们一起度过了无数的星期天。一起去逛街，爬山，涉水，朝圣，进香。丹饭量大得惊人，每次我都让丹放开肚量吃，他吃五个馒头或三大碗米饭，我认为他吃饱了，后来我才发现他只吃了半饱，因为有一次请友人吃饭，我下了三斤面，结果朋友没能如约，我说丹这回看你的了，丹全吃了。丹抹抹嘴，说这一次真的吃饱了。

四月的沙噶达瓦节，释迦诞生和涅槃的日子，也是全民朝圣的日子，丹是全班唯一在七天之内围绕寺院磕完七圈长头的学生。那个星期丹像个土人似的，额头、手、膝盖骨全磨破了，六字真言何止念了千遍万遍。桑尼磕了两圈就累倒了，那些日子她为丹提供了至少十二瓶酸奶。桑尼的母亲在最后一天为丹做了一副护膝，让桑尼送给了丹。丹的虔诚是出了名的。丹是爷爷在寺院带大的，一直长到了九岁丹上学为止。爷爷一辈子在寺院里烧柴做饭，我曾问丹，爷爷算是喇嘛吗？丹说当然算。

丹从没对我讲过他家中的情况，直到那天号啕大哭。现在丹坐在了老人身边，说着知心话，我听不懂。我看到老人的手颤抖着伸出来，丹就接过爷爷的手，轻轻握着，老人喉咙里发出一种奇怪的声音，表情非常激动。我问丹爷爷怎么了，丹说爷爷就是这样，老了，爱哭。是的，我看出来了，老人是在哭。老人的声音又大了一些，丹搂住老人的脸，对着爷爷耳朵，喃喃地说着什么。老人也说话了，我听不清。丹回过头来对我说：

爷爷说，包包里有钱，不要饿肚子；爷爷说，他死了，要我背他。说罢，爷孙俩抱头而哭。

丹的父亲带来一个人，是丹的小学老师，叫罗布，我们认识。我跟罗布谈了丹最近的情况，我说丹从小跟爷爷长大，可能同父母有隔阂，父母也可能有些偏向，这对孩子成长很不好，我说丹是个非常好的孩子，将来会很有出息的。罗布一句一句地说给了丹的父亲，并且我听得出还有所发挥。我们谈话的时候，丹洗了脸，拿起墙角处的酥油桶打起酥油茶来。不一会儿，茶打好了，丹给我和罗布倒了一碗，也给父亲倒了一碗，最后端了一碗到爷爷跟前，俯下身，把茶送到爷爷嘴边，一口一口地向爷爷嘴里送，我看见老人的泪再次流出来。

我告辞的时候，再次向丹的父亲强调，不要随意打骂孩子，更不要让孩子饿肚子。我走到老人跟前，老人颤颤地伸出手，我抓住了。老人瞪大眼睛看着我，好像要把我看穿看透似的，无法解读老人此刻的目光，但我知道，这是一个陌生的激动的行将谢世的老人的目光，我将成为他近一个世纪的最后的复杂记忆与期待。我要走了，但老人却抓住我的手不放，丹使了很大劲才把老人的手抓开，然而就在这瞬间，我看到老人的眼底悠然升起了一层淡淡的白雾。

一个星期之后老人谢世。没有葬礼，只有家人默默祈祷和送行。那天晚上，就是出事前一天的晚上，丹忽然跑到我的住所，告诉我今夜将为爷爷超度，凌晨他要背爷爷去天葬场。丹说我可以去看。我知道他们的习俗，一般天葬是不让人看的。丹知道我一直很想但从未一睹天葬的神秘过程，当然可能还有别的原因。我告诉丹，好好送老人去天堂，我会在这里为老人烧一炷香的。丹悲伤而又欣慰，因为爷爷终于能去他想去的地方了，生前他的爷爷已无数次在天葬台躺过，祈祷过，早已把自己献身于此，进而预先就交给了天堂，这是顺理成章的。

那夜很静,我从未焚过香,我的窗前青烟冉冉。我不知佛事在何处进行着,但我却觉得那超度者嘤嘤嗡嗡的低吟声就在我的窗棂上,就像这晚的月。但是那个黎明鹰没有下来,下来了一下又飞走了,没有将分割好的老人送上天空。

丹是和黎明,和那些鹰一起失踪的。

秋天

我知道,这不是一个短暂的情绪,秋天带来的喜悦不是歌唱,而是皱纹深处的安宁。新学年伊始,没有了丹和桑尼,但所有的孩子像果实那样摆在我的面前。他们长了一岁,我没有理由不爱他们。我答应过,要带他们去那条山谷。我们穿过坦巴,穿过桑尼家的后墙山,进入了风和圣丕乌孜山谷。

圣丕乌孜山从外表看光秃秃的,山顶云雾缭绕,常年积雪,下面一直到山脚都是球状风化的岩石,没有一丝植被,那些松散的卵石看上去彼此关系不错,实际上每一个都是孤立无援的,随时都可能一哄而散。但山谷就不同了,因为水源的关系,因为避开了昼夜的温差和风蚀,因为阳光充足的驻留,山谷溪水长流,植物丛生,草坪终年不衰。有一年冬,雪后,阳光明媚,我进入谷中,沿着冬天清冽的溪水,我发现了多处冰川。通常,这样的山溪进入冬季就会变成整条冰川,但这里不然,冰川是偶然出现的。我注意观察了一下,我发现,偶然出现的冰川是被阴影留住的。阴影留住一小段岩石上的溪水,溪水就变成了冰瀑、冰屋和冰帽,而阳光驻留的地方,溪水明快,哗哗作响,岸上的草坪隆冬之际竟茵绿如春。

我喜欢这条山谷,我把它称作内秀谷。今天我要带他们认识岩石和植物。我多少知道一点沉积岩、玄武岩、花岗岩、页岩和片麻岩之类的知识。我认为石头是大地最悠久的语言，如果不知道岩石的种类、划分、由来，我们怎能和山脉相处或交流呢？你心中没有它们的语言，它们的历史，就算你想沉思点什么也是不可能的。植物同样也每天都诉说着什么，虽然孤独的野山榆寡言少语，像沉默的老人，但花朵纷放的野蔷薇和山枝子就十分喧哗了，至于满天星和点地梅简直一天到晚，不停地喊喊喳喳谈论着它们的邻居。植物的语言是大地最丰富的语言，山间一朵很普通的花，你很可能叫不出它的名字。叫不出花朵的名字会使孤独的人感到郁闷，茫然。我注意了一种花很久，就是叫不上它的名字，后来才知道叫活佛花，心一下子就豁亮了，以后再见到这种花就像见到了老友，我会蹲下来，和它说会儿话，是呀，人这时怎么可能孤独呢？

因此，对于我，光阴从未流逝过。我待在时间中，就像待在羊卓雍、纳木错或斑戈湖的湖心。湖水不会流失，反而会有许多的时间注入。有那么多赶来的时间、河流、鸟，我活得寂静而充实，还有这么多成长的孩子。他们围着我，我也并不老，我们在山谷中。他们问这问那，好像我是先知，我什么都知道，我说，其实我们知道得都很少，我们不可能都知道它们，我们只是它们中的一部分，而且是很小的那一部分。

午餐和歌唱是同时进行的，在谷中一块盈满阳光的草坪上，他们自由组合边舞边唱，不像在尼雪林卡那样经过精心准备，这一次完全是即兴的。事实上任何一次出行都伴着即兴舞蹈和歌唱，除非下令禁止，我又怎么可能禁止呢？我甚至不能禁止每一次的青稞酒。

每一次的酒都使我陷入寂静和回忆。我看着他们野餐，歌唱，舞蹈，我也在其中，但好像又超然物外，我常常看见我自己。我看见我拿着一片叶子，向他们讲述这一片叶脉与另一片叶脉有什么不同。我还看见我站起来，招呼一个攀在岩壁上的男孩。下来，我说，下来，你要摔着了，桑尼，下来，快下来。桑尼从旋柳上下来，我说，桑尼，该你了。桑尼和仓曲靠着同一棵树，面对着两条不同的河。拉珍呢？拉珍，我听见我在大声喊，然后我看见了仓曲。仓曲说，拉珍在那儿，就在那儿呢！我的意识掠过河岸丛林回到了山谷。这时候我听到了一声尖锐的呼哨。呼哨来自山谷一侧的山峰上，那是一堆寂静的浑圆的卵石。不错，卵石有时也会寂静地发出呼哨。我认可这里一切可能和不可能的事物。但这次我错了，卵石动了起来，并且有着模糊的五官，天哪，那是五六个男孩满是尘土的脸！他们是长年住在山上的放牛娃，我曾见过半山腰上缓慢蠕动的牦牛，但还从没见过它们的主人，今天终于见到他们了。他们的颜色与大自然浑然一体，就像卵石之于山峰。我不认为他们一定要走下山来，也不一定非要在山上建所学校，只要一间教室，一间草棚或石屋，挡挡风雨，足矣。事实上越是接近自然的人越能接受接近本质的教育，我想，在山上的讲台上，面对溪水长流和太阳鸟的鸣啭，这些孩子会比山下或城里的孩子，更加聚精会神地倾听我的讲解和有关历史的陈述。

我不是圣徒，但我确已洗尽铅华。

盛会

向北，向北，深入大草原，深入藏北辽阔的腹地，深入生命的极限。黄昏的某个时刻，我以为我看见了海市，后来才知道那是草原一年一度的潮汐，一年一度的盛会。所有天各一方的帐篷，所有的老人，孩子，马，酒，风干肉，少量的羊都在路上，都在向一个传说中的地方云集。彼时人迹就像原野上的涓涓细流，从所有的方向汇向藏北，汇成川流，汇成湖泊，汇成万头攒动的人与马、牛和羊的海洋。那不是几天或几个星期就能形成的，有的已经到了，有的还在路上，但对于我，一个同样地平线上的人，我的前方，我所突然看到的情景就成了瞬间发生的奇境：人们骑在马上，欢呼着，雀跃着，摇着手臂，哈达，毡帽。

狂潮——一年一度生命的狂潮——以突然的横空出世的方式显示了人面对自然、马背民族面对天空的力量。草原不再空旷一色，不再寥远荒寒，数万顶白色彩绘的消夏帐篷像迷宫，像海底打开的贝壳，像不明飞行物胀满了藏北草原。劲风吹拂，帐篷城整体地波涛起伏，波澜壮阔，万头攒动。

这是草原最盛大的节日，是展示纯粹生命、英勇、爱情、胜利和欢乐的节日。这里没有朝佛，没有经轮，没有五体投地，所有人都是站着的，在马上的。我认为我到了古战场，到了格萨尔王战后狂欢的人民和队伍里。最英武的是男人，最美丽的是女人，这个古老的事实以一年一季生命潮汐的形式在这里完整地保存下来。男人们各个都是好汉，他们头缠火红的英雄绳，身挎腰刀，袒露着臂膀，昂首挺胸，高视阔步。女人各个是花朵，是盛开，是一身鲜艳夺目五彩缤纷的盛装，头戴或棕，或绿，或黑的藏式阔檐礼帽，耳畔坠着松耳石，身上挂满了铜镜、银元、红玛瑙、绿松石、银宝盒，走起路来叮当作响，仿佛带了一个小小的乐队。现在，即便我见到了丹和桑尼恐怕也难认出他们了。

人山人海，在一块略微隆起的平坦高地上，我看见了骑手们，他们正整装待发，都是历年负有盛名的骑手。自古英雄出少年，我还看见了非常年轻的骑手，说不定那其中就有丹，我这样想。我想我失踪的学生丹在草原上驰骋几年，一定是一名疯狂的最出色的骑手。但不要再寻找了，我想所有的人都是丹，都是桑尼——我的另一个学生。我似乎找到他们，但现在我觉得所有人都是他们。

枪声响了。我背过身去。我是温和的，须以温和感知这一切。我听见马踏草原的声音。我觉得草原在颤抖，马群在呼啸，天空在狂欢，我有点受不了，我只能背过身去，我需要一个相对远一点的地方，最好是一座无人的草山,远远地感受这一切。一个人在大海上会觉得孤单,恐惧,被巨大的自然力量所震慑,但站在岸边就会觉得拥有大海。我希望我回到岸上,我的心力弱得不行,我需要岩石、天空、远处的山峰和雪。我必须积蓄一下力量,以准备很快就要到来的更大规模的夜晚。

我希望先给我力量,然后再给我夜。

夜,黄昏之后,大幕拉开,银河初渡,星汉灿烂。草原盛大的夜晚开始了,古老的全体人民的土风舞开始了。所有的帐篷都点燃了白炽灯,巨大的夜幕下,万顷晶莹透明的帐篷,远远看像热气球那样飘浮着,荡漾着,此伏彼起,此起彼伏,而一切又为更广大的夜所笼罩,如果大海底部也有神秘辉煌不为世人所知的夜晚和舞会,那这里就是。而舞蹈的牧人此刻就像鱼群的盛会,数以万计的人手挽着手,肩并着肩,划腿,跺脚,旋转,狂欢,摇撼了夜,颠覆了夜,草原人旋起来了,旋起了星空,旋起了草原。没有音乐,也无须音乐,全凭着丹田之气,全凭着金属般的喉咙,全凭着人类原始的心跳:

号号号号号号号号号号号号号号号号号号

号号号号号号号号号号号号号

号号号号号号号号号号号号号号号号

这是生命的直觉,活的史诗,古特提斯海的波涛,人类初创时的第一次盛会,是团聚,是庆典,是欢乐颂,是一个伟大诗人的梦想:

如果世界上的姑娘都愿手拉着手,她们可以连成一个大圆圈,围绕着海洋。

如果世界上的小伙子都愿当水手,他们可以用他们的小船,在波涛上架起一座美丽的桥。

这样,我们就可以连成一个围绕全世界的大圆圈,如果世界上的人都来唱歌。

——保尔费《围绕世界的圆圈舞》

1998 年

在一棵树中回忆

在一棵树中回忆
进入一棵树是可能的
进入岩石也是可能的
当我回忆往昔
我觉得就在它们之中

　　雪在山顶上展示永恒的冬天，但夏季已经来临。融水的日子，溪水明亮，绕村而行，很容易找到溪水的源头，向上走就是了，直到山顶。我不能肯定这是否一条大江的源头，但肯定是某个源头。寻找一条大江的源头不容易，知道一条小溪的归宿同样不容易。小溪要去哪儿呢？它汇入了哪条支流，最终从哪儿入海？事实上，寻找归宿的过程比寻找源头的过程更让人茫然。归宿消失，源头永在。

就这样，一个人散步，望着山顶。

午后，异常寂静，狗睡在墙边，拖拉机像静物，石头房子有短小的阴影，牛粪墙几乎自燃。一切都在产生自己的影子，我也一样。我不动，村子也不动，一切都不动了。我被如画的背景呈现出来，身体布满阳光的颗粒。由于村边的水声，我甚至感到整个村子都有了水的亮度，像是在某个日光海滨。一切都如此明亮、炫目。的确，有时眩晕会产生某种艺术，我不是艺术家，但我知道一点修拉，知道为什么把阳光处理成颗粒，是有道理的。

我在村边已住了两年，关于村子我一直所知很少。村子最早何时出现的？石头房子是最初的吗？午后阳光何以这样宁静？红袍僧人很少从山上下来，隐约听说村子最早出现与山上的寺院有关，村子是寺院的属地，但寺院又是何时出现的？僧人来自哪里？事物总是缠绕在一起，可知部分总是引起更多未知部分。我从不刻意打听村中的事情。我觉得一切都是自在的，连同人们日常的谈话。不必非要知道事物彼此间的联系，所有的存在都有自身的理由。村子与寺院有关，但村子一旦存在就有了自己的理由。怎么能说静物般的拖拉机与寺院有关？还有乡邮电所、食品店以及远方的柏油路。

有些理由使我来到村边一住就是两年。一旦住下，新的理由也开始慢慢产生，以致我差不多忘记了最初的理由。我觉得某种东西在生长，甚至觉得自己同一棵树长在了一起，我与某种温度已密不可分。早晨、午后或黄昏我与村子同在，并一如既往的陌生。事物因陌生保持着相关的独立，久而久之，我也成了村中不可知的一部分。我认为进入一棵树是可能的，进入岩石也是可能的，当我回忆往昔，我觉得就在它们之中。我穿过村子，每天见到新的水源，我见到的水源鱼还没诞生。

村里一些孩子认识我，有些大人也认识我，他们在院门、墙头或汲水时看见我，通常并不邀我进家里坐坐。他们对我既尊敬，又陌生。有时我主动走进谁家，我得到热情接待，一大家子人围着我，常常我搞不清那么多成年人或老人是什么关系，我的伦理观念在他们面前完全失据。谁是祖父、母亲或者叔伯？

无法从年龄面貌上猜度一大家人。孩子的父母见过一面之后我还是恍惚，记不住他们的面孔，再见也不敢认。通常我没什么话，就是坐坐。我是孩子的先生，和孩子说点什么，或者靠孩子的翻译同大人说点什么。孩子的状况、学习、表现。很简单。大人们（我只能这么说）听明白了，露出诚惶诚恐的表情，说什么我听不懂，但有一句我听懂了：吐乞乞，吐乞乞（这是藏语中"谢谢"的敬语）。非常细的声音，如同流水一般。

我喝茶，类似祖母的人拿着壶等着，我喝一口，给我续一次。

这当然是一个比较兴旺的家，有待客的房间，一大排藏柜。但更多时候我的造访造成了麻烦，村子多数人家不富裕，家境简陋，卫生条件不好，上面是住房，下面是畜圈，味道不好。我后来知道他们不主动邀我进去的大致原因。我记得第一次贸然走进一家院子，院子在村子最后面，迎风，对着山谷，屋脊经幡猎猎，院墙破落。主人显然感到意外，有些失措，孩子出来向大人说着什么，我被请到了屋里。上了台阶，我看到半地下的牛圈，牛在昏暗里一动不动。穿过混乱的我无法描绘的房间、过道，我被请到了一个供奉佛龛的小房间。再怎么家里也是要供奉佛龛的，按规矩供佛之地是不应待客的。这间小屋的确不同，有窗，有阳光，简陋但非常干净，佛龛在彩绘藏柜之上。我看见净水、青稞、哈达和嵌入金色暖阁的佛像，一排长明灯。一切都一尘不染，主人日日擦拭。显然，主人因有违了某种规矩，显出既虔敬又惶恐的表情。老人给我新打了酥油茶，洗了木碗，端到我面前，我说不，他们激动地摇头，认为不可。我接了，心说也许不该来,手就有些颤。这是心灵之地,礼佛之地,但还有比这里更体现他们尊严的地方吗?并非我是上宾,但我想他们更多是出于尊严。房间如此朴素,哈达如雪,净水清莹,佛龛光可鉴人。一柱阳光射进来,没有微尘,一点儿也没有。这是个喜欢洁净的民族,有哈达为证,有青稞、净水、长明灯为证,有雪山为证。

我享有陌生与尊敬。我不再轻易到谁家造访。

我散步,有时碰到学生。夏季,妇女们在水边冲洗卡垫、衣物,歌声像水声一样嘹亮。有时因我出现,合唱一下停止了,但仍有人独自唱。我从她们身旁走过听见她们笑,窃窃私语,走远了一点,有时后面忽然爆发出大笑。我想她们是在嘲笑我,其中就有我的学生。我问过她们为什么笑,没有一次她们告诉我,那是她们的秘密。我想我可能的确是可笑的,一个人像一个影子,无所始,无所终。到了山脚,我还能去哪儿呢?我又不信佛。

2001 年

第二辑

大师的慈悲

大师的慈悲

大师的慈悲有时体现为一种月光——太阳普照，月光慈悲。清冷的天空，月光渡海而来，大师注视我们，环状的峦影恰似大师低垂的目光，这时天空就像含意深远的镜子。

我说的当然是十世班禅大师。

1986年3月，中断了二十六年之久的"祈祷大法会"在拉萨大昭寺首次恢复举行，由十世班禅额尔德尼·确吉坚赞大师主持。那一天，大昭寺前人山人海，僧俗足有十万之众。大昭寺顶是法会中心，班禅大师已经莅临，但尚未出现在寺顶，人们翘首、仰望、期待。我和林跃（我的同事）置身在手臂和目光的海洋中，我们像恒河之沙那样细小，微不足道。彼时阳光普照，人类盛大，无数目光陌生而激动，无数的遥远的面孔似乎把各地的阳光带到了广场，不用细看就能从他们的脸上辨认出不同地区的阳光。

如果恒河之沙也有妄念的话，大约就是我和林跃了，因为在万头攒动中，在人海之中我居然向林跃提出能否跻身大昭寺顶看看。这绝对是妄念，这怎么可能呢？林跃认为完全不可能。大昭寺当然戒备森严，一个个红衣喇嘛和保安人员已将寺院团团围住。但是根据以往的经验，我们可以不必进大昭寺也仍然可登上大昭寺顶，因为就在前几天，我和林跃被一个藏族同事引领从毗邻大昭寺的宗教局小院登上过大昭寺顶。宗教局与大昭寺顶有一条通道，我执意试试。

我们沿广场一侧溜到宗教局小院。正好宗教局是当时法会布施的地方，院子里挤满了人，老人、孩子、妇女、青年人，舍钱的、送米的，供酥油的，送宝物的。一个明显是八角街职业乞丐的老人把一小口袋青稞倒进了大的青稞口袋，场景十分感人。我们看到了院子里的回廊的楼梯口，这里就通往大昭寺，竟然无人把守！我们紧张地侧身而入，上了楼梯，楼梯又窄又陡，到了屋上面，豁然开朗，一条木质回廊与大昭寺连通。我们看到了寺顶，又听到了隆重的辩经之声，心里的喜悦无以复加。这时候，除了错落的寺院顶部，我们还没看到一个人，回廊上也没人。

我们穿过了长长的回廊，到了大昭寺顶的边缘，这里有个入口，最后的入口，过了此口就是大昭寺顶，这儿有人把守。拦住我们的是两个高大的喇嘛，我们不能再前进一步。如果是保安人员我们会自觉地退后，甚至连头也不敢露，但面对喇嘛我们决定一试。我们既紧张又厚脸皮地恳求喇嘛放我们进去，说了许多好话，说我们是北京教师队的，前几天市长还专程慰问了我们。但是都没用，要有通行证，没通行证绝不放行。我们能溜到这儿已很幸运了，其实就在这儿看也比在下面广场上强一百倍。我们看见寺顶回廊上坐了一圈整整齐齐的喇嘛，有两个对吹海螺的喇嘛一动不动，看上去像壁画一样，不远处就是大昭寺著名的天井，我们的取景框收进了对吹海螺的喇嘛，感觉就像壁画一样。

我们像某种常见动物一样围着入口转来转去，这时，忽然看见一个穿军大衣的中年人从寺顶走出来。穿军大衣的中年人手提步话机，戴着茶镜、胸卡、礼帽，很有风度，我一看，这不是丹巴坚作市长吗？前几天他还接见过我们！丹巴坚作市长是这次大法会的领导小组组长。他也看见了我们，但是，当然不认识我们。我决定试试市长，林跃拉了我一下，没拉住，在西藏我不知哪来的那么大胆。

我走到丹巴市长跟前，老远就同市长打招呼，您好，您是丹巴坚作市长吧，看见您太好了！丹巴市长审视地看着我，显然因为被叫出名字表情一下缓和了，甚至觉得有点奇怪我们怎么知道他的名字。市长向我点点头，我也不管什么礼数了，一下握住了丹巴市长的手，赶快自我介绍，说到几天前的北京教师队见面会，请求市长带我们进去。丹巴坚作市长看了看把守的喇嘛，说，他们不认识我呀。我说，您是市长，他们还不认识您？我说，您不用说什么，前头走我们后面跟着就行，准能进去。丹巴市长笑笑，幽默地说，那就试试？

我们刚才跟喇嘛软磨硬泡时提到丹巴坚作市长，现在我们就跟在市长后面，到了喇嘛跟前，我说：瞧，丹巴市长接我们来了。丹巴市长回头看了一眼，似是默认，虽没说什么，但也不用说什么——我们顺利地通过！

我们追着市长，向市长道谢，同市长谈笑风生，我们的意思是想让这里游动的便衣和保安人员多看看我们和市长大人在一起！因为我们虽然进来了，可没有胸卡，也没有任何证件，怕一盘问被赶出来。赶出来算好的，说不定关几天也未可知。我们这一招还真见效，竟然没一个保安或便衣问我们。彼时，中央来的人与自治区党委书记伍精华等各界政要已坐在寺顶的遮阳伞下，另一侧显然也是各类贵宾显要，此刻他们正在观礼大昭寺天井红衣喇嘛发愿诵经。大昭寺顶最高一层，是一个正黄色佛阁，里面班禅大师的身影隐约可见，似乎在与一些大德高僧谈经论法。

发愿诵经一完，正方形天井中，格西辩经开始了。但见黄绸铺地，一位苍老喇嘛端坐在法台上，身后一字坐了六个喇嘛，四周至少有两百名红袍僧人。此时一个年轻喇嘛正同法台上的老者及身后六人辩经，又拍手又跺脚，不时发出哄堂笑声，有时甚至相互还抓头发，拽领子，像打闹似的。人们笑，大笑，历史回到二十六年前，一切都没有忘记，但一切又是新的开始。

正看得有趣，忽听寺顶贵宾席上欢声雷动，原来班禅大师步出寺顶佛阁。大师身裹黄绸，颈戴哈达，身材高大，满面祥光，后面跟着一行含胸的大德高僧。伍精华等政要起立迎上去，藏族同志也一拥而上，保卫根本无法拦阻。众人簇拥着大师走向寺顶，面向广场十万僧俗。全场欢声雷动，五体投地，大师挥手，移步，声如洪钟。我和林跃也随着人流慢慢挤到前面，面向广场。我的右边是自治区党委书记伍精华，过去就是班禅大师。我举着照相机一通按着快门，甚至一条腿骑在了寺沿上，由于探身过度险些掉下去。我当然非常非常激动，与大师咫尺之间，刚刚我们还是淹没于广场的恒河之沙，现在居然奇迹般地出现在寺顶班禅大师的身旁，简直是不敢想象的神奇。

如果事情到此为止，大约也仅仅是神奇，如果没有后面发生的事情，我们甚至只是大法会的一个无人知晓的插曲。但是事情并没结束，班禅大师与一行显要接见完广场十万僧众后，要在寺顶合影，差不多有二十人的样子。新闻记者纷纷举起相机，长焦变焦快门暴响。我们不是记者，不敢太靠前，躲在人后，只能从人缝中拍照。我不甘于此，这样怎么能照出好照片呢？我的身后是一道女墙，我决定登上女墙俯拍。女墙有一些支柱，我蹬着支柱向上爬，刚爬到半截只听支柱"咔嚓"一声响，我摔下来,粉尘四起。我摔了个四脚朝天,相机摔了出去。支柱早已干朽,我相信也就是我,百年来没人想要蹬着支柱爬上女墙。所有人都回过头来,我注意到包括班禅大师似都是一怔,我当时吓坏了,心说这下完了,我是谁呀,怎么混进来的?弄出这么大响动,要是有人盘问,还不给抓起来?!

但是居然没事!没人抓我,合影继续进行。我们闯了祸,再不敢抛头露面,就猫在最后面。拍照完毕,刚刚散开,奇迹发生了,班禅大师拦住了伍精华等一行要员,竟然抬起手来,越过众记者的头顶招呼我和林跃,当时所有人都愣了,不知道发生了什么。班禅大师非常高大,有越过人们头顶的身材。原来大师要我们到前边来,让我们专门拍一次!我们简直不相信是真的,但又的确是事实,我们愣住了,不知如何是好,直到有人催我们过去!我想在我摔倒之时,班禅大师就显然记住了我们,知道我们个子小,一直在后面,因此刚一拍摄完毕就拦住了别人。显然班禅大师那时就已动了慈念。我们是什么人呀,没有专业相机,没有证件,没有任何标识,但是我们让大师动了念。大师心细如发,感念众生,感念最微小的生命的颤动。众目之下,我们走到近前,两架可笑的傻瓜相机咔咔胡乱响了数下。我们示意拍好了,这时藏族同胞,都是有身份的人,一拥而上,让大师摩顶。我们当时感到如此激动如此殊荣,心里久久难以平静。

现在事情已过去十六年了,至今我都觉得那是不可能的。

现在想想,这里面有几个关键节点,首先是我们动的妄念,接下来是在宗教局小院遇到丹巴坚作市长,市长给了我们不可思议的信任,而且如此的幽默。最后是班禅大师神性的动念——那种对人本身的悲悯与同情。这是神性吗?我以为也是人性。这里作为官员丹巴坚作市长与班禅大师在人的境界上显然是一脉相承的,并且由来已久,无疑与西藏有关，与宗教有关：那就是人与人之间的信任与情怀。大师已经升天，但并没消失，某种意义上他的照耀更加慈悲、安详，安详一如夜晚低垂的月光。

2002 年

神赐的静物

十五年后,我才看到这三张照片。它们是我拍的。但我已经不记得。我得感谢安妮宝贝,那时她在榕树下主持一档栏目,要我提供一些西藏的照片。我翻检十五年前的照片,都不太满意,后来把所有底片翻出来,本来想找一张记忆中拍得不错的照片的底片,结果发现了一些没洗过的底片。那些底片黑乎乎的,看不出照的是什么,似一些废片,我仔细在灯下照它们,还是看不明白,扔下了。

当年,那些神赐的静物,就是这样被淘汰的。

实在挑不出什么,后来我还是决定碰碰运气,洗出那些黑乎乎的底片。结果拿到的那一刹那,我惊呆了,原来是些风景,因为大的反差底片大块的黑,竟使它们十五年后才得见天日。风景美极了,是我所有拍摄过的关于西藏的照片中最美的几张,我几乎不相信自己的眼睛,这是我拍的吗？我竟然一点印象也没有。地点、时间全记不清了，怎么想也想不起来。我反复端详，在电脑屏幕上把它们放大，充满屏幕，追寻着十五年前记忆的蛛丝马迹。我陷入遥远的回忆。逐渐地，我记起了一些模糊的事情，我常去哪里，它们大概是什么地方，我是怎么想起要拍它们的。不过我仍没有太大把握。它们都拍摄于拉萨，这是肯定的。有两张摄于秋天，这从画面绚丽的色彩和丰富的层次可以看出来。从光照的方向看，两张都是斜阳或不太晚的黄昏。是的，我那时经常黄昏时一个人散步。其中一张似乎是有树的寺院，但究竟是哲蚌寺，还是另一个小一点的寺院，我有点想不起来了。这两个寺院都坐落在拉萨西郊我曾任教的一所学校的后身。从学校散步出来，穿过一个名叫坦巴的村子，就到了一个供奉着大强巴佛未来佛的小寺院，再往前走，过了一片白杨林子，就看见了圣丕乌孜山脚下的哲蚌寺，西藏第一大寺。黄昏，饭后，天还长，我能干什么呢，我常去这两个寺院，特别近前的小寺院，几乎成为我的习惯，就像晚祷一样。但我更倾向照片拍的是哲蚌寺，照片主题或者说当时打动我的，显然是金黄色的杨树，树下垂首散步的红衣喇嘛，以及构成鲜明对比的一角白色围墙。从画面透露出的建筑层次，虽然被树掩映，只是一角侧影，但完全能感觉到寺院庞大的规模，画面是非常凑巧地给人留下了应有的想象空间。我当时可没想那么多，事实上我甚至不记得树下的喇嘛。就是那棵树，那棵金黄色的树强烈地打动了我，天造地设让我取下了内涵如此丰富的构图。我对摄影完全是外行，我的相机也是一架当时最便宜的日本傻瓜机子，我记得是一百八十三块钱，还是我到西藏后买的。像我这样有一些直觉全无技巧的人，傻瓜机子是适合我的。但我也不认为只要到了西藏就能随随便便拍下好片子。好了，这张照片我想可以叫《有树的哲蚌寺》了。

另一张让我更加犯愁，那是哪儿呢？广阔的蓝天，几朵上升的白云，山脉和树丛只占了画面的四分之一，这四分之一的窄幅竟然容下了三个截然不同的层次，秋天的树丛，前脸山，后面高大绵延的雪山。幸好那几朵上升的云把广阔天幕与山脉联系起来，使构图不致上下脱节，反而获得了更深广的意境。秋树下是拉萨河吗？画面看不到，但你完全可以想象秋丛下的河流，那是拉萨河，没错，虽然它不在画面中。问题是，这究竟是从拉萨的哪个角度拍的呢？我实在有些想不起是在哪儿拍的。我只能根据我到过的地方猜测。显然它不是我常去的东北部山脉，我所任职的学校像哲蚌寺一样在北部山脚，东面也是很近的大山，因此学校一天之中要有很长一段时间落入圣山的阴影中，只是到了正午和夕阳西下，我面对的山脉才亮堂起来，但我不可能拍到远景。那就是拉萨的南面或东南面，不可能是西面，因为不是逆光拍摄。毫无疑问，画面是黄昏的侧光。那样我必须下了公路，来到南部开阔的沼泽地，沼泽地有一条与南部山脚下的拉萨河几乎平行的一条小支流，发源于北部山脉。支流在夏季涨水时，常常把拉萨西郊的牧场变成一片沼泽。过了这片沼泽地是辽阔的七一农场。我觉得有些眉目了。我的不少学生都住在七一农场，我去那里不多，但还是去过若干次。我想大概是其中一次，在七一农场的农垦中学，或者不是在农垦中学，但总之是一片树丛中，秋天的树丛让我艳羡不已，接着透过树丛我看到一脉浅山之后的雪山。但我置身于树丛中又如何拍到如此开阔的景象呢？我必须在高处，这我可实在记不清了。好吧，就算是我在这里拍摄的吧。现在我能为它取个什么名字呢？《四分之三天空的秋天》或《拉萨秋色》？

真正难办的是第三幅。时间、地点完全不详，根本无从记忆。我甚至认为我从没见过这样惊人的景致，这是拉萨吗？甚或这是西藏吗？照片调子如此寒冷、奇静，而无疑又是盛夏，否则树丛何以如此细腻、翠绿？但这的确又是西藏！即使没有树后的雪山、雨后的薄云，光是那矮柳就是西藏的柳，甚至光是这调子就是西藏的调子。除了西藏有这种天造地设大自然中的静物，哪儿还有静物般的自然呢？可这究竟是哪儿呢？是我能拍到的吗？十五年了，它藏在我的底片里，或许它根本就不愿示人？我只能说这是神赐的静物，好吧，就叫《神赐的静物》。

2002 年

西藏的色彩

来到西藏高原,给我最突出的印象是:这里缺乏色彩。或许由于这里的自然风貌过于粗粝、单调,生活在这里的民族才那样喜欢色彩,喜欢将自身和周围环境装饰得那样感情炽烈,五彩缤纷。

最初引起我注目的是那些五彩小旗,在西藏几乎随处可见,有时飘扬在房檐树枝上,有时横跨过一条河或是一条街道,有时从山顶到山顶迎风招展。当这些彩旗第一次跳进我的视野,我惊异得几乎叫起来,因为它们一出现,荒凉的自然界立刻变得生动起来。有人拽我的衣袖,说那不是什么迎宾旗,是经幡,宗教的旗帜。当然,当然,但那仅仅是敬神的表示?是否也含装饰意义?你不能否认它增添了快乐的色彩,至少在视觉上。

八角街是拉萨的主要街道和商业区,以大昭寺为中心,呈环形,街道两侧是颇具民族特色的藏式楼房,楼体皆刷成白色,在强烈日光的照耀下显得异常夺目耀眼。初到拉萨的人总觉得拉萨是白色的,确实有一种步入了雪域高原的味道。不过倘若一味白色当然叫人受不了,于是在通体白色中又施以另一极端色:黑色。这种黑色主要体现在对窗户的装饰上,窗的四边皆涂以宽厚的黑色作为与白色的对比,窗楣凸出,一般呈浮雕状,细部装饰着精致的五颜六色的花纹,看上去既浓重,又色彩斑斓。整个看去,藏式楼房在黑色与白色强烈的对比效果中显示出其独特的民族风格。而强反差正是藏族独具的审美特点,这一特点几乎贯穿了他们对色彩的全部追求。比如藏族妇女在衣着打扮上,往往喜欢外着一件无袖黑袍,而内里一定套一件极鲜艳明丽的汗衫,看上去既庄重,又活泼明快。有些妇女还喜欢在腰上围一花格帮典裙,裙子以红黑格为主色调,间或黄绿,跳跃感极强,给人以欢快的美感。再比如典型的藏式柜,如果说藏族在其他方面对色彩的追求还比较单纯,那么做工细致、漆画讲究的藏柜在色彩的装饰上可以说丰富多变,富丽堂皇。藏柜既实用,又是家家不可缺少的装饰品,因此非常讲究用色的效果,一般是先打上一层浓重的底色,四边绘上描金的几何图形,然后在四扇柜门上绘五彩缤纷的四季花、长寿图、仙鹤、白象等吉祥物,色彩明亮照人,极富装饰意味。

不过,近来藏柜在用色布景上也有新的追求。有一次,我到一个藏族朋友家做客,发现他新打制的藏柜和我以前见过的有点不一样,藏柜的底边增补了一些小巧的配景,通常这地方是留白的。这些补景小品,或一山一水,一桥一石,清淡灵秀,给藏柜平添了一种深远的意境。我问主人怎么回事,主人告诉我,这是吸收了汉族山水画的特点。这一点缀非常妙,体现了藏族审美的新追求。

从藏族对色彩的追求和喜爱上,我们不难看出他们是一个热情奔放、积极向上的民族，他们是我们这个民族大家庭中优秀的一员，也许正是那里险峻的自然环境造就了他们热爱生活、感情炽烈、乐观无畏的性格，那么他们那么喜爱强对比、强反差的色彩也就不难解释了。

1987 年

杀生戒

多年前的一个午后,我登临拉萨大昭寺顶,见到若干黑袍裹身水袖飘逸的藏族妇女,她们手持器具,且歌且舞,边劳动边唱歌,让我禁不住驻足称奇。问友人巴桑次仁她们唱的是什么,巴桑译道:"佛大无边,无所不在,可保佑天上的飞鸟地上的走兽,善良的百姓都过上幸福平安的生活。"巴桑虽受过较高教育,但宗教感与生俱来,十分深邃。我问巴桑:鸟兽怎可与人相提并论,还幸福、平安?!我当时觉得那是一件匪夷所思的事。

如果当时我能沿着这个思路,平心静气地反思或钻研下去,或许早有觉悟;但自然的倾向主宰了我,使我在这一重大疑问面前转过身去,朝着悠远的史前走去。我接触到了一点人类学和原始宗教。许多研究结果表明,人类在原始初民时期普遍存在着动物崇拜现象,位于法国南部的鲁瓦·弗雷尔山旧石器时代遗址的溶洞中,发现有半人半兽的"兽王"像便是明证。同样的例子在小亚细亚、西班牙和奥地利也可以找到。动物崇拜的产生除了由于原始人对动物有着强烈的依赖感（动物是当时人类生存的必要条件，事实上现在也是），还由于原始时代的初民还没有把自己完全与动物区别开来，在初民看来动物跟人并无大区别，它们同样有思想、感情、灵魂等等。原始宗教的这种"尊重生命"的自然观，对后世人为宗教影响弥深，而尤以佛教最甚。佛教的基本信念是"众生平等"，此众生不仅指人，也指一切动物。佛教戒律最基本的是"五戒"，而"五戒"之首即是"杀生戒"。同样耐人寻味的是，耶和华让人类面临灭顶之灾，但在放生挪亚一家的同时，居然没忘了把动物也放在那一叶"方舟"之上。

前不久，我不期而入环保领域，耳濡目染，方知当今这世界环境已十分恶化：土地沙化，气候变暖，森林锐减，物种灭绝，地球生态百孔千疮！新近偶然又从余谋昌先生那里略知了生态伦理学一二，因此也才有了上述幡然的追忆。

大约本世纪三四十年代，由一个美国人和一个法国人率先提出了"生态伦理学"。美国人认为，伦理学的正当行为的概念必须扩大到包括对自然界的关心，道德上的权利概念应扩大到自然界的实体和过程，确认它们在一种自然状态中持续存在的权利。简而言之，生态伦理学的基本原则是：应当尊重生命和自然界；不应当伤害生命和自然界。妙处大约就在于此。科学的宏论与宗教自然观如果不是异曲同工，至少也是殊途同归。

生态伦理学与宗教有何渊源？我还无从考证，但文化是割不断的则是定论，哪怕是宗教文化也总有给人启迪的地方——至少在它的源头是这样。最后需要说明的是，宗教自然观是以"神祇"为出发点的，而生态之学则是以对现实作深刻反思为出发点的，不能因为殊途同归，就否认二者有着本质的区别。

1990 年 8 月

藏北少女
——致火柴

火柴：

  你好。我也喜欢桑尼这个人，许多年前，我从藏北回拉萨途中，在长途车上，桑尼坐在我旁边（当然，我在小说中这样称她）。这是个陌生的少女，一个藏北少女，显然是去拉萨，不是第一次去，我们同路。她已不同于草原上的少女，但也不是通常在拉萨见到的少女。一个具有城市的光亮，同时依然是藏北风中的少女，没有着藏装，但是黑衣服，头发也很黑，记忆中有红辫绳，一个过渡中的少女。主要是她的面庞，像涂了一层釉，类似混血的黑，光亮，眼睛如同溪水中的石头，一动不动而溪水长流，几乎能听见里面空谷鸟鸣或笛声。非常美，美得惊人，不是偶然的，而是漫长的，自然变迁的，同时又以偶然方式出现的，比如钻石。

漫长旅途，车上人聊天，说话，有时提到她，她羞涩，简单点头，又恢复宝石的样子。我问她一些话，她也同样点头或摇头，不说话。好像在拉萨一个什么地方工作，点头中确知。然后又是寂静。少女嚼一种食物，可能觉得不安，拿出来分给周围的人，也给了我，是糖，奶糖。她给糖的动作是张开手心，你来拿，脸微微红着，可能很红，但她的肤色使这种红过渡成一种优雅。我拿了一块，她没收回手，几乎用眼睛命令我再拿一块。又拿了一块她才收回了手。她平复了某种不安，周围人已不再成为干扰，于是自如地嚼糖。通常因为友善的举动，陌生人会变得密切起来，但少女似乎不是这样，我试着同她说些什么，她依然简单，仿佛在自己内心深处仰望风与流云。我叫她桑尼，把她写进书中，洞悉她的秘密。

2001 年

拉萨之夜
—— 致商略

商略：

我对西藏度亡风俗了解不多，也很难看到具体细节，一般也不让看。我那时不理解为何你去看人家感到愤怒。现在明白死亡是有路径的，不相干的陌生人会打扰亡者的灵途，不仅是一种尊重风俗问题。我没看过天葬过程，我的一个学生爷爷去世，他告诉我半夜他要背爷爷去天葬台，并告诉了我大约几点，在哪个天葬台等着，不要走动。我见过他的爷爷，我可以去看。但我没去。我有一种直觉，不能去，为了一种好奇我做不到。

拉萨八角街我白天去过无数次，但还从没夜间走过，我想临离开西藏前一定夜间去一次，看看夜间神奇的八角街是什么样，一个叫巴桑次仁的朋友在我临走之前满足了我的愿望。他对我的想法很感奇怪，因为他从未想到要看看夜间的八角街。我住在拉萨西郊，那天我们大约三点多钟骑车穿过静如天空的街道以及幻影般的布达拉宫，来到了以大昭寺为中心的环形的八角街，无论我还是巴桑都感到某种莫名的恐惧。八角街既是传统藏族做生意的地方，同时又是朝佛圣地，到八角街一定顺时针走，今天我与巴桑可能算是最早的朝佛者。夜风习习，时紧时急，白天摊位丢下的纸张飞舞着，一些白纸像灵纸一样掀动，两侧藏式楼房的白灰墙泛着白光，黑窗框则像一张张暗影。狗在一些角落缩着，一叫不叫。这种时刻你说是阴间不是，说是人间也不是，这似乎是一种临界，一种中阴。好多年后看了一本《西藏度亡经》的书，我才明白为什么藏族选择这个时刻送亡灵走完最后一段路。是的，我们碰上了超度的队伍。转了一圈，我们回到大昭寺前，远远就看见寺前人影幢幢。那是1986年7月22日，星期二，我在当天日记中写到："明月当空，八角街沉浸在一种神秘的宁静中，转至大昭寺前，人影幢幢，忽见一列送葬队伍停在寺前，死者由担架抬着，正对寺门，默祷，煞是可怕，人皆举香，香火星星点点。"我记得那一刻我和巴桑大气也不敢出，我没想到会有这一幕，不知是凶是吉，总之心紧成了一团。

回来路上，巴桑告诉我，这是藏族的风俗，死者天葬前都要到大昭寺转一圈，这是人生最后的告别仪式，然后去天葬台。他这一说，我想起来，我们原来一直跟在这支送葬队伍后面，我们也是送行者，我不知道这是否是天意，明月如此皎洁，而我们为什么感到无可名状的惧悚？这肯定是有原因的。我没有查7月22日是个什么日子，以印证我为什么选择了这一天。

关于死亡或度亡，还有一些神奇的地方，像传说一样，我在《一条河的两岸》写到过一次真实的传说，一个死者已经死了，肉身停在家里，但死者竟传出话说要在哪天回家取一件东西，说出了行走路线，千万不要打扰她。那是我一个学生暴病而亡的母亲。结果那天她如期而至,取走了东西。我的学生都声称看到了,并且说出种种细节。我后来想,她们说的死者回来并非停在家里那个肉身,但也只有她们才视见亡灵。我一直在试图理解一些现象,读了部分《我这样修行》(洛桑·伦巴著,逸夫译),使我获益匪浅。手头还有一本《西藏度亡经》(也叫《中阴得度》,莲华生著,徐进夫译),此书像《埃及度亡经》一样驰名世界,心理学巨擘荣格认为此书是他一生的学术源头,他说:"若干年来,乃至从1927年初版以来,《中阴得度》就成了我的随身伴侣,不仅是我的许多富于启示性的观念和发现要归功于它,还有许多根本的认识或见地也要归功于它。"

弗洛伊德发现了人类的潜意识,荣格认为弗洛伊德所做的研究相当于密宗的"投生中阴"或转生状态的精神境域,但出于对形而上学一贯合理的恐惧却使弗氏没有因此进入"密宗"境地。而荣格则跨过了弗洛伊德,大踏步进入并拓展了潜意识极其丰富的内容,荣格认为,潜意识里(中阴)贮藏着人类以往的全部记忆。而我认为荣格之所以把《中阴得度》奉为自己的神明,其原因或许在于《中阴得度》是一部关于浩瀚的死亡意识的书。而死亡意识恰如人类的潜意识,或者说死亡意识是潜意识不可或缺的重要内容。正是因为《中阴得度》,荣格跨过了弗洛伊德。

2001年

那沙,还是原来的沙么?
——观纪录片《无镜》随想

> 夜又深了,七天七夜的坛城终于美轮美奂建成在沙上,没有丝毫的留恋,密宗大师一抹再成沙。
>
> ——导演马莉手记

许多天前,在京郊友人的"长城山庄"第一次看《无镜》,有一种拒绝的感觉。当时该片导演马莉就坐在我身旁,看片场地不是屋里而是露台上,有三十多人一同在露台上观看。山庄坐落在层峦叠嶂的山峰上,形似烽火台,周边高高低低错落分布着古老的垛口,而一孔孔尖拱形的窗子又像哥特教堂,不西不中,整个看去既神秘又怪诞。此外,山庄在货真价实的山里,深得不能再深,有一种尽头的感觉,仿佛再过前面那道山就可以

"穿越"到另一种时空。是的,整个隐秘的山庄倒也适合看来自高原的《无镜》。然而,我还是愈来愈有一种拒绝的感觉,我不是拒绝片子,而是拒绝人,任何人,包括我身边该片的导演。

这样的片子当我看上第一眼就觉得应该独享,没任何人打扰,完全是一对一的观看。片子有我过往的生命烙印在其中,烙印在每一个细部,每一张面孔,每一个眼神,每一种诉说之中,尽管拍摄之人之前与我毫不相干。的确,我看了一会就离开了,完全不能忍受别人在场。几天之后,我终于有机会一个人面对《无镜》。我是对的。一个人,在一个大的无人的场域里,完全投入进去。我和片子不分彼此,思考片子就是思考我自己,思考我自己就是思考片子,许多年前的西藏回到我身上。

一切都熟悉又陌生:眼前的一切是我心中的西藏,又不是。是又不是恰是艺术之道,不过把握起来绝非易事。是的,不错,如同片子显示的许多可能,有许多角度看待这部片子,知识,观念,是一个角度:片子提供了非常准确、真实、在场的藏传佛教内部的景象与观念。这是观赏这部纪录片的最重要的基础,如果不能洞悉藏传佛教核心的表达,其他都是不能有根基的欣赏,不能有所附丽。比如因和果,生与死,苦和乐,这是生命核心的东西,也是佛教核心关注的东西,这些抽象的观念性的东西在这部片子里成为具象的存在,生活的存在。语言与生活完全同一,不再神秘。真实代替了神秘,但更深刻的神秘也由此产生。换句话说,通常关于西藏或藏传佛教的表面的神秘感消失了,但来自真实中的神秘愈让人深思。

真实的神秘是:他们,那些信仰者,在一种简单逻辑中完成简单的人生,而人生的漫长、时间以及全部的细微,让双重的简单变得层层叠叠而成为一种复杂,就如岩石缓慢的层层叠叠的形成。为何出家修行?因为要消除烦恼,因为不再畏惧死亡,因为畏惧尘世生活。因为简单才快乐。就这么简单。而为了这简单,人得变得多简单?

然而烦恼是生命的本质，取消烦恼，经年累月，甚至终其一生与生命的本质作战，是多么的不可思议。片子显示，在简单（闭关）中仍有复杂的细微的无所不在的烦恼，十七年也不能消除，他们焦虑的真实的内心的声音，他们对着镜头即凡世的诉说异常震动我。某种幻觉消失了。某些幻觉实际上是人的最后一道防线，它可以非常虚幻，但不能没有，就像我们的生活不能没有晚霞。

为了消除不可能消除的烦恼，事实上围绕佛教的东西是多么的繁复、绚丽、辉煌，内在的悖论极其隐蔽，但也显而易见。把一切都观念化，莲花，壁画，空间，无比绚丽的坛城，是的，这些都指向作为观念的信仰。但同时也作用感觉，而感觉并不被观念引领，感觉归属生命，自我。换句话说，围绕佛教的那么丰富的形式感、仪式感既消除着自我，又增加着自我。

十七年闭关的修行者证明，自我与烦恼根本不可以消除，于是引入前世概念，即前世积业太多，所以才不能消除。不能消除为什么还要苦修？对，修来世。这里又引入了"来世"的概念，时间的边界因此打通，本来在现世中堵塞的无法自证的东西向虚无的广阔的辉煌的时间敞开，并得以轮回。这些核心的观念在片子中得以清晰的表达。但更深的疑问或疑惑也隐蔽在其中，比如前世，来世，现世，三者真的是可以并置放在一起表达的吗？当然，片子并未对此给予显而易见的质疑，但导演个人的忧心、困惑与求解以个人化的方式潜在着。因此这部片子就理念而言与其说增加了希望，不如说有着更深的绝望。

但这种绝望不是批判的，质疑的，而是向着高处的人类最后的净地吁求，就是说在平静客观纪录的背后，抒情的东西始终存在。虽然心灵的最深处依然悬空，无着，苦痛，但对可疑问的观念之外的一切导演是毫无保留的认同，且心向往之。这就引出了看待这部纪录片的另一个角度：美，或审美。

"穿越"到另一种时空。是的,整个隐秘的山庄倒也适合看来自高原的《无镜》。然而,我还是愈来愈有一种拒绝的感觉,我不是拒绝片子,而是拒绝人,任何人,包括我身边该片的导演。

这样的片子当我看上第一眼就觉得应该独享,没任何人打扰,完全是一对一的观看。片子有我过往的生命烙印在其中,烙印在每一个细部,每一张面孔,每一个眼神,每一种诉说之中,尽管拍摄之人之前与我毫不相干。的确,我看了一会就离开了,完全不能忍受别人在场。几天之后,我终于有机会一个人面对《无镜》。我是对的。一个人,在一个大的无人的场域里,完全投入进去。我和片子不分彼此,思考片子就是思考我自己,思考我自己就是思考片子,许多年前的西藏回到我身上。

一切都熟悉又陌生:眼前的一切是我心中的西藏,又不是。是又不是恰是艺术之道,不过把握起来绝非易事。是的,不错,如同片子显示的许多可能,有许多角度看待这部片子,知识,观念,是一个角度:片子提供了非常准确、真实、在场的藏传佛教内部的景象与观念。这是观赏这部纪录片的最重要的基础,如果不能洞悉藏传佛教核心的表达,其他都是不能有根基的欣赏,不能有所附丽。比如因和果,生与死,苦和乐,这是生命核心的东西,也是佛教核心关注的东西,这些抽象的观念性的东西在这部片子里成为具象的存在,生活的存在。语言与生活完全同一,不再神秘。真实代替了神秘,但更深刻的神秘也由此产生。换句话说,通常关于西藏或藏传佛教的表面的神秘感消失了,但来自真实中的神秘愈让人深思。

真实的神秘是:他们,那些信仰者,在一种简单逻辑中完成简单的人生,而人生的漫长、时间以及全部的细微,让双重的简单变得层层叠叠而成为一种复杂,就如岩石缓慢的层层叠叠的形成。为何出家修行?因为要消除烦恼,因为不再畏惧死亡,因为畏惧尘世生活。因为简单才快乐。就这么简单。而为了这简单,人得变得多简单?

然而烦恼是生命的本质，取消烦恼，经年累月，甚至终其一生与生命的本质作战，是多么的不可思议。片子显示，在简单（闭关）中仍有复杂的细微的无所不在的烦恼，十七年也不能消除，他们焦虑的真实的内心的声音，他们对着镜头即凡世的诉说异常震动我。某种幻觉消失了。某些幻觉实际上是人的最后一道防线，它可以非常虚幻，但不能没有，就像我们的生活不能没有晚霞。

为了消除不可能消除的烦恼，事实上围绕佛教的东西是多么的繁复、绚丽、辉煌，内在的悖论极其隐蔽，但也显而易见。把一切都观念化，莲花，壁画，空间，无比绚丽的坛城，是的，这些都指向作为观念的信仰。但同时也作用感觉，而感觉并不被观念引领，感觉归属生命，自我。换句话说，围绕佛教的那么丰富的形式感、仪式感既消除着自我，又增加着自我。

十七年闭关的修行者证明，自我与烦恼根本不可以消除，于是引入前世概念，即前世积业太多，所以才不能消除。不能消除为什么还要苦修？对，修来世。这里又引入了"来世"的概念，时间的边界因此打通，本来在现世中堵塞的无法自证的东西向虚无的广阔的辉煌的时间敞开，并得以轮回。这些核心的观念在片子中得以清晰的表达。但更深的疑问或疑惑也隐蔽在其中，比如前世，来世，现世，三者真的是可以并置放在一起表达的吗？当然，片子并未对此给予显而易见的质疑，但导演个人的忧心、困惑与求解以个人化的方式潜在着。因此这部片子就理念而言与其说增加了希望，不如说有着更深的绝望。

但这种绝望不是批判的，质疑的，而是向着高处的人类最后的净地吁求，就是说在平静客观纪录的背后，抒情的东西始终存在。虽然心灵的最深处依然悬空，无着，苦痛，但对可疑问的观念之外的一切导演是毫无保留的认同，且心向往之。这就引出了看待这部纪录片的另一个角度：美，或审美。

美在这部片子无所不在，且是整体的存在。

美毫无保留地被刻画，表现，追踪。天空，流过寺院的云，寺内空间，光线，无处不在的绛红色，氆氇，面孔，明暗，物品，经册，净水，木碗，目光，语言，所有的细部，中景与近景交替的特写，快速的叙述流与不动的画面构成泉水与岩石般的关系。宏大法会场面，空镜，画外藏女伴着琴的歌声，坛城，辩经，手势，激情，一动一静，如舞蹈一般。

特别是片子有意无间之间慢慢纳入到坛城七日的构建中，因此也获得坛城一样的叙述结构：成住坏空，坛城建成之日，也是颠覆或解构之时。但建构时的执著、悉心、内在的审美，无疑属于自我范畴，每一时、每一刻的快感都已无意识地烙印在心上。美之建构亦是心灵的片刻的自我的建构，这与去除自我的基本理念显然是冲突的，也就是说，观念与情感是冲突的；美这时高于观念，会潜在地留在心上，并构成自我，产生因美而生的烦恼。因此，我不认为那么美妙的美轮美奂的坛城被顷刻毁掉之后，心灵沉淀下来的美（色彩、线条、构图、微妙、情绪）也会同被毁掉，这就像死的终点并不能抹掉生的过程的意义。生不能否定死，死亦不能否定生。而毁的突然性只能增加美的烈度。心可以很空，但无意识的情绪不会如止水，所谓树欲静而风不止。如果美无法消除，自我便不可消除。

因此，我认为《无镜》这部片子的审美意义大于宗教观念意义，或者说观念产生的美事实上超越了或背离了观念，获得了独立的意义，同样也使我们获得了欣赏这部片子的另外的目光。

总起来说，这部片子的成功就在于其内在的方向不同的张力，在于其异常诡异的相辅相成，因此，其神秘性一方面减弱了，一方面又加强了，指向了更大或更高或这之外的未知。

2011 年

回到拉萨

"回到拉萨,回到布达拉……"没有歌中唱得浪漫,没有"在雅鲁藏布江把我的心洗清",没有"在雪山之巅把我的魂唤醒",就是回来了。

告别了二十七年,如同一个回家的人。

熟悉的地方不多,大昭寺、罗布林卡、布达拉宫变化不大,但因为二十七年前就不熟悉,所以也谈不上陌生。陌生是因为过去熟悉,现在变了才陌生,比如二十七年前工作的拉萨六中全不是以前的模样。甚至我进去门卫拦住不让,我说我二十七年前是这儿的老师,门卫无动于衷。当年我在时没有门卫,只有铁栅栏大门,大门永远开着,后来掉了一半,再没装上。挺好的,特别敞开。六中在拉萨西郊,那时拉萨河在这里展现出平沙、沼泽、牧场的景象,六中是岸上不多的建筑之一,在这样的旷野上,大门真是不必要的,形同虚设更近自然。

六中与丹巴村一墙之隔,坐落在公路边上,越过公路是沼泽与农田。丹巴村早年是哲蚌寺的属地,六中占的是丹巴乡的地,也是某种意义上的寺院属地。可见三者关系之密切。早晨、午后或黄昏我经常从一些比较大的狗洞钻出去,穿过村子,就到了哲蚌寺。围墙是土坯墙,有许多狗洞,我们经常图省事从狗洞钻进钻出,学生也是如此,有些洞后来干脆变成了豁口,与村子就更加密切,进出完全自由。学校像村子一样,像寺院一样,在大自然里,就那么单摆浮搁着,自自然然,要什么门卫,本来就是一体的。

那时,学校是石头房子,村子是,寺院也是。村子白墙黑窗,经幡招展,午后寂静,黄昏如画,学校、寺院也如画,是一幅画。有许多入口,当然又是实际上的出口,没有围墙,只要不停下脚步,不是出来就是进去,不是进来就是出去。因着山势,完全是不对称建筑,曲径通幽,形成网络,堪称迷宫。但每个局部,比如一个小院,又会特别明亮,就像梦中有些非常明亮。大殿就不用说了,我特别喜欢一些明亮幽静的小院,有些小院可以远眺,能看到拉萨河,黄昏夕照,越过一些岛链似的浅山可以看到拉萨河、雅鲁藏布江的汇合处。有一次,就是在这样一个黄昏小院,我默默挨近一个红衣喇嘛,我们一同眺望。我们没有一句话,但是慢慢地我觉得我们是一体的,我们的脸都被夕照映红,被拉萨河与雅鲁藏布江的汇合处照光,有一刻几乎通体透明。不用交谈,只是观想,双方就可以有一种交流,这仿佛是佛教特有的,是一种身体现象学。

有一年下雪,在半山腰上,我遇到过类似的情景。一个红衣喇嘛在雪中的石上独坐,面对远方看不见的拉萨河,我来到他的旁边,默默伫立,顺着他的眼光凝视远方,慢慢地我觉得我们成为了一个人,我们看到了相同的东西。他当然不知道我是一个未来的小说家,我也不知道,一切都是自在的,有这种时刻自然就会有未来呈现的时刻,该呈现的总会呈现。不呈现也没关系，雪中静坐是一种永远的存在，自然界总有一种德大自在的东西存在。然而具体对我而言，前面说的两个场景极其重要，因为世界无论有着怎样的永恒性一致性，同时还应以个人化的方式存在，比如为什么是这个喇嘛不是那个喇嘛，世界是无限可分的，差异也是无限可分的，我一方面相信永恒，一方面迷恋差异，两者并不矛盾。正是以这种差异性，多年后，我把这两个场景写进了我的长篇小说《天·藏》。哲蚌寺是这部小说的道场，根据那两位喇嘛我塑造了马丁格的形象，根据当时的我自己我塑造了王摩诘的形象。

二十七年后学校与村子已完全不同，已经没有村子，消失了，没有了，失踪了，六中盖起楼，铁栅围墙，大门威武，威严，石头房子不见了，没有了，我巴望了一会儿，没巴望到什么。的确，门卫应该拦住我，你是谁呢？你二十七年前在这教过书，二十七年前是谁？这儿没有时间。时间总是非常新，而且还在不断更换时间，你太陈旧了。或者你简直是一个说谎的人。此外，作为山上的涓涓细流那些毛细血管的拉萨河的小支流也都没了，难道山上不再融雪？丹巴村变成了丹巴社区，盖了许多威武的带车库的房子，有一刻，我踮起脚，隔过许多电线、太阳能热水器圆桶、想不通怎么那么高的天线，一下看到山的幻觉般的哲蚌寺，我意识到我脚下待的地方还是原来的地方。原来，我为什么如此怀旧？是否太自恋了？有时，当我面对镜子时，我也想，你都不是原来的你，凭什么原来的地方还是原来的地方？凭什么原来的地方等着二十七年后的你？

哲蚌寺没变，一切都没变，一切都印着我年轻时的目光，唯有在哲蚌寺一如我所料，找到了无数的确认、无数的存在痕迹。不，不仅仅是故地重游，因为《天·藏》写了这里，故事就发生在这里，马丁格的小院、王摩诘、维格与马丁格父亲阳光下的对话，由于书写，不是故地重游，而是故地三重之游：过去，书里世界，现在，三者合在一起，像3D一样，像少年派。而嘤嘤嗡嗡的经声是五百年前,也是现在,也是书中的声音。我也像有着三重影子,不断重合。在老甘丹颇章,我看到当年那棵柏树,二十七年它竟没怎么长大,还是分开的树杈,苍迈的手臂。我觉得我长得太快了,二十七年就已完全不像当年。我和下面那山桃树差不太多,当年它只是棵小树苗,如今它可长大了不少。小树大了,老树缄默,何时我也像老树一样?甘丹颇章即是达赖喇嘛寝宫,为哲蚌寺第十任堪布即第二世达赖喇嘛根敦嘉措于公元1530年时建,宫室七层,分前、中、后三幢建筑。前院是地下室的各类仓库,二层院落面积达四百多平方米,四周为僧舍游廊。达赖喇嘛生活起居主要在七楼,设有经堂、卧室、讲经堂、客厅等。七楼还有两个殿,卓玛殿和护法神殿。我知道几个世纪前殿内供奉有一具少女木乃伊,后来将木乃伊塑为吉祥天女神像。当年我没见过少女神像,估计这次也不会见。我觉得她只要存在就让我感到一种天上的东西。《天·藏》里有这种东西,写时我不知道,写完之后我发现它的结构几乎就是哲蚌寺的结构,维格也是那个少女的复活。

我在二十七年前的小院伫立,身边没有喇嘛,但过去的喇嘛和书中的喇嘛围绕着我,我觉得是一样的,过去即作品,作品即过去,而此刻这个小院似乎专为我而设。我不能想象如果这样的小院消失了,或整个寺院消失了,我将何以存在。幸好不会消失,它存在五百年了,时间越长它存在的理由就越强大。我看到我曾教过书的拉萨六中,那里本来充满着记忆,现在却成为记忆的盲点。那一年冬天,我趴在没有取暖设施的石头房子里,写《蒙面之城》前身的一个中篇,那是对我夏天一次藏北之行的重构,小说写了三万多字,是在那种活页纸上写的。那时小说中已出现了马格,果丹,成岩,他们在1985年那所已不存在的石头房子里诞生,但要读者真正认识他们,则要等到十六年之后的《蒙面之城》。

尽管一些小支流消失了,拉萨河主流似乎没有变,流向也没变,还是向西，夕阳西下，那些浴盆一样的小河湾也还有一些。我知道湾里的水非常温暖，许多年前我曾躺在阳光下的浴盆里，时有河鸥掠过，有时掠得很近，我轰它们也轰不走，有些非要落你身上。不过据说不久下游要筑坝，抬升水位，这些小河湾小浴盆将消失。好吧，消失吧，只要不改变河的流向。另外拉萨的天空没变，云没变，雪没变。从哲蚌寺下来我躺在床上就能看到窗外的雪山，在北京回忆起来这是多么奢侈的享受，太奢侈了。古人云，墨分五色，在拉萨，云也分五色。我记得飞机沿雅鲁藏布江降落时，因为山的原因，云深深浅浅，浓浓淡淡，十分水墨。云破处，左右都是山水，构成大团大团奇妙的空间，直至着陆，仿佛不是从天上来而是从宇宙迷宫中降落，更仿佛一个星球降落在另一个星球。这些不会变，正所谓天不变，道亦不变，总有不变的东西。

2013 年

说吧，记忆
——《蒙面之城》2010年再版序

写完《蒙面之城》觉得自己一下老了，一切都在离我而去。那一年，十年前，我像是快要走不动的人，在街角，在路边，在公园长椅，某个公共汽车站，吃力地坐下，看过往行人，看那些衣裙，短背心，大男孩，背包客，某个惊艳的女人，低调的女人，沧桑一如时光倒流的女人。看小学生，驾驶员，大货车，广告牌，一切都在被一幅巨大的广告牌收走。所有人都在离我而去，包括我自己，我甚至看到人群中的自己。

我与这个世界已经无关，好像已经写尽了某种东西。

十年前我就是这样。

我清楚地记得，那时我已不适应现实，现实好像是漂浮的。过去已离我而去，未来尚未展开，当下难以确定，我差不多处在一种身非是我的状态。

"我"只剩下一副躯壳,"我"好像不翼而飞。

但是,一切都真的离我而去了吗?

事实上,无意识的回忆仍然一直充满了我,不然我为什么如此老态龙钟?我散步,坐在人很多的车站长椅上,许多辆车过去了,许多人上车走了,又有许多人来,又一辆公共汽车开来,又有人在上车,只有我一动不动。我并不在此地的车站上,我想起许多年前我站在路边,背着包,在拦一辆卡车。我被一辆辆卡车冲击到路边,这是常事,因此再次固执地招手。

我在十年前的街边,回忆另一个更早的十年前,确切地说是1985年,啊,不,差不多是十五年前,我站在街边,我要去藏北,我不是一个人,同我站在一起的是一个和我同校的年轻女教师。我们站在一个十字路口,与毫无关系的交通警察聊得不错。我们希望在交通警的协助下搭上一辆去藏北的卡车,我们如愿以偿。女教师的丈夫在藏北那曲写作,据说那里已靠近无人区,有一批诗人、作家、艺术家在那里生活写作。他们都熟悉凡·高与高更,我也一样,所以到处乱跑,跑得越远越好。黄昏,我们到了高原腹地。我们要去的是文化局。

时至今日,隔过两个十年,再一个五年,在北京的公共汽车站前,在等车的人群之中,我仍然清楚地记得那曲地区文化局的样子,记得它坐落在镇北围栏牧场一带,有土黄色的围墙,院子空旷,像被围墙圈起的牧场。几排白铁皮屋顶的房子是办公区。我记得即使有围墙,由于地势的关系那几排铁皮房子在旷野上仍十分醒目,围墙根本挡不住它明亮的样子。就像我不久后在小说中描述的那样:夜幕降临,我见到了一大屋子人,他们是诗人马丽华、吴雨初、加措,小说家李双焰(女教师的丈夫),画家李发斌,音乐家黄绵景以及后来遇难的《西藏文学》的田文。我不知道是否有马原,我至今没全部搞清当年那间屋子里的人。我对马丽华稍有印象,我们有过一次诗歌与信函交往,其他概无交往。我在这群陌生的人中间混吃混喝了三天,我沉默寡言。我记得每次都是马丽华做饭,她还拿出新写的诗让我品评。她做的烤饼给我留下了深刻印象。我看出她对诗人吴雨初很尊敬并有着我无法言喻的某种默契。我喝酒,某些时刻,觉得心里发生了什么,似乎进入了小说的场景。吴雨初高挑儿、绿格西装、仔裤,副局长,讲述八天在马背上的经历,讲述死亡、荒原、可以使马陷入草原的鼠洞。同为男人,他给我留下很深的不无敌意的印象。面对这样的男人,你很难没有敌意,敌意是对这个人真正的尊敬,同时也是对自身的尊敬。晚上,跳了一次舞,一次高原铁皮屋顶内的舞会。我的舞跳得不错,马丽华要我教她探戈。我还教了别人,和穿蝙蝠衫的田文跳了舞。我在大学里学会了简单的探戈步子,整齐、踢腿,但没有甩头动作,现在想想也还不算很傻。

第二天,我回到拉萨。那一年冬天,我在学校的石头房子陷入了孤独,陷入了对那次旅行的回忆与重构。我趴在没有取暖设施的房间里,想象一个人重新去了藏北,想象着某种敌意与戏剧性。一个寒假,我写出了《蒙面之城》的前身《青铜时代》,一部不足三万字的中篇。那时的小说中已出现了马格、果丹、成岩,他们当然不是宁肯、马丽华、吴雨初,但的确存在着现实与想象之间的关系。在我看来,人的任何一次表面经历(比如一次旅行)事实上都不过是内心经历的冰山一角。有人轻视内心,而一个轻视内心生活的人显然是一个不完整的人,甚至是不幸的人,我见过许多这样不幸的人。那个中篇当然是失败的,原因是我用长篇小说的思维方式写了一部中篇,我点到但更多地绕过了许多重要场景,比如北京、秦岭、深圳,这些我都没有展开。1985年,我还没有写长篇的胆量和气度。我一直盯着中篇。那时候,整个八十年代是中篇的时代,时代像我一样也还不成熟。

《青铜时代》(发表于七年后的《江南》)留下了遗憾,但事情远没有结束。有一段不算短的时间(1989年后)我离开文学,投身到了广告界。我在我所创办的广告公司一干就是六年。我没有犹豫。我认为文学已弱于时代,马格还不成熟,时代也不成熟,我也不成熟。我认为做几年广告人,投身于一线的强大的经济生活可能是结束我作为一个单纯文人的恰当方式。单纯的文人臆断式的现实大量存在于作品中,也出现在我以前的写作中。回避现实,有人走出了一条狭窄的成功之路,而我认为介入现实对我是更好的方式。许多年,虽然身处剧烈变动的经济生活,但我没有忘记马格。我在耐心地等,等自己,也等别人,也在等时代。我想看看别人能否写出类似马格这样的人,结果我发现马格一直在等着我。

世纪末,1997年——距离写《青铜时代》的1985年已有十二年——我听到了某种声音的呼喊。我清楚地记得那一天,我驱车去天伦王朝谈一笔广告生意,车堵在了银街,忽然,我在交通噪声混乱中听到了一家音像商店飘出一脉高原的清音。是《阿姐鼓》的声音:

我的阿姐从小不会说话
在我记事的那年离开了家
从此我就天天天天地想
阿——姐——啊

一直想到阿姐那样大
我突然间懂得了她
从此我就天天天天地找
阿——姐——啊

我决定急流勇退，回到写字桌前。1998年，我告别了广告公司，我发现由于若干年一种完全不同的生活的洗礼，我已经是另一个人：自信、从容，甚至有点粗野。文学不再像以前那样高山仰止——这是我对文学从未有过的感觉。没有了多愁善感，没有了许多年作为文人的怨艾，有的只是对生命的追问与强劲地切入。在三年的写作中，我恍如隔世，身非是我，忘记一切，几乎过着一种飞翔的生活。到二十世纪结束，小说问世，我有一种天上方七日，地上已千年的感觉——我的确到了一个新千年，2000年。我不适应这新的千年，我觉得被时间悬置在二十世纪，也就是说，一下老了；我坐在公园的长椅上，想象着自己拄着拐杖起来，想象着一双真正的老人的目光。

当然，慢慢地，我适应了新世纪的曙光，我知道我并不老，只不过是感到了某种内心的巨大的沧桑。我知道，我的路还很长，《蒙面之城》只是开始。

转眼，《蒙面之城》问世十年了，十年，我又写过多部长篇，包括刚刚杀青的《蒙面之城》姊妹篇《天·藏》，但是可以说没有一部像《蒙面之城》对我的生命那样重要。编辑要我再版之际写点后记或是十年感言什么的，说实话，我一点也不知道要说什么，我只是坐在电脑前发呆。

我想到它得到许多荣誉，我觉得不值一提。我想到它得过许多奖，我觉得不值一提。我想到它曲折而辉煌的问世过程，我觉得不值一提。我想到它给我本人带来的戏剧化的命运，我觉得不值一提。十年，发生了很多事情，都如过眼烟云，都不值得一提。唯有十年前那种不适应现实的散步，那种立于街头看过往行人的样子，那种老态龙钟的眼神，那种回忆，历历在目。

2010年

为什么不同
——《天·藏》创作谈

《天·藏》的读者或许会发现它与以往的阅读有些不同,语言,结构,叙事都有些不同。为什么不同?不是刻意之举,是势所必然。我在小说中的一个旁白性的注释里已经说过:我的写作不是讲述了一个人的故事,而是讲述了一个人的存在,呈现一个人的故事是相对容易的,呈现一个人的存在几乎是不可能的。我还说:西藏给人的感觉,更多时候像音乐一样,是抽象的,诉诸感觉的,非叙事的。两者概括起来可称为"存在与音乐"。这对我是两个关键性的东西,它们涉及我对西藏总体的概括,任何针对西藏的写作都不该脱离这两样事物。至于故事,叙事,它们只能处于"存在与音乐"之下,以至我多少有点否定叙事的倾向。

如果反故事即意味着反小说,那么我可以肯定地说西藏是反小说的。

西藏并不先锋，甚至很古老，但却拒绝用古老的故事方式对她进行叙述，故事不仅不能表现西藏，反而扭曲西藏，失去西藏。故事或小说无疑是世俗的产物，故事在任何地方都很嚣张，唯独在西藏显得贫瘠，苍白，无力。迄今，我所读到的西藏叙事/故事作品（除了扎西达娃的部分诉诸感觉的形而上作品）都不仅不能加深我对西藏的感觉，反而减弱了我对西藏的感觉。现在看来这不仅要归于小说家的无能，而且故事型的小说相对于西藏无异缘木求鱼。西藏是形而上的存在，需要极致的形式，而她本身就包含着极致的形式，比如坛城——宗教甚至艺术的终极形式。

就我个人在西藏的经历而言也是这样，没什么可称之为故事的生活，只有每天巨大的存在。那是多年前，我在哲蚌寺下一个山村生活了整整两年，我的石头房子一天中要有很长一段时间落入圣山的阴影中，阳光总是快于别的地方移过我所在的村子，但这并非意味着暮色很快到来，相反，阳光过后天色依然长时间澄明。在某种恒定的光线里我感到我与西藏同在，西藏与我同在，西藏完全替代了我，把我变成她的一部分。我可以以西藏的名义讲述无限丰富的内心，却无法讲述一个传统的故事。我有无数的细节、感受、存在、音乐，我即西藏，西藏即我，但当我试图以小说的方式，也就是按传统的情节方式编织一个故事，我发现我完全丢失了那些东西。故事的线条根本容不下那些最重要的感受、存在、音乐。故事有自己的走向，并且因其自身的规律让西藏越来越失真，越来越不容于西藏。我知道，许多小说就这么写出来了，也部分反映了西藏，但我却觉得不对。但是不对在哪儿呢？显然，传统的故事或小说无法携带我所感到的最重要的存在与音乐的东西，那些与西藏同在的细微的感受，那种无限的丰富性，这是让多数西藏叙事作品失去西藏的最大原因，同时也是西藏看起来拒绝故事或小说的原因。

那么，能不能让故事携带存在与音乐？

那么存在是什么？存在显然包含了故事，又远远大于故事。这非常关键，它涉及故事与存在的比例：故事是在存在中自然生成的（就像在岩石中生成的图案，有着天然的一体化的比例）还是强加给了存在？故事和叙事的区分；故事—叙事—存在三者的比例关系，三者的方位性与方向性，以及所携带的音乐性，以及这一切所要求的审美化叙事语言（而非工具化叙事语言），正如坛城所散发出的无声语言，正如坛城的时间是并置的而非线性的，有许多出口同时又是入口……

读《天·藏》或许会读出这些，不同也来自这些，我不知一切做得是否恰如其分，一切还需读者检验，时间检验。

2010 年

许多偶然，或潜移默化
——一本书的精神编码

A

话说有一天……我由北京来到了西藏……不，那不行，日期是省不了的——我是1984年7月21日由北京来到了西藏拉萨的……读过《午夜的孩子》的人应该知道本文拟仿了该书的开头。我想以这种方式表明某种联系，并向《午夜的孩子》致敬。话说写《天·藏》之前的某一天，我得到了这部伟大小说的电子版，惊叹拉什迪的叙事。《午夜的孩子》有一个特别简单的结构，即A对B说的结构——主人公萨里姆对小保姆啵多讲述自己的一生。本来也没什么，这种事实上说书的结构太常见了，但我不知道为什么那天的阅读给我留下了深刻印象。小说一开始并没交代这一讲述结构,而是第一人称叙述中突然蹦出了一个对象,一个叫啵多的小保姆,才知道这部小说是一个大的"说"的结构。这样一来叙述者萨里姆无论怎么天马行空活色生香地讲述自己的故事,总是会突然呼唤一声"啵多",叙事中断,时间急转,回到现场。显然拉什迪对"A 对 B"这种常见的说书结构有所发展,因为通常"A 对 B"这种形式是要有一个"超叙述"的介绍的,即如何形成了"A 对 B"的讲述,然后才进入正题。但拉什迪没有,拉什迪最大限度简化了"说"的形式,使之抽象化,符号化了,这是拉什迪给我留下深刻印象的原因。

B

话说有一天……在一个阳光灿烂的日子,我在拉萨六中教书。那所学校在拉萨比较特别,是拉萨市属中学中唯一不在城里的学校。虽然离城里很近,却完全是郊外景象。学校面朝公路,背依哲蚌寺,圣山,两侧也都是山,是个山坳,东边越过一溜山尾,是一大片沼泽牧场,西侧与后面,是一个叫坦巴的村落,再往西的那道山很早就挡住了太阳,一个非常美的石头建筑的小村。拉萨六中坐落在村子的公路边上,我的许多学生以及他们的家长、兄弟姐妹就生活在这个古老的村子里。学校有围墙,但已形同虚设,有很多狗洞,有的狗洞大了就成了口子,我几乎从学校的任何一个方向的狗洞都可以进入村子。

村子是哲蚌寺圣山脚下延伸下来的坡地,连我们学校的操场都是倾斜的。夏天化雪的季节或雨季,水流往往择地而出,形成了网状的季节性的溪流。午后一个男孩出来玩水,1984 年这个小山村还很贫困,孩子没有玩具,只能玩自己的鞋,用鞋汲水,鞋不慎落水,漂走了,男孩拿起地上的另一只鞋,没有任何犹豫轻轻地放在水流上。小鞋再次漂起来,男孩看着,几乎笑着一动不动。两只鞋都没了,他赤着脚,向倾斜的家走去。这是西藏之心,人类之心。

C

对于小说中的宗教,一直比较头疼。毫无疑问,我只知道一些宗教的皮毛,尽管我在浓重的宗教氛围中生活过一段不算短的时间,但问题不在这里。因为就算我熟读宗教典籍,比如《大藏经》《华严经》《楞严经》《波罗蜜多心经》,我就真的能在文学中表现佛教了吗?我会不会迷失在宗教里?我曾浅浅地尝试过,我可以说肯定会。那么不反映行不行?可以,但会有很大缺失,特别是在一个宗教与生活有如水乳的地区,会大大的失真。怎么办?一直想不清楚。

话说有一天……确切日期记不得了,但应该是在写《天·藏》之前的某一天,一个朋友偶然向我提及了《和尚与哲学家》这本书,友人三言两语的介绍,我感觉已被击中。我记得当时有点迫不及待,友人说买不到他可以送。当然了,我买到了。我还记得在书店找到了这本书的情景,是在人民文学出版社的书店,朝内大街166号,好像做梦一样,走进去一眼便看见日思夜想的书。

《和尚与哲学家》讲述一个年轻的法国科学家、分子生物学博士如何从最开始接触佛教后来走上了皈依之路。他的父亲是法兰西院士,西方著名的公开的怀疑论哲学家。如果这两者没什么关系,各自在自己的轨道上,对我来说也没什么特别的价值。问题在于,有一天,日期是省不了的——确切时间是1995年5月7日,也就是年轻的科学家在喜马拉雅山出家修行二十年之后,他的满头银丝的父亲来到了同样的喜马拉雅山。两个人都已是大师,面对雪山进行了一场长达两个月的精神对话。这是一个切入宗教的极好的不可复得的角度,一个了不起的精神背景。

如同一个话剧导演获得最重要的舞台布景,这两个人当然不是主角,但主角不可或缺地需要他们。需要一个天空,一种指向。

D

我个人的历史已足够长,一说起来就很容易用"许多年前"。我记得很年轻的时候我很梦想可以说这句话,总是梦想将自己的时间打开,拉长,想象自己许多年后讲述许多年前的事,现在已经不必,已到这个时候。许多年前,我曾写过一篇题为《一条河的两岸——西藏十二速写》的散文,发表在《青年文学》上,责编是雪媛。之前曾放在陈村主持的"榕树下",责编是安妮宝贝。安妮宝贝在其《上海生活》一文中写道:"宁肯的《一条河的两岸》,是我编辑另类文本以来,收到的好稿子之一。我喜欢这篇稿子,是因为它让我度过一段美好的时光。读完宁肯的散文,心里一直留着阳光的气息。那是属于高原的阳光,穿透清澈的蓝天和幽深的山谷,穿透生死的两岸,我看到宁肯坐在一条船上过河,他的神情应该是沉静的。"

与安妮宝贝不同,稿子在《青年文学》发表后,雪媛更关心的是文中一小节有关德拉的故事,希望我专门写写德拉的故事,她等着。后来许多次见面,雪媛每次都提及此事。在那节不足五百字的文字中我写了自己门前开有一小片菜地,德拉偷了我的菜,德拉扬言不是别人干的,就是她干的,让我不要怀疑别人。德拉要赔我钱,我不要她的钱,挖苦讽刺了她,说她不像藏族,我们冲突起来。我已提到德拉教英文,她的名字的全称叫德吉拉姆,简称德拉,父亲是藏族,母亲是汉族,生在北京并长大,毕业于北京外国语学院。该文结束时我甚至煞有介事地写道:"她认为我是个有点儿可笑的人,管我叫陶渊明,很不尊重陶渊明。她闯进的我的文字完全是出于我对她的气愤,我写到那片菜地不能不提到她。我的菜地被她毁了,还搭上一个古代的诗人。至于我们后来纠缠不清的故事,我将另文叙述。"

殊不知并不真的存在德拉,当时只不过是我信笔所至,忍不住虚拟了这么一个人。这里我要说,每个散文作者都有忍不住虚构的时候,就算那些尖声叫嚷反对虚构的散文家也不例外。虚构是人的天性,虚构并非散文的"红字"。

在我所生活的那样空灵那样天造地设的环境中,怎么会没有宗教色彩的爱情故事呢?就算事实上没有,它也存在于人们的心理上。人其实无非有两种生活:一种是现实生活,一种是内心生活。你能说内心生活不真实吗?除非你是一个极端蔑视内心的人,那样我会说你是一个可怜的人。

E

一次网上查资料,偶然进入了一个"女王"的博客,有酷照、留言,有联系电话。拨通了电话,一个与我想象差不多的声音出现在完全未知的另一端。我说明意思,女王犹豫了半天答应了。我们约好见面,在潘家园麦当劳快餐厅,时间是中午。我请她吃饭,付五百元咨询费。这个费用是她通常收费的四分之一,电话中我们曾讨价还价,我说我们只是聊天,五百元应该可以了。她最后答应了。她比照片差,说实话我有点失望。不是特年轻,应该有三十岁了,不过据说三十岁是这行女人的黄金期。聊了几句,感觉好了一些,谈吐还不错,知道李银河,知道李的《虐恋亚文化》。谈了一个多小时,不算长,也不算短,知道了许多信息,比如她住的潘家园一幢楼是个女王村,北京的许多女王都住那楼里。比如一般有两种女

—— 说吧,西藏

王,一种是发生性行为的女王,一种是只施虐不发生性行为的女王,她说她属于后者(我相信她的话吗?)。谈到了最常见的捆绑,韩式捆绑,日式美式法式捆绑,竟然很有些文化。我第一次听到了"绳衣"这个词,这个词太美妙了,一种残酷美,对我太关键了。这是一个多么文学化的词。想象一下,实施捆绑之后,某男人看上去就像穿了一件绳子做的衣裳,让人浮想联翩,不禁想照照镜子。谈到滴蜡、镣铐、鞭子、狗链、狗笼子以及客人的种类(她的客人有教授、老板、官员,竟然还有从外地坐飞机来找她的,层次都不低)。谈到某种心理,为什么要如此。她很直率,直率得让我吃惊,话语中不时流露出习惯的暴力倾向——"女王"的倾向。她没上过大学,但我觉得她的文化层次似乎并不太低。我知道了一切我想知道的东西,我告诉她我是作家,她并没什么反应,并没说别把她写进去。她对作家不感兴趣,或许她认为我同样是她的某类客人,她习惯了睥睨一切。

F

写作我的第四部小说《环形山》时候,偶然注意到一个叫保罗·奥斯特的美国作家,据说是个侦探作家,又据说是带有纯文学色彩的侦探作家,属后现代。有"纽约三部曲"之类。我喜欢这类边缘跨界作家,在某些气质和对悬疑文学的想法上,我们有相近之处,只是一时难见其作品。偶然——又是偶然——话说有一天在上班路上,时间还早,我走进了一家街边经常路过的书店,发现了保罗·奥斯特的《神谕之夜》,是一本薄薄的长篇,保罗·奥斯特最新的长篇,我们译介得很快,几乎同步。毫不犹豫地买下,结果发现小说的脚注不同以往,有叙事内容。这使我想起朱大可在给我的一篇约稿文章中的很多很长的注释,其中就有叙事内容。那是理论随笔,现在是小说。虽然《神谕之夜》的注释并不多,内容也单一,但某种闪电已在我心中形成。我必须感谢保罗·奥斯特老兄，感谢朱大可老兄——闪电引起了闪电，一系列的闪电——我知道这对我将意味着什么，我知道该怎么做。我知道我将做得更好，我将大干一场。我感到某种天赐、非我莫属、某种幸运，虽然那时一切还子虚乌有中。

G

尽管《兄弟》使余华声誉受到影响，但他是我们时代不多的优秀作家，许多年前读其《在细雨中呼喊》最感叹的是余华智性的布局——那种非线性的叙事、循环往复的时间和空间让我惊异余华大脑的结构。一个人可以不线性地思维？中国作家大多是线性思维的作家，罕见立体型的作家，在西方或拉美经典作家那里可以看到这类为数不多的作家。那么说，这类作家在中国也出现了？当时我想。我甚至感到某种自豪。为此，应该是2001年，没错，是的——我曾在一篇题为《美女作家—七十年代—沉默的石头》的批评随笔（发表在陈村主持的"躺着读书"上，引来包括陈村的叫好）中写道："事实是，在更多人视野之外的诗歌取得了足以让我们荣耀的成绩，小说在我看来，只有个别作品逼近了当今世界水平，如《在细雨中呼喊》《尘埃落定》。"可见，当年在我的眼里是没几部小说的，而余华非线性的智性叙述给我留下深刻印象。这种印象无疑将形成影响，形成时间，并潜移默化形成某种叙述欲望。这种欲望何时得以宣泄呢？不用怀疑，是迟早的。

H

2009年初，我得到邀请，参加一个叫作"元批评"的讨论会。邀请者了解我正在修改中的《天·藏》,希望结合《天·藏》谈谈。说实话,我不知道什么叫"元批评",听说过一点"元小说",也不甚了了。好在现在网络是百科全书,上网查一下,"元批评"即"关于批评的批评",听上去很玄,也没什么太多好说的。然后借此认真查了一下元小说,看看到底怎么说的。以元批评类推,元小说即"关于小说的小说",这也没什么好说的,无非是在小说中谈论小说。问题不在这里,关键在于我知道了元小说并非一种叙事技巧,而是一种世界观,一种认识世界的方法。在元小说看来,世界并非由故事构成,由故事构成的世界是不真实的世界。基于此,元小说不再把讲故事作为小说的核心。元小说也叙述故事,但是不再把故事的完整性作为律令奉守。故事存在的意义仅仅在于故事为作者提供了一个叙述的场所,基于此,元小说的创作完成了由传统的故事到叙事的转变。叙事而非故事,这很关键。在元小说看来,叙事大于故事,故事是叙事的一部分,甚至不是主要部分;构成叙事的因素除了故事还有很多其他重要因素,比如话语因素,行为因素,心理因素,智性因素,时空因素……最终,这些和故事场域加起来构成了对"存在"的叙事,而非仅仅故事的叙事。这些理论我过去都不清楚,但我却在实践着,这正是让我吃惊的地方。《天·藏》中有一个脚注这样写道:"人与西藏,正如人与音乐,鱼和水,是不可分的。换句话说,我的写作不是讲述了一个人的故事,而是讲述了一个人的存在。毫无疑问呈现一个人的故事是相对容易的,呈现一个人的存在几乎是不可能的,特别是像音乐一样的存在。"显然,我过去虽然理论上不清楚元小说,但实际中又是清楚的。这究竟是怎么回事呢?天知道。

2010 年

第三辑

日记

西藏日记（1984—1986）

1984年7月30日　星期一

今晚，在拉萨记下这不平凡的一天。像不可思议的梦一样，两个小时以万米的高度（从成都）跨越了1300公里，飞临世界之巅，饱览了千山万水，俯瞰茫茫云海，从群山到群山，从江河到江河，从雪峰到雪峰，从一个世界到了另一个世界拉萨。而后乘汽车由贡嘎机场沿雅鲁藏布江一路颠簸，沿途藏族男女老少不时闯入我的视野，我终于亲眼目睹了被传说打扮得神秘、陌生、野蛮、古怪的藏族儿女，我为那些传说、歪曲而愤愤不平！当沿途的几个藏族儿童或是妇女、老人朝我们频频挥手，那满脸的笑容显得那样朴素、善良，我心中涌起巨大的爱的呼唤，我的眼潮湿了……好吧，这是一个序言，让我慢慢地，一字一句，开始记录这里的生活……

1984年8月3日　星期五

上午，来到布达拉宫，仰望，无法用语言表达……倒是布达拉宫脚下满目的石片让我亲近一下，可以用手摸一摸。据说每年来此朝圣的人在围绕布达拉宫转完经后，临了必扔下一块石片，久而久之这里便堆满了这种刻有经文的石片。今天亲眼目睹了这景象：大小不一的岩片一层一层地摆开，最上面还有牛角，牛角上也刻有经文。当我正好奇地端详这些有文字的石片牛角，忽抬头看见前面三个藏族妇女站在一处石台前摆弄着什么，我好奇地走过去，心里还怕引起她们的反感，结果她们见了我只是不好意思地笑了笑，继续她们的事情，我放心了。石台满是灰烬，灰烬上面放了一些类似树枝的草。一个背小孩的妇女胳膊上挎着一个竹编篮子，篮子里满装着一种草。我好奇地问她是什么草，这是在做什么？她用藏语回答了我，可我一句也听不懂。正这时，旁边一个年轻的姑娘忽然轻轻地用汉语对我说了一句："就像烧香一样。"她说得那样清晰、自如，我真是高兴得不得了。于是我又从她口中得知这是一种香草，制香的原料，她说这草非常香，买不起香，所以干脆用香草了。正说着，背孩子的妇女划火柴点草，草还青着，划了好几根火柴也没点着，于是我拿出了一张废纸要递给她，这时香草砰地一下着了。燃着了香草，她又从篮子里拿出一把铜壶围着香草浇了一圈类似牛奶的东西，因为我刚刚在前边喝了一杯这东西，于是马上说道："这是青稞酒吧？"那妇女见我居然知道是青稞酒，非常高兴地点点头。这当口，年轻姑娘又指着香台上一小撮白白的粉对我道："这是糌粑粉。""哦，糌粑粉。"我连连点头，姑娘说："神吃，我们也吃。"

好幽默！我们一齐笑了。围绕布达拉宫的这种进香台有许多个，这里的进完了要进下一个，分手时我向她们挥手致意，她们也都挥起了手笑着同我作别。布达拉宫进香这一幕给我留下深刻的印象，藏族是一个多么善良、友好的民族啊，我望着她们的背影不禁感叹。

1984年9月23日　星期日

一清早，我的学生们就穿着漂亮藏装到了学校，然后，排着整齐的队列，打着队旗，唱着歌，向着两条小河拥抱着的尼雪林卡走去。学生们兴奋极了，他们背着卡垫和一天的饭：酥油茶、青稞酒、甜茶、酸奶。每个人都准备了节目，有舞蹈、独唱、重唱、合唱，还有用藏语朗诵的《文成公主到西藏》。先遣队员在林卡中已围好了白布帷幔，当学生们透过林子看见了那一角帷子，高兴地欢呼起来，队伍立刻像从地里冒出的泉水一样拥上前去。于是铺好了形状不一的卡垫，席地而坐。这时学生旺金端着一个糖盒送到我面前，接着从我身边走开，每个同学送上一块，整整绕场一周。节目开始了，先是大合唱，然后是舞蹈《体育场上》，九个女生分成两队翩翩起舞，相迎，而后宛如二龙出水，分开，列成两队，两两对舞而上。大家伴唱，再退回，接着是下一对。这个舞很有点整体的造型，富于变化和线条感，真是美极了！当她们一出场，两条手臂像迎风飘扬的树枝一样自然，柔软。男生也上去了，好不热闹。藏族孩子能歌善舞真是名不虚传。虽然他们有时也腼腆，但总体很大方，能感到他们天生的欢快和自由的精神。我拍下了许多美好的照片，学生们对照相也非常新鲜，纷纷争着表演。

上午的节目告一段落，野餐开始。学生散落在林卡的草坪上，分成了五六堆，有的在河边，有的在树荫下，有的在田埂上，有的在刚刚收获过的青稞麦田上。阳光极其明媚，学生们铺好卡垫，拿出各种吃的东西，我站在中间，向四周一望，真是美妙，宛若一幅颇富民族特色的油画。几乎每一堆学生都同时招呼我到他们那儿吃饭，如果哪一堆儿我去晚了些，他们就不高兴，抱怨我欺负人。所以我是东吃一点，西吃一点。我吃了从未吃过的粑离，那是一种薄得像纸一样的面饼，吃的时候把饼摊开，放上味道鲜美的牛肉条，然后一裹。他们都是这样吃。他们炒了许多菜，一盒一盒摊开，丰富得很。我吃了酥油茶、甜茶、酸奶、糌粑，还吃了藏族过年才吃的卡赛，一种油炸油条麻花类的食物。他们边吃边唱，边唱边吃，快活极了。

饭后，我同几个男生聊天颇有收获。我了解到他们的家庭身世，其中有一个叫阿旺次仁的学生，曾经在哲蚌寺当过小喇嘛，我非常吃惊。他的父母都在格尔木草原放牧，1981年十一岁时他被父母送到了哲蚌寺当喇嘛，一年后才被拉萨的舅舅接出来，重新上了学。寺庙生活是很苦的，通常每天是这样：早晨五点钟就要起床，喝一杯酥油茶，吃点糌粑，然后随着师父念经，到九点钟开始干活，打杂或是到果园劳动，中午仅有半小时吃饭时间，到两点又开始学着念经，五点钟又要到果园干活。他的师父六十多岁了，叫阿旺洛桑，师父把他的名字一半给了徒弟，于是他改了原名，叫阿旺次仁。师父待他很好，让他自己住一间屋。那时庙里有一百多个像他这样的小和尚，也常发生一些打架事件。那时他班上的同学常常去找他玩，果园成熟季节，小伙伴们去找他玩，他就偷来果园的苹果给他们吃。这时旁边的小巴桑搭了话，说有一次他去找阿旺要苹果，他在果园边上等，阿旺进去摘，他在边上看着，这时一个过路的人问他讨苹果，叫他小师父，以为他是哲蚌寺的，说到这儿他笑起来。这小巴桑也很有意思，他说他爸爸过去也是喇嘛，我就问后来怎么不当了，小巴桑说那时他爸爸在色拉寺，因为常常喝酒不正经念经还常常闹事，被庙里赶了出来。

小巴桑还讲了一个故事和一些有趣的传说，说以前藏人有个国王，力大无比，武艺高强，曾经有个魔鬼在西藏很是猖獗，无人能敌，后来国王同魔鬼交战，他变做一只小耗子钻进魔鬼腹中，魔鬼决心与他同归于尽，于是叫手下人造了一个大铁盒子，他想钻进去就这么一起完蛋。可巧那造盒子的人心向着国王，于是造盒时在盒壁上钻了个针尖大的眼儿，于是魔鬼腹中的国王从腹中钻出安然逃离了铁盒，胜利了，而魔鬼却被永远囚禁在铁盒中。国王死后变成了活佛，小巴桑说，他一半留在天上，一半留在地上，直到现在他也每天随初升的太阳一起驱赶魔鬼，到了太阳落山又回庙里。小巴桑还说在格尔木现在有许多鬼，那儿的人死后都不能升天而变做鬼。小巴桑说，鬼并不可怕，和活人一样，比如两个过去相熟的人，其中一个已经死亡，那活人仍可和死人饮酒聊天。小巴桑说，有一次，阿旺爸爸的一个熟人，在朋友家喝过酒，回家路上遇到了一个鬼，此鬼是他过去的朋友，于是他们又在一起吃喝一顿。

小巴桑说得神乎其神，坚信自己讲的是真的。但他说拉萨没有鬼，因为拉萨有哲蚌、大昭、色拉等寺庙，有菩萨保佑，人死后都能升天，而格尔木没有这些寺，所以人死后都变成了鬼。这时坐在一旁的德庆卓嘎递过来一个糖盒让我吃糖，我一看是外国货，圆形糖盒四周是几幅田野收获的图案，一头牛拉着装满麦子的车，后边的农民跟着，盒盖是一个半裸的披发女郎。小巴桑告诉我说这是印度糖盒，德庆卓嘎妈妈前两年去过印度。一天的时间结束了，印象太多了，感受更是新颖丰富，这是我进藏以来最幸福的一天。

1984年10月11日　星期四

黄昏，哲蚌寺西侧山脚下，偶然发现天葬台。奇怪的是我一点恐惧也没有,完全为好奇所控制了。因为早就听说哲蚌寺山上有天葬台,我也常看到那边山上有鹰在盘旋,可是具体在什么地方不知道。那地方好神秘,有许多山峰,因此总是猜测可能是在具体哪个山顶,因此我常常在遥望那边山峦时憧憬着天葬台,想,也许是在那个山顶,那里有经幡飘拂,不,那儿太高了,也许矮一点的山上。日久天长,好奇心越来越强,因而今日黄昏到山脚散步,偶遇天葬台,竟然喜出望外,哪有一点畏惧之心。

山脚,草坡上,石块砌就的一个圆盘,直径约有一米五。石盘上显得油腻腻的,呈灰黑色,空空荡荡,天葬师大概有几天没在这儿工作了。我们(同事林跃)站在石盘上,弯着腰,像寻觅什么宝贝,突然,林跃叫了一声,原来在石缝中他发现了一小片头盖骨。而后,又发现了一些骨头渣子。我们讨论着这些骨头渣是人体的哪个部位。石盘上还散落着一些天葬师用过的匕首、藏刀,大小不一,在黄昏里闪着幽幽的寒光。我甚至抓起一把匕首仔细端详,有一刻我觉得有必要拿回去一把作纪念,后来心里不舒服又放弃了。离石盘一米左右的地方,还有一块方正的石头,朝天一面凹了进去,我们猜测说人的头就在这块石头上捣碎。而就在附近,我又发现了一根腿骨,白崭崭的。或许是天葬师的疏忽没把腿骨捣碎,我这样想。许多男人、女人的衣物散落在天葬台周围的草丛上,一件水红的女人穿的薄绒衣安详地垂卧天葬台的边沿上,煞是鲜艳,上面的饰花、镶的黑边都看得很分明。离它不远,还有一束女人的头发,黑黑的,没一根白的,这大概是一个年轻女人的头发。难道是应了弗洛伊德的学说,在这死亡之地,我觉出了一股诗意,一股生命的气息?我甚至认为,一个年轻人,尤其是一个年轻的女人,即使死了,灵魂依然弥漫着活力、青春和生命。

天葬,死亡。我退到远一点的地方,望着眼前的情景,思考着这两种东西。这里是人生的终点,生命在这里不是消亡了,而是获得了新的意义。照藏人的意思就是升天了，升入了天堂。这是自古以来，无论哪个国家，哪个民族，对死亡的一致认识。我又瞥了一眼远处宏伟的哲蚌寺，尽管它在这里只露出了白色的一角，但我依然感到它那强大的宗教意识和精神力量。

1984年10月12日　星期五

　　穿过村子，来到哲蚌寺东侧山脚下。又是一个黄昏。从东侧望哲蚌寺才发现其宏伟、壮观而又繁复、重叠、层次变化无穷的面貌，仿佛发现了新大陆，我和林跃不禁惊喜万分。一路沿山路而上，四野怪石成堆，成群，一派蛮荒景象。右面大沟小谷，地貌真是让人感受深刻。一方面是最高的精神境界（白色的哲蚌寺）矗立在山腰上，主宰着人的灵魂；一方面是最原始最蛮荒的土地——你不能想会有任何一种思想文明跨进这里一步，这里的石头拒绝着一切。正是这两者的结合才使得这里越发显得神秘，令人惊异不已。你坐在这里，一方面觉得自己像野人，与这里的一石一草没有区别；另一方面又被某种不可思议的气氛控制着，这一草一石都是某种精神力量，向你传递着原始而崇高的复杂、深邃而又洪荒朴拙的气息，你被弄得不知要思索这境界还是思索自己，你觉得连自我都不可思议了。

　　两个年轻的藏族姑娘提着罐子走来，好奇地回头望望我们，不一会儿消失在只闻泉水响不见泉水影的沟壑之中。我们坐在一块巨石旁，一个劲儿地发着莫名其妙的感慨。黄昏是那么肃穆。忽然，远处传来一串嘹亮的山歌，放眼望去，一个十三四岁的藏族小姑娘蹦蹦跳跳顺山路走下来。那是一首藏歌，我曾听过我的学生唱过，所以很是耳熟，也倍感亲切。那歌声本身有一种诱人的旋律，再加上她一蹦一跳，给美妙的歌声注入了一种节奏感。你突然觉得这是大自然突然放出了一个自然的精灵,村子里飞出一只百灵,一种自由的精神突然让这里的宗教气氛黯然失色,而大地顿然生辉,小草仿佛摆脱了什么,在风中摇曳、飘舞。一个孩子的心灵给大自然注入了无与伦比的清新,哲蚌寺在孩子歌声中,在黄昏里,威严一扫而光。

那是一条很长的山路,我们的眼睛一直目送着姑娘的身影,聆听着她那自由自在的歌声,依依不舍呵!感触无穷呵!我觉得我一下解脱了,生命又回到我身上,不,不是,是灵魂,热情洋溢、幸福美好的灵魂又回来了,而这一切都是那小姑娘给予我的。刚才那种冥冥的沉重的迷惘消失了,一种清新洋溢的美感给了我渴望生活的力量。我和林都比较激动,站起来,我也情不自禁地大声唱起来。姑娘那歌声因我们中断了一下,那小小的像鸟一样轻快的身影也停住,就像停在一根树枝上。然后,一切又活了,更嘹亮、更熟悉、更轻快、更自豪的歌声蹦蹦跳跳地跑了起来:"请到天涯海角来,这里四季春常在。"这歌我太熟悉了,是流行歌曲,她也会唱!……小姑娘的身影在山路拐弯的地方消失了,然而歌声依旧那么清晰,如丝如缕,萦绕在心,尽管越来越远……正当我们失望怅惘之际,歌声忽儿又近了,小姑娘身影倏地出现,啊,就在我们下边的山脚下,我甚至看清了她的装束,她停下来,朝我们招了招手,一溜烟地进村了。我心里真有一种说不出的感受,只觉得一种怅惘,一种芳香,一种回味无穷的力量久久萦绕在我的心上……

1984 年 10 月 16 日　星期二

又至哲蚌寺东侧山脚下。这次比上一回爬得更高一些,几乎到了圣山的山腰上。坐在一块巨石旁,周围是漫野的山岗,山岗裸着一块块峥嵘的石头。圣丕乌孜山的两条巨臂钳形地伸向河谷平原，仿佛随时都有可能把拉萨搂进怀中。这时正是黄昏晚景，在山峦与云幔之间露出一方橘色的天，拉萨河此时无比绚丽多彩。她向西漂流，被群山挡住，然而隔过一道山脊她又重现，而且更开阔，像扇面打开，形成无数小小的湖泊，被晚霞一映，真是既辽远又辉煌，好像女娲刚刚补过的还在微微颤动的天。我还从没见过这样的黄昏，这样恢宏、起伏，被群山切割织就的这么迷人的黄昏。我见过许多黄昏，可这里的黄昏是独一无二的，这才是真正的黄昏，这是世界高原特有的最雄丽的黄昏。她不单给你一个单纯的美感，她令你有一种蕴力极丰的沉思，是一种关于宇宙与宗教的沉思，是一种静穆的激情。我心中舒缓而明晰地起伏着一种伟大而神秘的旋律，我心中的旋律在指挥着群山变奏、浮动。我想起了音乐。我觉得巴赫的沉思与神秘在这儿可以找到共鸣，但这里宏伟的宇宙感，这里的壮烈和巨大的生命力、澎湃的激情却是巴赫难以料想的。这里应是巴赫与贝多芬的结合，贝多芬是用激情思索着命运，而这里是在用命运沉思着激情。贝多芬属于人类的范畴，而这里，高原、群山、河谷、流水所组成的黄昏却是属于包括人类在内的宇宙——大地和天空！

夜幕已降临，而天边依然露着晚景微光，我和林恋恋不舍地走下山来，这时，整个山体都仿佛随着我们动了起来，一种突发的感觉，圣丕乌孜山的两条已模糊但仍硬朗的巨臂越发坚定不移地伸向河谷，伸向平原，一瞬间，我只觉得，那巨臂成了我的双臂，我伸开双臂，在一股神力的冲动下，向着广阔的已是紫色满野的大平原拥抱而去……

1985 年 1 月 22 日　星期三

昨夜大雪覆盖了拉萨四周的群山，今早一起床，阳光耀眼，群山披上银装,好壮观!屋顶的雪正在融化,滴滴答答,隔壁蒋老师家的电视正播放钢琴独奏曲,金属的敲击、奏鸣的音响像阳光的波浪,在我梦醒的一瞬扩展,中间穿插着雪融的声音,真是美极了!仿佛一明亮有声的梦代替了另一个梦。我那样静静地听着,一时只觉得世界变得那样单纯,明亮,除了钢琴、雪声什么都不存在了。我一动不动,居然出现了幻觉:在白茫茫的雪原上,阳光普照而明媚,一架钢琴放在雪上,那是一架黑色透明的钢琴,一群鸽子在琴键上飞来飞去,美妙的音乐随着它们的起落,从那里响起,扩展,阳光也是从那里流淌出来的……这时在我的脑海中,立刻像屏幕似的显示出一首诗的题目:高原,钢琴和雪。

1985年3月11日 星期一

课后,与林从学校墙洞钻出,到了丹巴村,学校与村子一墙之隔。干荒的山,干荒的村,隔着一片刚刚发芽的果园的,是几户人家的小孤村,好像是被这个大村子耸肩一甩甩出去的。夏天山上有流水经过那里,颇有点流水孤村的味道。我的一个学生仓曲住在那儿。干荒呵,四野皆是干荒,那一小丛泛绿的柳树,一点也没给这里增添朝气,相反自身显得更加可怜,无法控制这干荒干荒的景观,显得那样畏缩。走近看,鸟儿也叫得怪可怜的,一点不水灵,透着干气。我情绪黯然,灰然,无精打采,感觉很疲倦——疲倦的山。那些杂乱无章的白粉石头房子,在强光下非常刺眼,刺得你浑身不舒服。一种无法言状的感受,让我们无语。

1985年3月18日 星期一

如约午后两点钟我到了巴桑老师在八角街的家。确实漂亮,室内布置得那样鲜艳，色彩斑斓。有一幅唐卡在墙上，显然是释迦牟尼的故事，巴桑说这是他家三代人完成的画，太爷，爷爷，爸爸。另外还有五幅唐卡也相当漂亮。室内有廊柱，天花板全部用印花丝绸包装，顶中央有一道像垂幕样的彩带垂下。四面墙壁皆涂上黄颜色，边上为三道杠，有地毯，茶几，总之是一个华丽之家。从巴桑家出来，巴桑陪我去八角街买衣服，之后去大昭寺，随他一同朝佛。

大昭寺的建筑极其辉煌而又扑朔迷离，中间一个大厅，四面布满小厅室，非常神秘。在一个最重要的厅室内——厅前是木板铺就的，几个小喇嘛正在拖地，我看到班禅大师叩拜的彩照。巴桑说那是1982年班禅来西藏时到这里拜佛留的影。在这个厅朝佛有着严格的仪式，自左向右，在释迦牟尼盘坐的大腿上俯首，然后退出。转过去，再在另一侧俯首。一旁的喇嘛给我一捧圣水，见我是汉族，如此虔诚，赞赏地朝我笑笑，竟笑得我很感动。巴桑边走边跟我讲大昭寺局部的故事，藏医神，白拉姆，宗喀巴，松赞干布，文成公主，各种护法神，都是壁画上的故事。然后到了寺顶，见到巴桑的舅舅。舅舅是这里的文管会主任，巴桑说舅舅过去是哲蚌寺的喇嘛，获得过格西学位。照了张照片，巴桑高兴地说舅舅今天不知道怎么了，这么痛快地答应照相。接着又去了一些地方，之后回到学校。今天是非常重要的经历，感受，值得久久回味。

1986年2月14日　星期五

久违了，<u>丕乌孜圣山涧谷</u>！这条蛮荒而又神奇的涧谷我和林去过不下十数次，这次冬季造访还带上了我们的身着鲜艳藏装的三个高三女生琼达、德吉卓嘎、次珍——次仁卓玛，她们一红，一绿，一紫，在这深山峡谷，在这荒山秃岭、巨石生烟的地带，她们犹如三朵娇艳的迎春花，飘逸，令大自然生辉。脚下是如缕如带的溪水，水上浮动着她们五彩斑斓的婀娜身影，那银铃般的嬉笑声扬起了彩色的水花。阳光融融，流满山谷，巨石下，被阴影留住的冰瀑像瞬间凝冻的，真是天造地设，晶莹有如月宫。美丽的三少女站在冰瀑下，展袖伸指，采撷一柱柱冰凌，真如天女下凡到人间，好不兴高采烈。忽听哗啦一声，头顶上几挂冰柱落下，头上肩上落了一身，她们起先吓了一跳，随后笑弯了腰。琼达红袖又展，玉面微扬，仪态甜美高傲，在冰清玉砌的辉映下，几欲成仙……拍下这一连串的美妙绝伦的镜头，我与她们又合一张影。我的出现当然要破坏这仙境，但这仙境太诱人了，我如何能自已！当初下到这冰瀑地带可是费了不少劲，是我和林一上一下把她们接到这冰瀑地带的，我在上面拉着，林在下面接，她们像坐滑梯似的平躺在大鹅卵石上，笑着叫着朝下滑，这样滑了两个石头才到了冰瀑之下。她们说，平生第一次经历如此的危险。历点险往往叫人精神勃发，神采奕奕，她们高兴坏了，我们则舒了口长气。

两点钟我们开始野餐，在两巨石间的白沙滩上铺上一方德吉带来的宝石蓝绸巾，五人围坐在一起，头顶一小片蓝天，右边涧水潺潺，又一番佳境，可谓良辰美景，似水流年，空谷幽人，美不可言。世外哪知有如此绝境，此谷应得名仙人谷，此滩应得名美人滩。是的，在她们眼里，我们始终是老师，然而在我们眼里，她们不仅是学生，还是美的显现——自然界最美的那部分显现。有了她们，这条山谷就不再干荒，不再寂寞，不再燥裂，山谷盈满了少女的春光……

傍晚六点钟我们方才出了涧谷，回到六中。我想这在我一生中将是最难忘的一次野游，我记得琼达说了一句话，她说："我总觉得走着走着我们就成仙了。"藏人时常有这种奇妙的直觉，我领教过不止一次了，而今天她这种直觉叫我震惊。以往他们的直觉大多有点离奇，可这一次引起我深刻而强烈的共鸣。是的，没有一个民族能与藏族的直觉相比，他们上有佛天，下有鬼神，中有神奇的自然地貌，这就促成这个民族的丰富奇异的直觉力。琼达、德吉、次珍今天所给予我的够我享受、体验、思索、挖掘一辈子，这其中的层次就无穷无尽，你挖掘吧，多幸福！

1986年6月22日　星期日

甘丹寺。车在半山抛锚，步行至寺院。转经，拿了一瓶酥油为经堂的酥油灯盏——添油。这瓶酥油是替次珍添的，学校组织朝圣，她本也想来，但身体不好，要我替她添油，教了我六字真言，并祈祷她考上大学。转了七八个经堂，添油灯不计其数。在大群的藏民中，只有我这么一个汉族添油，颇为引人注目，喇嘛待我极好。转经路上，藏族朋友一路给我讲路上的掌故、传说。至天葬台，学校门房老波啦一家祖孙三代，小孙子还在年轻母亲怀中，先后仰面躺在天葬台上，口中念念有词。我大为惊讶，不知何故，沉思良久。怀中婴儿也被放在了上面，四下里是刀斧器具，白骨遍地，煞是可怕。完毕，在台上敬献了哈达，表情极悦。后来我方知他们此态意在死前已将灵魂献给了佛天。晚，八时归。

1986年6月24日　星期二

在西藏快两年了，总有一种预感却又说不清：这两年的边远生活对我有什么影响呢？好的，抑或别的？但不管是什么，我觉得这两年对我的性灵是一次全面的洗礼，自觉或不自觉，主动或被动地受洗。尽管这两年写作上平平，但人只能选择行动却不能选择结果。结果往往出人意料，也许正唯此更耐人寻味。你发现了什么啊！或者不能说发现了什么，只是预感到了什么，就在你身边，仿佛突然出现，你还摸不着它，把握不了它。你望着星空,依稀看见一张浮动的面影,看见一颗深红搏动的心。就是说只有此刻你才能重新审视自己,发现一个模糊而又全新的世界。

1986年7月22日　星期二

夜,八角街。白天,八角街去过无数次,还从没夜间走过,一直想临离开西藏前夜间去一次,看看夜间八角街是什么样,巴桑老师满足了我的愿望。巴桑对我的想法很感奇怪,因为他还从未想到要看看夜间的八角街。一早四点钟,我们骑着车穿过静如天空的街道,幻影般的布达拉宫,到了环形的八角街。天很黑,无论我还是巴桑都感到某种莫名的恐惧。八角街是藏族做生意的地方,又是朝佛转经圣地,今天,我与巴桑可能算是最早的转经者。

夜风习习,时紧时缓,白天摊位丢下的纸张飞舞,一些白纸像灵纸一样掀动,两侧藏式楼房的白灰墙泛着白光,黑窗框则像一张张暗影。狗在一些角落缩着,一叫不叫。这种时刻你说是阴间不像,说是人间也不像,这似乎是一种临界,一种中阴。顺时针转了一圈,回到大昭寺前,远远就看见寺前人影幢幢,到前一看,原来是一列送葬队伍!死者由担架抬着,正对大昭寺,正在默祷。所有人都举着香,香火星星点点。我和巴桑大气也不敢出,我没想到会有这一幕,不知是凶是吉,总之心紧成了一团。

回来路上,巴桑告诉我这是藏地的风俗,死者在天葬前都要来到大昭寺转一圈,是人生最后的告别仪式,然后才去天葬台。他这一说我想起来我们刚才其实原来一直跟在这支影影绰绰的送葬队伍后面,所以才嗅到一种阴间的味道,我们也是送行者!我不知道这是否是天意,那时明月如此皎洁,而我们为什么还感到无可名状的惧悚?体验了夜晚的八角街,拉萨的核心,离开西藏无憾了!

第四辑

对话

重现的时间

很多人写西藏,我希望与人不同。我甚至希望我写的不是什么西藏,就是一个地方,我在那儿生活过,爱那个地方,我与那个地方同在。我并没刻意去那里,事实上也从没有离开过。只要一闭上眼我就站在那儿,在河边,一座小山上,或一棵树下。我的文字从没有一个人在那儿讲述,因此从没有过去时,都是现在时。我没有开始,也没有结束,正像一条河。所以有人说我写的东西没头没尾,我说,一条河有头尾吗?对于更多与一条河相遇的人们,河是无尾无源的,你来到岸边,顺流而下,或逆光而行,相遇那一刻就是头,离开就是尾。我希望文章也是这样。无论在武汉、南京、重庆、南昌,无论在哪儿遇到长江,对我是一样的,长江没有什么不同,长江对所有时刻所有地点和它相遇的人是一样的。我希望读者遇到我的文章也像遇到一条河一样。

我从不谋篇布局。想写了就坐下来,不看别处,只凝视自己的心,看它显现什么。然后,我记录,差不多是看到什么写什么。这有点像西藏一个神秘而古老的宗教仪式:观湖录影。遇有重大事故,求神问卜还在其次,到一些重要的神山圣水看看不同时间水中神秘的显影,决定行止,才更为重要。据说布达拉宫最早就是诞生于水中,人们观测水影,取了布达拉宫样子才建成了神奇的布达拉。这是一种近似直觉的行为。我喜欢直觉。我闭上眼,看看到。我觉得下雪了,我看到了雪。我看到他的红氆氇已大部分为雪覆盖,雪挂在他的眉梢上,从不同角度看他是雕塑,雪,或沉思者。就这样顺流而下……

就这样有了《喜马拉雅随笔》。由于字数所限,删了几小节,后来又从这几小节诞生(显影)了《一条河的两岸》。与叙事高手、饶舌、煞有介事或喋喋不休的人不同,我是靠视觉写作的人。我不喜欢讲述。比如我讲你听。如果硬要我讲,通常也是自言自语,自己跟自己讲。因此我的文字就呈现出视觉的,同时又是叙事的即自言自语的特征,这样很静,我追求这种效果,因为这样最贴近我,就像我的皮肤让我的心感到贴切一样。然而这种写作是有缺陷的,过于自我,具有很强的拒绝色彩,拒绝别人,也拒绝自己,生长期长,低产。1986年我从西藏回来,二十七岁,写出了《天湖》和《藏歌》,此后十年,甚至到今天,我所有关于西藏的写作均没超过这两篇作品,而它们之后,加起来也不超过十几篇东西,即使这十几篇东西有的也让我脸红。

我觉得作品最高的境界不是讲述,而是重现。是《墙上的斑点》,是《追忆似水年华》,是一个人在井中观天,看到重现的时间。

2001 年

两年，在哲蚌寺下
——与林跃的若干次对话

老友林跃是我近三十年的朋友，我们结识于1984年，正应了《1984》那本书的名字。我不知这里有什么神秘关系，在我们的谈话中他也提到1979年已读到这本书，而1979年我完全不知有这样一本书。在西去的列车上，我们结识于路上。我们要去西藏，在那儿选择一所学校栖身，开始探索世界也探索自己的一段人生，是典型的八十年代人所为。如同另一种仁人志士，试图在走出一本寓言的书之后，通过重新发现自己来重新发现人，确认人，还原人，回到人的本义上，西藏提供了特别的可能。我们藉着"援藏"这样一个集体行为到了西藏，一间富含云母的石头房子——在阳光下熠熠闪光——成为我们共同的宿舍，一张公用两屉桌的两侧分列着两张单人床，以中间为界我们各自带来的书放满两边。没电视，报纸，连收音机也没有,也不要那种公共的声音。有书就够了,比如《1984》或《百年孤独》或《变形记》或《意大利文艺复兴时期的文化》或《作为意志和表象的世界》或《忏悔录》,援藏本是一个集体话语,但我们完全把它个人化了。

林跃虽只长我六岁,却是云南知青,老插,这次进藏是他第二次远行。我们无所不谈,谈《1984》,谈《海鸥乔纳森》,谈宗教,审美,哲学,贝多芬,海顿。谈他的祖母——1980年宣武门天主教堂首次恢复大弥撒,他的祖母,音乐界的林老太太弹管风琴。他的祖母风烛残年,十分瘦小,但面对硕大的管风琴却弹奏出了巨大的奏鸣,劫后余生,全场朝向天顶,热泪盈眶。

林跃的阅历,二次远行,音乐与体育世家(乃父为清华大学体育系教授,毗邻梁思成旧居),以及基督教传统,给了我极为开阔的视野,受益无穷。我们特立独行,不写任何申请书,去任何"先进"色彩,纵情于拉萨六中附近的山谷、河流、寺院、沼泽、牧场、村庄,与学生一同转山,家访,春游,直到1986年结束。我们回到北京,他上了研究生,任教于首师大,我则步入新闻界。这段西藏的共同人生带给了我们太多的东西,我们的友谊也持续了近三十年。我们见面并无规律,完全是兴之所至。2010年《天·藏》写完,了却了一桩多年的西藏心事,仿佛闭关了许多年,一个电话过去,一见如故。这次联系差不多相隔了十年,以下是我们连续三次见面的谈话——

第一部分

时间:2010年11月1日 11:00—14:00

地点:长虹桥巴西烤肉

1. 关于《和尚与哲学家》

林 跃:我跟你说,我瞅完《天·藏》接着瞅《和尚与哲学家》,像这种书，我很难一次看完，只能一部分一部分地看。

宁　肯：我也是，后面也没看完呢。

林　跃：每一部分都让我眼前一亮，心头一热。

宁　肯：嗯，生命里走过，灵魂里走过。

林　跃：曾经一个基督徒跟我说过这样的话，说，林跃，你这家伙离神不远了，我从来不以为然，可我看完《和尚与哲学家》后，忽然觉得，我离那佛特近，我恨不得觉我就是佛。禅本来就说我即佛，佛即我，问题是你得真明白这点。

宁　肯：我觉得佛教这点和基督教不一样，基督教永远有一个神，它在你之上，而佛教不同，人是可以成佛的，人可以成基督吗？

林　跃：没错。基督教这神是在人之外。我即佛，佛即我，是一体的。

林　跃：我这人看东西吧，喜欢从后往前看。我把你那书给了我一个学生，我那学生比我还先看完的，他用了一天时间就看完了。

宁　肯：那书一般人是看不进去的。我写了四年吧，我觉得是我前三本书都无法达到的境界。我跟你说吧，林跃，写完这本书之后我什么都不怕了，我就是有这种感觉，可以在这个世界上非常从容地面对一切。我觉得对这个世界有了一个交代，或者有了一个理解。而且，这个理解呢，实际上早就完成了，是在咱俩带着胡子（狗）坐在西藏哲蚌寺的山沟里，那种参藏参禅，一次又一次，我觉得那时候就已经完成了。

林　跃：其实那个时候用得着《和尚与哲学家》里的一句话，佛实际上它实现的比表现的多得多。

宁　肯：我觉得这是佛教最伟大的地方。

林　跃：而且，为什么我敢说我信佛了，我经常有所谓那种"朝闻道夕死可也"的感觉，到了今天凌晨这种感觉尤其强烈，我全都记在我这本子上了。

宁　肯：太好了。

林　跃：也是《和尚与哲学家》里面的话，说，所谓和尚哲学家的特点，就是，他所阐述的就是他自身，而且他不是用语言不是用文字，是在用他的行为，他的生命。

宁　肯：我在读这本书之前，从来没读过一本那么有说服力的关于佛教的书，尤其是像马蒂厄那种人，他那种从科学的顶端——他的老师是获诺贝尔奖的，然后一下又回到人本身，进行修行，他那种知识、视野，是有科学背景和西方文明的背景，带着这些进入佛教的，所以他那种有真知灼见的体验，非常有说服力。

林　跃：也只有他才有权利说，地球是圆的是扁的对人有什么意义，他发现了知识的局限。

宁　肯：科学不解决生活智慧的问题。

林　跃：但智慧能解决科学的问题。

宁　肯：一个极微小的事物都可以是极大的科学发现，比如发现地球比原来认识的大一点点，可这种差异对人来说没有本质的意义。

林　跃：没有本质的意义。所以我觉得他是非常客观的，佛教并不排斥科学，但科学只是人们全部认识的一小部分，它的局限性是非常大的，它可以帮人认识客观世界，却不能帮人认识自身。

宁　肯：而且，我觉得他和他父亲之所以能对话，就是建立在这点上：科学再发展，也解决不了人类该怎么生活的问题，多少年来这仍是一个悬而未决的世界性的问题。西方的哲学和生活在近代基本分家了，那么在这种情况下，他们父子俩就有一个共同的问题，就是解决"我们应该怎么生活"的问题。而且，父亲看到了作为佛教来讲，它确实面对了生活的智慧，某种意义上，佛教解决了"我们应该怎么生活"的问题，这个意义父亲是认同的。他不认同的地方在于，你要认同佛教的话，就得真像马丁格那样修行，闭关呀，静观呀，外在的支持，在条件非常严格的情况下才能实现。老头觉得有点太苦了，一般人做不到。

林　跃：但是中国人狡猾就狡猾在这点上，他弄出一个禅来！

宁　肯：没错！

林　跃：用不着山林，就在你们家墙根底下，就是吃喝拉撒睡都是禅。

宁　肯：为什么有居士一说，就是不像在寺里那样严格。西方人不懂什么叫居士，居士恰恰是解决哲学家老头担心太苦的那个问题。

林　跃：没错！

宁　肯：让我感叹的是，包括西方新潮的哲学，解构主义呀，后现代呀，总在不断制造话题，向前发展，不断地提供一种非常偏的角度认识我们这个世界。以偏概全地阐释这个世界，实际上就发展而言我们不需"全"理论，一"全"就僵了，死了。发展靠的是偏，要没有这个极端，世界它便不给你那种角度，还可以这么看世界，你看德里达、海德格尔——

林　跃：是呀，一会儿在场，一会儿又不在场了。

宁　肯：比如德里达，有论者说他折腾来折腾去，实际上呢，最极端的"延异"理论和佛学上的无限可分很相似，却远不如佛教的理论完备，他就像在如来佛手心里的孙悟空，蹦不出去。

林　跃：没错！

宁　肯：但是，我最感叹的是，中国有如来佛，但是没有孙悟空，国外是没有如来佛，但是有孙悟空。

林　跃：哈，但是有孙悟空！

宁　肯：西方到处是孙悟空，蹦来蹦去，蹦来蹦去，蹦得极活跃。

林　跃：非常恰当的比喻。

宁　肯：是吧，然后中国人就把那些孙悟空当成一个大师又一个大师，这也是大师，那也是大师。然后我们自己呢，守着如来佛这么一个大资源，却不蹦，守成，没有一个孙悟空。殊不知某种意义上说，佛的发展是要靠孙悟空折腾的，没了孙悟空佛就停滞了，静止了，等于没有一样。我觉得这是我们中国人最大的一个悲哀。不借助这么好的资源去发展自己的学说，哪怕极端的偏的学说，哪怕是蹦不出佛的手心也应该蹦呀。

林　跃：就包括这《和尚与哲学家》，它对佛的创新的理解是非常清楚的，什么是创新呀。创新就是把一个人的潜能全部发挥出来，既利己又利他。而且在这个过程中，借鉴别人的经验比老去琢磨别人没走过的路要来得重要得多。

宁　肯：所以，我就觉得——西方的哲学汲取了多少佛教的营养呀，从叔本华开始，到萨特，到最牛的海德格尔，到新派的德里达——那种差异的差异，差异的本源，最后和佛教的不真空又扯到一块去了，结果他对事物的认识和佛教达到的境界差得很远，但是，如果我们不通过德里达，我们对佛教就没那么丰富的认识，就很难发现佛教的现代性，这就是德里达的孙悟空式的贡献。

林　跃：对！这太重要了。

宁　肯：我们通过德里达感觉到了佛教的新的面孔，越发伟大的价值，但是没有德里达，佛教的价值可能仍然处在一个滞后的隐蔽的状态，得有孙悟空，得有德里达这样的东西，越多越好，虽然蹦不出佛教。

林　跃：所以，到头来海德格尔那个东西所导致的不是所谓诗意的家园所能概括得了的。

宁　肯：没错！

林　跃：也不是哲学的家园所能概括得了的。

宁　肯：所以，这就使我想起什么呀，想起博尔赫斯说的一句话，他说我们要使我们的先驱变得伟大！就是说任何一个后来的伟人都可以找到他的先驱，但是如果没后来这个伟人，那个伟大的先驱某种意义上就不存在，那个先驱就像尘埃一样被遮蔽着。换句话说，只有我们变得伟大，先驱才变得伟大。说只有后人有了创造力，先人才能站起来。如果你总是在那儿考据呀求证呀，你永远也站不起来，你的先驱也永远干巴巴的。所以，我们一说什么总爱说"古已有之"，但是要不是人家创造发现出来，你怎么知道古已有之？没有现代足球，你怎么知道中国的古代足球？事实上是现代足球创造了古代足球！

林　跃：哈哈，真是！

宁　肯：所以，有好几个人都说，过去读了很多书没觉得佛教伟大，读了《天·藏》一下觉得佛教真是挺伟大的。佛教现在被多少东西所遮蔽着，尤其到了那些寺院，你稍微有点文化有点知识的人，不齿于那种磕头烧香求子求福，你觉得那哪儿是佛教。

林　跃：这让我想起《和尚与哲学家》来了，他谈到了一点，就是你不要把佛的宁静和那种所谓的无动于衷混为一谈。

宁　肯：没错。

林　跃：它的那种宁静包含着巨大的内心狂喜和充分的开放，而且这种开放是禁得住考验的，是利他主义的开放。表面的那种平静的内部是一般人体会不到的，你只觉得它无动于衷，它木然。

宁　肯：你想，所谓的四大皆空，好像什么都无所谓，实际不是那么回事。

宁　肯：《天·藏》的两大主题都与你有关，我想你肯定看出那一年的主题了，另一个是西藏。

林　跃：那还用说，连我那学生都看出来了！

宁　肯：就这么两个主题，要不说咱俩非得见面谈谈！这书整个是对我们俩在西藏的一个总结，咱俩亲历了西藏，又亲历了那年。我们的心灵的那种巨大的阴影，以至于到现在，我认为佛教也解决不了我们心头的阴影，你可以安慰它，可以说我们也很自洽，可以从容处世，但是无法去除，因为现实中这个死结还没解开。

林　跃：无法去除，所以在这种情况下，我们对佛教所有的兴趣和发现实际上是一种逃避。

宁　肯：所以，当时我就想，佛教在什么时候起作用？在制度层面已解决了基本问题之后佛教是最恰当的，而在我们这里它确实有无动于衷的特点。就是说你在一个什么情况下达到自我完善？这也是我这本《天·藏》所表达的一种对佛教的怀疑。按理说王摩诘的学养已不亚于马丁格和老头了，王摩诘在认识上倾向于老头，生活上又倾向于马丁格，他是他们的合题。

林　跃：在这一点上，那天，我看了你和孙小宁的对话，我对于你们那正题反题合题我还不大明了，就是王摩诘到底能不能作为一个合题存在？作为一个合题他是不是足够完整？是不是足够圆满？我觉得呵，实际上因为你心里还有结，你有一死结，所以你没法（把他当合题），当然了，正因为王摩诘作为一个不完整的合题、不完善的合题，他有足够存在的理由，而这也恰是现实当中我们所可能找到的一个合题，否则的话就过于理想了。

宁　肯：我是在一个抽象的学术意义上称他为合题，而不是现实的合题。但是他自身的那个问题没解决，他怎么能称为合题呢？这就是你提出的那个问题！就是你自身的那种变态还没解决，动不动就得受虐，你怎么能成为合题呢？

林　跃：这点我完全可以理解，就是，他在生活态度上是倾向于和尚，但他又是一个怀疑论者，在哲学上和老头不谋而合。

宁　肯：老头觉得这种寺庙里的生活方式太苦了，一般人做不到，王摩诘实际上就有点居士的味道。

林　跃：没错，王摩诘有点居士的味道。但是如果就我而言，我觉得，我恐怕连一个居士都不是。但是我倒觉得我更能成为那个合题，就是我身上倘若也有一点哲学可言的话。我同意我的学生对我的一个概括：我不是一个怀疑论者，我是一个理想主义者，理想主义者不乏怀疑的成分，但是我以为一个人倘若是一个彻头彻尾的怀疑论者，他的生活中会有太多的不幸，所以我为什么又同意你把这个王摩诘作为一个合题：一、我不认为他是一个彻头彻尾的怀疑论者；二、就是他所有的那种生活态度，那里面是含有许多理想的东西的。

2. 哲蚌寺下的山村

宁　肯：没错！你这概括非常准确，要不我怎么来找你聊呢。因为，我们回过头来看呵，咱俩当初在拉萨六中的那段生活，你说和一个准僧人有什么区别？太像了，那种生活几乎就是哲蚌寺的一部分。

林　跃：对，没错，哲蚌寺的一部分！

宁　肯：我们和那些喇嘛有什么不同？我们生活如此简单，每天过的是精神生活，教学生，思考，读书。

林　跃：哲蚌寺的存在对于咱们来讲，它已不是简单地构成一种信仰，它那种存在是让咱们融入，咱们不是作为一个外来者，而是一种很自然的融入。

宁　肯：而且，天造地设的是什么——就是它不让你有其他的机会，比如你在拉萨那种大街呀，商场呀，八角街呀，娱乐场所呀，有许多物欲诱惑，而咱们这里你出门就是哲蚌寺，是它的视野，你根本就不可能离开它，你走得再远，越走越荒凉就越是它的视野，除非你进城买菜。

林　跃：哈哈，没错！

宁　肯：咱们进趟城挺不容易的，那种天造地设的环境造就了咱们就是居士，就是过着类似僧侣的生活。我们之所以有那些思考，和那个环境极其相关，开门就是天空，你什么时候见过开门就是天空呵？

林　跃：回身就是哲蚌寺。

宁　肯：哈哈，回身就是哲蚌寺。开门就是大自然——你说什么地方能做到这一点？然后是大自然中精神的矗立，哲蚌寺的矗立，你说我们过的什么日子，多纯粹呀，我们竟然有那么纯粹的日子。

林　跃：那时候，咱们真是太纯粹了，连爬山都是为爬山而爬山，纯粹到只有人和山和一草一木的份儿上，那是何等纯粹。

宁　肯：你想，咱们去的哲蚌寺旁的那条山谷，就是到冬天的时候，我记得有阳光的地方都是非常温暖的——

林　跃：潺潺流水，甚至还能开出格桑花来！

宁　肯：而阴影的部分就是小冰川。你还记得咱们和那几个学生一块照的那个照片吗？就在冰川下面，她们简直就是仙女！下面是丹巴乡，和咱们学校一墙之隔。我觉得丹巴乡就是给咱们预备的，它多原汁原味，它附属于哲蚌寺。

林　跃：那不是盖出来的，就像地里长出来的。

宁　肯：没错，是发育出来的！

林　跃：然后一到藏历新年了，哗，经幡一亮出来，就像开了花一样。

宁　肯：没错，没错，太棒了。咱们多少次穿过那个小村去哲蚌寺，你想那是什么感觉？现在回想起来跟走在画中一样，走在三维动画之中！

那片小树林,所有的层次感都历历在目,那就是我们的道场,这些东西怎么可能不写出来呢!必须写出来。实际上这些我在散文里都写过了,但散文就那么零散地发了,没有引起特别大的注意,当然,在极小的圈内,什么新散文呀有点影响,但写成小说就是不一样!

林　跃:就大众了。

宁　肯:不,不是,不是更大众了。

林　跃:嗯?

宁　肯:散文是什么,散文是一个给点阳光就灿烂,它是一个鳞片。小说是什么,小说是建筑,建构世界,在世界的全景中关注这个局部和没有全景关注是不一样的。比如像丹巴乡,在一个更大的空间里我们看到它,它是那个样子,如果我们仅仅只有一点,周围的环境是什么,天空是什么,左右前后都是什么都不知,这时候丹巴乡的意义就会削减很多。

林　跃:没错,一切都是相关的。

宁　肯:但一旦你把它放在一个大建筑环境里,复原了它,那个震撼意义就非常之大。我觉得这就是小说和散文的区别,散文是点或平面,小说是立体的,是世界。不过没我以前写的散文,没这个基础,《天·藏》就会逊色很多,因为我过去曾用散文的或鳞片的方式详尽地描写了咱们的生活环境,咱们和学生的那种交往,家访,再把它放置到小说那样大的架构里,人们才感觉出西藏非常大的质感。就是说,散文如果不放在一个小说的架构里,仅仅是几篇散文,它的说服力就要小得多。

林　跃:是。

宁　肯:我有一个设想,尽管丹巴乡现在可能已面目全非,咱俩有一天去趟西藏,到了西藏哪儿都不去,就坐在六中附近的一个地方,我们就在那儿坐着聊天喝茶,顶多到哲蚌寺里转转,如果有体力咱们再到以前去过的山谷里看看。包括八角街都不一定去,布达拉宫就更不用去,其他地方什么阿里呀更不用去!咱俩就坐那儿待个三五天,好好回忆我们的一草一木,寻找一下我们的旧地。

林　跃:你说得太对了,哪儿都不去,就坐在六中的门口。

宁　肯:我觉得再怎么变那条山谷不会变。

林　跃:那当然了。

宁　肯:那儿的部分民房民居可能也不会变。你想,咱们走之前,我那班的学生丹增罗央的爸爸,实验室的主任,就已在那儿盖了一个别墅了。咱们到别墅那儿去过,在那儿喝过酒。

林　跃:我有点记不清了,就在丹巴乡?

宁　肯:嗯。盖的是一个小院,铺了草坪,草是从拉萨河弄来的,就在咱们学校边上的那个小邮局附近,你想想。

林　跃:嗯,有印象,有印象。你这计划不难实现。必须得去一趟,没你我去不去另说,有你的话我就得去了。

宁　肯:我们空降过去,或坐车也行,啪,到那儿就不动了,坐看云起时,坐看黄昏,坐看日落,沼泽,这六中边上的沼泽地据说比过去要好,那片大沼泽地你还记得吗?叫拉鲁湿地。

林　跃:拉鲁湿地?那本来就是一片湿地。

宁　肯:然后我们可以去看看那些拉萨河的小支流,那水渠,通向水泥厂的水渠,那条小河流。

林　跃:那条小河,我跟学生们一再提起过。

宁　肯:那比拉萨河给咱们的印象还深,是咱们经常去的地方。

林　跃:一到晚上带着胡子、灰子去小河边。后来你又弄出一阿尖。

宁　肯:嗯,哈哈,阿尖。刚开始,我嫌它在屋里屙屎,大冬天给它放窗笼里了,哎哟,它对我那叫不满!

林　跃:哈哈哈!

宁　肯：整天跟我嚷嚷。

林　跃：哈哈!

宁　肯：回忆起真是，明年六七月份或一放假吧，我们去一趟。

林　跃：咱俩之间呀，我始终觉得呵，为什么事隔多年你打我这电话我一听就是你，不是用简单的一见如故能概括的，因为什么？因为心相通。我现在特愿使用心这个概念，我以为它是既大于理又大于情的一种存在，不是简单的理和情所能包容得了的。

宁　肯：因为心它几乎就是一切，你不可能再对心做区分。所以你看我写《天·藏》的时候，咱俩基本上没怎么联系。

林　跃：对，没错，咱俩自《蒙面之城》后就没有联系过，有十年了!

宁　肯：十年了！写《天·藏》让我在西藏又重新活了一遍。但是这里面有相当的难度。就是，这么多因素让它处在一种自然状态非常难，写西藏就像对上帝的接近，但这是不可能的，但我想让它最大地接近。

林　跃：所以你在这点上要来得更有勇气。我这几年一直在回避语言，甚至是在逃避，我总感到语言的局限，更感到自身的局限。

宁　肯：咱俩职业不一样，我毕竟是干这一行的。

林　跃：这个，就所谓现代西方文论讲，文学语言，实际它是把语言陌生化了，它所表现的都是有目共睹的，都是众人皆知的，但是由于它以一种陌生化的语言来阐述，于是它就对人构成了吸引。这是文学，我很认同这个说法。但这是文学和教育的不同，教育你不能让语言陌生化。你一定要把它普通化，但不是庸俗化，你必须得深入浅出。

宁　肯：教育和这个层面是不一样的。

林　跃：是不一样的。

宁　肯：但我觉得教育和文学是相关的。

林　跃：当然，当然了。你一直在写作，我一直在讲故事，我现在给学生上课，我几乎不讲别的，就讲故事。结果到头来有的学生觉得，说他哪儿是上课呀，也有学生说只有这才是上课。

宁　肯：你这是恢复到古代的那种状态，春秋战国时期，庄子什么的不都是在讲故事吗？谁跟你长篇大论地讲课。老庄不都在讲故事吗？他所有的道理所有的哲学不都在故事里吗？

林　跃：其实，我今天有意省略了或者说有意隐瞒了一个话题，我从看完《天·藏》到现在，得有一个月没联系你，但是我一直在想，结果就在今天凌晨我在半蒙眬状态，就突然在你这本书中，或者说，在你这个人当中，我发现一个新的形象，是在这个小说中你没有写的，但是我分明感到这个形象就在这个小说中存在着，这个形象比任何一个主人公，都让我感动，他不是王摩诘，不是维格，不是和尚，也不是哲学家，不是其中任何一个人，我看到的是一个小女孩，我没法给你仔细描摹，但是她就在那个书中，她就是从那个书中来的。

宁　肯：哦，这幻觉太牛了。

林　跃：这幻觉太牛了，后来我马上起来写东西！

宁　肯：我觉得那女孩是超验的，时间之外的一个！

林　跃：当时我迷迷瞪瞪，后来我还使劲地想，我说这孩子到底是不是宁儿笔下的，是不是就是《天·藏》里的。哎，等我完全清醒下来我发现不是，可当我把这写下来又蒙眬入睡了，我又觉得，这就是在宁儿笔下曾经出现过的这么一孩子。又一次被否定，可是到头来实际上她依然是没有，但是，她非常真实地存在着。

宁　肯：没错，她是我们精神的产物。

林　跃：你说的这个太对了，是咱们俩的产物，也许你书当中没有写，但是我分明能够感到，这种感觉我跟你说真是太神奇了！我读任何一本书从来没有过这种感受,而且我也从来没有听人说到过这种感受,谁是主人公呀,突然他们一下都变得失色了,这样的一个孩子,我无法描述。

宁　肯：我觉得就是上帝安排的。这本书直接和你相关。你知道吗,太相关了,咱俩住在一个宿舍,都是那环境出来的,你读那东西那地域肯定会把你卷入。

林　跃：我有二十年没读小说了。

宁　肯：是呀,你都二十年没读小说了,所以我觉得这种卷入感再不会有了!

林　跃：再不会有了。即使当年咱俩所讨论的全不记得了,但是它存在着,它在发酵,它在继续生长,它在升华,到最后幻化出这样一个存在。

宁　肯：虽然当年咱俩具体讨论的记不清了,但我非常清楚的一点是我们当时很想从美学的角度去讲人生,讲世界,讲理论,讲怎样去观照这个世界。我们就想从美学的角度,因为我们在西藏发现了美,发现了那种极致的美,这种美,它和我们所见到过的理论差之万里。

林　跃：嘿嘿,那是!

宁　肯：让我们简直想云游去讲学,讲怎样去欣赏美,怎样观照这个世界,观照我们的内心,这些都是当时我们讨论的,甚至是坐在宿舍门前和在山谷中讨论的。因为就从那儿产生了讲美学的欲望。

林　跃：对!那段是,我不知道你,反正是我的一生最形而上的一段时间。

宁　肯：咱俩这样,我呢,有一个想法,咱俩搞一个合作,这种合作完全是必须的,出一本散文集,图文并茂,你的文字,我的文字,序言和后记咱俩一人写一个,或你写序言,我写后记。

林　跃：你真是当主编的,三句话不离本行。

宁　　肯：哎，这是咱们养的一个盲狗吧？

林　　跃：没错！拉巴！

宁　　肯：你记得这狗是怎么来的吗？

林　　跃：咱俩上后边那小庙里弄回来的。

宁　　肯：为什么弄回来？

林　　跃：那我记不得了。

宁　　肯：当时西藏有一种传说，说有一种袖狗，想起来了吧？

林　　跃：哈哈！想起来了！没错，没错！

宁　　肯：咱们当时拿了就放袖子里了。完了咱们就开始养着，越养越大，哪是袖狗，后来不仅长大了，发现还是一瞎子！但也养出感情来了，又不能给它扔了。那时咱俩已经搬开了。

林　　跃：对，你到下面去了。

宁　　肯：吃饭还在一块。

林　　跃：你到"王摩诘"那儿住着去了。

宁　　肯：这些都是故事。对了，那村里还有一个小寺，你知道那叫什么寺吗？后来我查了一下，那寺特牛，当初咱俩可不知道它那么牛。那个寺叫乃穷寺，不知什么意思，你还记得它供着什么佛吗？那是一大佛，虽然庙不大，三层小庙，但它一直顶到了天，那个佛叫未来佛，强巴佛。

林　　跃：噢，我想起来了。

宁　　肯：强巴的意思就是未来的意思。那小庙过去政治性很强，当年拉萨有大的格局变化，拿不定主意的事，都要到小庙这儿来跳神决定。包括跟英国人开不开仗，十三世达赖喇嘛跑那儿去，让乃穷寺那儿的一个大喇嘛占卜。他是灵魂附体，有一种法力，他一跳神就一下和上天通了，然后他就在里面直接说，哇哇哇，下边就记录。这不是他说的，是他通了神后说的，就那么神。他作裁决，该怎么办就怎么办，好多事情都是这么决定的。

林　跃：乃穷寺？这么牛?!

宁　肯：对，乃穷寺，就在咱村后，咱俩经常去的！

林　跃：那是呀！咱俩差不多天天去！

宁　肯：哲蚌寺稍远一点，那地方只要稍溜达两步就到了。

林　跃：那什么，胡子就是从那儿弄来的！当时我还记得咱俩在那儿——胡子特小，它妈带着那一群，见了咱们都跑，就是胡子见了咱俩往咱俩胳肢窝底下钻，我给它弄住了，结果还出来一高人，一个和尚，说这你们不能拿走，说你们拿走要吃掉，咱俩保证说我们绝对不会把它吃掉，就让咱们拿了回去，那就是乃穷寺！

宁　肯：那是专门占卜的一个地方。它不属任何教派，红教也行黄教也行，都到这儿来做法事，而且每次那哥儿们通完灵之后，能虚脱好几天。

林　跃：哈哈哈！给抽空了哈！

宁　肯：不能轻易做这种事。

林　跃：不能轻易做这事，这伤神，伤元气。

宁　肯：而且，乃穷寺那是完全按照坛城的观念建造的。西藏坛城的观念有时画在画上，有时画在沙地上，有时是一个寺，乃穷寺是一个特别规范的坛城。坛城是佛教一个很重要的观点，是西方极乐的世界，也是宇宙的观念，是综合的世界观，里面住着时间之神，时间男神，时间女神。你想当时咱们作为一个普通人，咱们天天去那儿，咱们无知无觉呀，结果那地方多牛呀，那里某种意义上甚至比哲蚌寺还牛！

林　跃：没错，当时无知无觉，没想到这么神！

3. 一切都不仅仅是西藏

宁　肯：你真是见着西藏了，无论咱俩在什么地方，西藏都会就在咱们眼前，真的，我觉得写完这个《天·藏》我们有了一个存在的地方了，我们建造了一个文字的西藏。

林　跃：为自己，也为别人建造了一个西藏。

宁　肯：真是这样，当我们无法在西藏时我们就住在这本书里，其实那些散文都发过，好多朋友看完以后觉得太牛了，你写出那样的文字，那玩鞋的小孩子——

林　跃：你什么时候把你的散文集给我一本？

宁　肯：我没出过散文集，一直没有顾得上。

林　跃：那你那儿应有电子版。你给我传点儿过来。

宁　肯：也没多少，大部分全搁在《天·藏》里了。

林　跃：所以我这学生跟我讲，就是你的那个东西呀，如果仅从表达方式讲，是彼此之间兼容，但是它是有区分的，明显区分，有的是小说语言，有的是散文语言，有的甚至是诗，诗的语言。

宁　肯：没错，这书非我写不可，各种情况因缘巧合都集中在我一人身上，所有的修养，去过西藏，经历过那一年，哲蚌寺山村的选择，哲学修养，小说造诣，一系列的全都汇集到一个人身上了。

林　跃：就跟这书非我读不能幻化出那个小孩的形象不可。

宁　肯：上帝的安排。

林　跃：这是人作天合，不是天作人合，是人作天合。

宁　肯：因为一部小说要成为一个真正的文学，它必须是在形式和内容上双料的东西。如果说仅仅从思想上或从内容上达到了一种高度，但是形式上没创新也不成；另外，如果形式上仅仅创了点新，内容上苍白，也不行。所以我也觉得真是上天选择了我做这事，我不做永远不会有这个东西。我觉得表现西藏，你必须所有文明的东西都加上才能表达它，你要是弱于西藏，你就永远处于凤毛麟角状态。包括西藏那段历史，那也是我从西藏历史里查出来的，那段历史很精彩。

林　跃：很精彩，非常精彩！

宁　肯：它使西藏不再是一个纯自然的，也不再是一纯宗教的，它还有历史，而且是那么精彩的历史，甚至是关于大写的人的历史。

林　跃：大写的人的历史，非常丰富。

宁　肯：我觉得有了历史这块之后西藏才真正立起来。

林　跃：否则的话西藏仅仅是神秘而不神圣的。

宁　肯：最后它顶多是一个符号。你知道扎西达娃吧，他看完后说想不到我能把西藏写成这样，他没想到我把西藏从这个角度表现出来。

林　跃：所以就是说呢，你说是在写西藏，就是在写西藏，你说是在写世界，它也就在写世界。它绝不仅仅是一个，绝不仅仅是西藏。

宁　肯：没错，任何神奇的东西都应该包括普遍性，没普遍性神奇就是奇观，没什么意义，这就是拉美给我们的启示，也是中国作家没参透的东西。所谓的魔幻现实主义，这魔幻与普世的东西是联系在一起的，而我们这边一魔幻就奇观了，是魔幻了，但是和那种普世的东西，和那种人类本身的东西没有勾连。

林　跃：应该对人有更多的发现，可他们离人远了一点，离物近了，但他可能想我这样离神越来越近，恰恰相反，你连人都到不了，还谈离神近呀你拉倒吧。

宁　肯：任何一个非常具体的东西都和抽象相连。

林　跃：我跟你说，读《蒙面之城》我就发现你对细节的关注，你的那种对细节的美学敏感，绝对是非常独到的。所以有些时候呀，我看了你的书之后，我就变得非常缺乏自信，我倒不是说我缺乏你对细节的敏感，而是说我缺乏你那种足够的表现力。也许我对某些细节的敏感还在你之上，但是我的表现力是在你之下，所以，我看完了你的东西之后感触很深。而我要说这次还不同，原来我更关注细节，这次就是到了今天早晨，发生质变，就是我现在不再关注细节而是关注结构，一个宏大的叙事，一个宏大的结构，我突然感到，哎哟，那种整体性。

宁　肯：你把这个弄通了，结构弄通了，你就知道为什么会有这样的细节。

林　跃：对，对！

宁　肯：细节的重要性与宏大的结构是相关的。所以不管别人怎么说，写完这本书我觉得无憾了。我多少次想起你来，包括作品没完成的时候，但是一定要等完成再说。现在咱们又见面了，你记得吗，当年咱们住的操场都是上坡的。

林　跃：你最出乎我意料的是，在咱们那房前篮球场上，你还展示过你的那一番功夫，好家伙，当时练起摔跤了，我说宁儿怎么还有这功夫！

宁　肯：对对，咱们房前就是球场，过了球场就是我那藏族预备班。

林　跃：那有一排教室。

宁　肯：过那排教室就是操场。

林　跃：然后就是"王摩诘"那排房，你给菜地设计到那儿了。

宁　肯：对，那原是老王的菜地呀！我在小说中给搬下边去了。哎，他们说那菜地写得太精彩了，那么一个小事，居然能够和那一年联系起来。他们说特逗的是菜地被毁，一开始他还特正义，是一个受害者的形象，真理被践踏成这样，最后过犹不及，慢慢别人也不再关注了，他也变成了垃圾旁边的垃圾了。

林　跃：特荒诞！

宁　肯：巨荒诞！他成了垃圾的一部分了，也就是说，那么一个当初正义的事，被历史冷在一旁，最后走向自己的反面，成为垃圾。你不可能让所有人都像你守着历史现场/垃圾，别人大多数人的生活迫切地开始了，人家都前进了，哪怕你这块再痛苦，生活、时间也要往前走，然后人们走到很远之后，回头一望，你怎么还蹲那儿守着呢，人家会觉得你不可思议，你有病，像个拾荒者。

林　跃：没错，也许当时你给人的感觉还是一悲剧性的人物，到后来你只剩下悲惨了。

宁　肯：所以为什么王摩诘喜欢那种受虐呢，必须得找穿制服的女人——

林　跃：哈哈哈！

宁　肯：他正常了就无法表达自己，每次都必须经过虐待才能行事，那种恐惧被虐之后才能释放出来。所以，这和咱俩那年的那个晚上在一起的感觉就接通了！

林　跃：没错！

宁　肯：打通了！你知道你牛在什么地方？你牛在经历了我小说中的两个时空呀，而且两个时空都是极重要的时空，这太神奇了！

林　跃：所以这不是用缘分所能说清的，我说不清那是一种什么感觉！

宁　肯：你和我的一本书的经历是前所未有的。我再说句实话，如果没有咱俩那年的那天晚上，我写西藏的动力未必有这么大，充其量可能就是写些散文而已。所以，这两个东西简直是绝配，我真觉得说不清谁轻谁重，上帝把两件事降临到我们头上。

林　跃：弥足珍贵。

林　跃：你那个书我看完之后有一段时间了，但是一直放不下，结果就是到了今天凌晨时，我突然觉得我不仅仅是这本书的读者，我同时也是这本书的作者。这本书当中有我的东西在，你中有我，我中有你。

宁　肯：冥冥中在安排咱俩经历这个世界，然后具体由我来执笔孜孜不倦地进行表达。假如我没走上这条路，这段历史也就没有了。

林　跃：没错没错，也就湮灭了。

宁　肯：而我，我在这条路也是特轴的人。

林　跃：轴！轴！

宁　肯：所有的信息都没失掉。

林　跃：最后的实现是非常圆满的一个整合。

宁　肯：因为你想，如果没有咱俩那种散步式的在村子里，在哲蚌寺，在那种山谷里，在水泥厂，去家访，走过拉萨河那个支流，那老太太——那里边写了一个白内障的老太太——给咱们送鸡蛋，没有这些个元素，你想呀，这本书就非常空落。

林　跃：对，对，你感受太真切了。

宁　肯：是吧？

林　跃：太真切了！

宁　肯：这个东西的力量太大了，说不清有什么神秘的力量。

林　跃：就是——当初你对西藏的那种感受和体会，用得着你那句话，你已经不仅仅是在用眼睛看，用脑子想，它完全是一种，就是，只有用心，用生命去诠释，才能有的那种东西。

宁　肯：所以，最开始是我和穆儿去水泥厂那条路，后来就是咱俩，咱俩到甘丹那儿，到实验室去，到谁家也好，都一块，在那儿喝点青稞酒呀酥油茶呀，过藏历年呀。一方面这书需要这种东西；另一方面，正是这种东西产生了这本书。就是说，有了这种东西就应该一定要在这之上建构出一种东西，不仅仅是西藏。

林　跃：一定不仅仅是西藏，它源于西藏，不应止于西藏。所以你说这本书把西藏写尽了，但是，一个新起点，又开始了。其实你本来也不仅仅是在写西藏，你写的远在西藏之上。

宁　肯：这点扎西达娃也看出来了。

林　跃：远在西藏之上。现在已经有越来越多的人去过西藏，但是他们对西藏的那种感受不足挂齿，而且实际你对西藏的感受、你对西藏的理解、你对西藏的解读也不仅仅是西藏，是有着你对人的解读，对过去人、现在人、将来人的解读。然后，你以西藏为平台，建构了你的心。

宁　肯：对，不管是我叙述了什么，都围绕着一个核心，就是人，包括马丁格的选择，他父亲的这种质疑，维格家族的历史，最后都聚焦在人上。

林　跃：这就对了。

宁　肯：我不写完这本书有点怕去西藏，为什么说呢，就是它那儿一变化之后，比如包括咱们六中那附近改变了之后，我会觉得它对我是一种摧毁，就是说，如果我没把那个世界用文字固定下来之前，我要去了就把自己毁了。

林　跃：那就把原来一切消解了。

宁　肯：那就和我原来那个东西不是一个味了。

林　跃：没错。你的这个做法是非常有道理的，肯定是这样。所以你必须保持原始记忆。

宁　肯：这种原始记忆比现实的东西还要坚固。

林　跃：但是它又很容易被现实的东西所消解。你一旦去了之后面目全非了，对你是一个涂抹，不是加深而是消减。

宁　肯：你看，窗外边的阳光，看到它我就想起冬天拉萨河滩那白卵石，那种反光，是吧，咱们经常没事就到河边去了。

林　跃：咱们从那个叫什么，对，七一农场，穿过去就是拉萨河。

宁　肯：不是穿过七一农场，是穿过十六团。

林　跃：对对，十六团！

宁　肯：咱们还到十六团给人讲过大学语文呢，你记得吗？

林　跃：当然记得！

宁　肯：咱们六中东边左手是雷达团，雷达团的对面是十八团。

林　跃：噢，不是，那不是他们那党校吗？

宁　肯：对，就挨着他们党校，叶晓园的党校。

林　跃：晓园！叶晓园，咱仨，还有董卫，一块上哲蚌寺后面的丕乌孜山！

宁　肯：对，爬那圣山！

林　跃：还弄回三条大狗来。

宁　肯：咱们那时挺作孽的，后来给咱们杀了，里面还有小狗呢。

林　跃：不，不，那怎么是咱们干的事呢！

宁　肯：噢，那是另外一回事？

林　跃：那不是咱们干的事，弄回来之后咱们一直养着，后来被七中来的一个人一枪给打死的。

宁　肯：噢，对，我想起来了，小口径步枪！

林　跃：没错！小口径步枪！

宁　肯：那是七中的？

林　跃：七中的！就是上咱们这打狗来的，是张什么的东北那小哥儿们。

宁　肯：张际凡。

林　跃：张际凡，他们把那打死的狗给宰了。

宁　肯：杀了后看见小狗了，那罪孽！

林　跃：罪孽！

宁　肯：那三条大狗多老实呀，跟着一路下山。

林　跃：要不我老说，咱们是有狗缘的。

第二部分

时间：2010年11月9日9:00—15:00

地点：晨光家园至迁安高速路上

林跃驾越野车，仿佛在青藏高原上

1. 隐秘的机缘

林　跃：我跟你说，当时我是被分到拉萨一中的，后来好像是因为穆，给他分到六中他不干，他说凭什么我们就分给六中。后来我就跟董卫商量，我说咱们一帮小青年干脆我就跟他们一块吧，结果我也去了六中了，你想我跟董卫这种关系，穆还有什么可说的。这也是某种机缘，否则咱俩住不到一个屋，守不住那哲蚌寺。你说没事待在一中干什么？

宁　肯：没错，要是待那儿可就折了，一点儿西藏的感觉都没有。要在一中你说你到郊区看看，那也不过就是去去，你没有一种土著的感觉，没有跟那儿同呼吸共命运、生长的感觉，怎么能真正感受那儿。

林　跃：那可不是，我们前面是拉萨河，后面是哲蚌寺，那什么感觉。

宁　肯：你长期居住和在那儿玩是完全不一样的，就像你说咱们和北京郊区有关系吗？有的地方也很棒，你也玩过许多次，但没生长的感觉，你和当地人没关系。而咱们在六中等于住在那儿了。

林　跃：咱等于长在那儿了。

宁　肯：当时我不知道我是怎么去的六中，但我知道我被分到六中特高兴。

林　跃：我想去六中一是当时头儿比较难办，再一个在那之前，在成都的时候，咱们两个已经有了最初的了解，我就已经隐约感到咱们俩是哥儿们，还有在咱们分配之前，曾经组织咱们去过一次哲蚌寺。

宁　肯：噢，是吗？

林　跃：是呀，我那有一组黑白照片，是在咱们分到六中之前去哲蚌照的，当时就路过六中，当时我就相上这块地方了。

宁　肯：噢，当时你就看上了，我当时一点儿印象没有。

林　跃：当时一辆车给咱们拉过去，六中旁边不就是雷达团那条路吗？

宁　肯：咱们刚到拉萨住那地方就离六中很近。

林　跃：没错！离得非常近！

宁　肯：是农垦厅招待所，就在西郊，那招待所几乎就守着小河边，我记得招待所后身就有一条小河，在院子尽里面，在一个墙角那儿。

林　跃：没错，没错。

宁　肯：当时让咱们不要活动，哪儿都别去，就在床上养着，喘气。

林　跃：不能出院，全都跑小河边溜达去了，那儿很美！

宁　肯：但是咱们私自去过一次布达拉宫，没上去，在下面小广场，你、我、董卫、穆。你想，咱们在六中时董卫、吴东伟来看咱们时，咱们觉得还挺高兴的哈，是个节目哈，有亲人来探望。我觉得西藏成为我们生活中非常重要的部分，而且这种重要性是持续性的，不是说过这村就完了。

林　跃：它会发酵，升华，会不断升华出新的东西。

宁　肯：它对我们的人格的影响非常巨大，包括你的那种特立独行，都和西藏有关。所以有些作家重复自己，我说我根本没办法重复自己。我的四本书都不一样，我没办法写一样的东西。但写得最认真的是这本《天·藏》。《和尚与哲学家》这本书真是救了我，没这本书就没《天·藏》的精神氛围，你想那父子俩往我作品里一搁，王摩诘再跟他们一掺和，那是什么劲头，而且，王摩诘那种修行智慧也不次于他们。

林　跃：那是，有作为合题的资格。

宁　肯：有作为合题的资格！但是又有中国特色，带着中国的根深蒂固的东西，也就是说要表现王摩诘必须有马丁格这父子俩，这个国际背景，这种背景下才能确认他的价值。正因为他有这么好的价值，他那毛病（受虐）才让人可惜，才更深刻地看出我们的问题。

林　跃：这，这非常深刻，太深刻了。

宁　肯：你想，我们已到这种程度了，知识水平已国际化了，却这样活着，多难受呀，内心多荒凉呀。

林　跃：让人从头凉到脚。

宁　肯：那么《天·藏》就有了批判性。

林　跃：巨大的批判性。

宁　肯：对不合理的、违反人性的硬性东西的批判。

林　跃：主要是咱们把传统割裂时间太长了，现在一天到晚讲什么国学，其实仅仅是皮毛，真正该得到的东西远没有得到。

宁　肯：我跟你说，我不知道你去过那种大型的迪厅没有，我去过朝阳公园的"滚石"，几千人在那儿蹦，我跟你说嘿，那种动物性，就像一群虫子在那跳，摆动。

林　跃：你说起这事，我也告你一耸人听闻的，我没去过迪厅，可是你一提到这帮人，你一使用这样的比喻，你知道我马上想到了什么？云南，热带雨林，人一进去，下过雨之后，绝对让你毛骨悚然，浑身起鸡皮疙瘩，一平方米之内，数百条蚂蟥，都立起来了。没错，没有思想，只有本能，你一说马上就让我想到了这个。

宁　肯：没错，太对了！我跟你说现在人就是这样，虫子！为什么允许蹦？无害！

林　跃：对，这种人再多再闹，无害！需要的就是这个。

宁　肯：所以你说我能不写虐恋吗？写制服，我们怎么能释放自己呀，王摩诘必须在被抽打中在戏仿中才能得到释怀。

林　跃：这种东西必须得用鞭笞。

宁　肯：对呀，只有那鞭笞之后才能折射当年那种情景、那种痛苦，再通过一种戏仿的形式释放。戏剧起什么作用，就是把人的痛苦再演一遍，人就释放了。为什么人爱看悲剧呢，就是因为我们经历过悲剧，通过看释放了。

林　跃：把美好的东西毁了给人看。

宁　肯：两大主题呀哥儿们！真的，我写完这本书之后，我什么时候都特踏实了，无憾了。

林　跃：完全可以无憾了。

宁　肯：对历史对记忆——

林　跃：对人生，对社会，对自然，对宗教，对美学，对自己都是个交代。

宁　肯：我感觉就我一个体而言，我真无愧于这个时代了。

林　跃：非常对。

宁　肯：你说咱俩怎么就凑到一块了？在人生最关键的点上都赶上了。

宁　肯：你要说光有西藏——那种感觉当然已不容易，但是这种感觉从别人那里也多少能找到一点，但是你要说再加上那一年，就是完全不易的。

林　跃：如果没有西藏的话也不会有后来的那一年，我们也不会认识，我也不会半夜去敲你的门，就不会有这部《天·藏》。

宁　肯：没错！对了，你那时已在师院了？

林　跃：在了，我正好研究生刚毕业，但又没正式参加工作，那会儿正好是一特闲的时候。到暑假开学，我带了一个大专班，当班主任，上他们的教材教法课。结果这班上有学生向系主任反映，说他们没见过这么差的老师，说话语无伦次，我心想，我怎么讲得好课，我内心没一句话想说。而且，我老嘀咕咱俩跟北大学生那录音呢。

宁　肯：哈哈！

林　跃：所以，我上哪儿找伦次去？没伦次，没法儿伦次。

林　跃：所以后来我总在思考我的职业本身，我到底应该做些什么样的工作，原来我总是觉得应该告诉孩子你怎么样做自己，怎么样少走弯路，可是后来我发现弯路它比直道更有益，所以我现在只告诉他们应该发现你自己，实现你自己，超越你自己。但是你怎么发现，怎么实现，怎么超越，我不管你。

宁　肯：对，你有你的风景，每个人都有自己的风景。

林　跃：对，我只告诉你那是一个方向，你不要活得像别人，要活出一个自己来，但是什么样的自己我不告诉你，因为我也不知道。

2. 当年，那个半夜写诗的小青年

林　跃：我一边看《天·藏》，一边在想着二十多年前，我所认识的那个毛头小伙,那个文学青年,老闹我的觉,半夜三更写什么诗。

宁　肯：哈哈！

林　跃：哎哟,看完了我就想,你呀,真是经过太多次的蜕变,一次次蜕变,一次一次凤凰涅槃,一次一次的重生。最后才有《天·藏》。这点,说实在的让我由衷敬佩！真的,宁儿,我告诉你,你是用不着我夸你,我只是说一说我的真实感受。你当时给我的感觉多嫩呀,在《拉萨河》发表点诗,怎么了,发吧,能怎么着,还老闹我的觉。

宁　肯：哈哈！说实在的,甭说那些,是从那时候活到现在就不容易,你还要一层一层皮地蜕,太不容易了,还要苦心孤诣在那儿寻找,简直是一种修行。

林　跃：没错,真是一种修行,需要耐得住太多的寂寞。说实在的,我绝对耐不住。

宁　肯：我跟你说,我曾经打过一比喻,我说我写东西像给自己熬中药,这中药必须得煎到火候,一遍又一遍,最后自己都成了药渣子了。

林　跃：你不是在熬中药,你是在把自个儿当中药熬。

宁　肯：对,就是,就是把自个儿当中药熬！熬！熬！

林　跃：熬完了之后养别人,不是变成药渣子,是药精了。

宁　肯：作品出来,人真是成渣子了,真的。

林　跃：作品变成药精是以作者变成药渣为代价。

宁　肯：然后我说我在阅读自己作品时就像自己给自己治病,喝自己的中药,这中药是从我身上熬出来的,掘根自食呀。

林　跃：掘根自食。

宁　肯：熬到现在我还能活着,真不容易！

林　跃：所以,在读《天·藏》的时候,我就想,其实我对西藏的感受,对西藏的敏感,包括很多的细节,至少不差于你,我不敢说我比你多，至少可以说是等同的，但是，在表现力上，我是远不及你。

宁　肯：我们职业不同。但还是需要开发它，传达它。

林　跃：对，开发它，传达它。

宁　肯：而且，我传达出来后又激活了你过去没意识到的东西，又使你一下呈现出来了。

林　跃：对！不是以前对西藏的开发，而是对以前的我和现在的我有一种双重开发的欲望，也许我并没准备更多地去开发西藏，但是我准备重新开发我自己。

宁　肯：对，西藏和你自己的生命，两个融合在一起了。这么多年的修炼，很多东西已混成一团了。

林　跃：对，混成一团了。

宁　肯：有时候，也不分什么是西藏，什么是自己。所以我还打过一个比喻，我说从西藏回来好多年没写东西了，我说，我去西藏是为了写东西，但是没想到西藏反而制约了我，反而使我写不出东西了。它就像一个监狱把我关了十好几年，经过了时间的沉积，发酵，囚禁，再把我放出来，再表达。

林　跃：哈哈哈。

宁　肯：得有这么一过程。

林　跃：得有这么一过程，而且这个过程是一个非常漫长、非常痛苦的过程。这绝不是一种仅仅耐得住寂寞的问题。

宁　肯：不是，绝对不是。

林　跃：仅仅是寂寞它并不痛苦。

宁　肯：对，对！

林　跃：不过，说实在的，当时的《蒙面之城》我看过之后，我就觉得你已经完成一次蜕变了。

宁　肯：对，那是一次。

林　跃：那绝对是。而且，我老婆吧，看了《蒙面之城》。

宁　肯：噢，你老婆看了《蒙面之城》了？

林　跃：看了！而且，她比我看得全。我为什么不敢说《蒙面之城》我详尽地看过，我有些段落看得快，她几乎是逐字逐句的，她跟我讲，这《蒙面之城》绝对是一本好书，非常有感情。你别看我对我老婆的文学解读能力并不太看重，但女人的直觉，她对生命生活的那种感受，我觉得她是足够了，而你的《蒙面之城》让她引起共鸣。

宁　肯：《蒙面之城》应该说是《天·藏》的前史，就是马格这个人，从他的视角展示他的一生，包括西藏。如果说马格是一个感性的人，那么王摩诘就是一个理性的人物，智性的人，马格也很激发人，他激发人的活力。

林　跃：他不是激发人的内省。

宁　肯：王摩诘激发人回到智性上来，那种思考上来，这两本书相隔了十年。

林　跃：但是实际上在笔法上有很多相同之处。我在师院中文系我们教研室有一很好的哥儿们，这哥儿们也好写诗，但更多写的是古体诗，而且确实有文学性，诗词歌赋，他是很通的。有一次偶然的，一块到外面去开会，半路上，不知道什么原因，说到你的《蒙面之城》，他说他从广播里从头到尾一遍不落地听了《蒙面之城》，哎哟，他说那小说太奇了，写得太精妙了，今儿落下了明儿他得补上。

宁　肯：行，我回头给你整一套广播的那个，四十集呢。

林　跃：有点改动没有？

宁　肯：有，他们改的。

林　跃：他说，一开始他没太在意，听了第一次之后，他说哎哟他就被它吸引了，他说然后他始终在听，一直在听，他是听完了的。

宁　肯：首先《蒙面之城》的语言方式和所有作家的语言方式不同，用的是比较本真的语言，经过我自己过滤的那种语言。它有许多读者，加上我那张照片，人们以为我就是马格呢。那大长头发，扫帚眉，还是你给我照的呢，咱们，你记得有一次，咱俩照了好多特写吗？

林　跃：是呀，互相照了好多，我弄了一个跟希特勒似的照片。

3. 取自感觉源头上的语言

宁　肯：有一批评家说《蒙面之城》是打破语言秩序的语言。就像刚才说的，我对语言的追求是从源头上寻找语言，直取源头上的语言，能不用成语就不用成语。

林　跃：哈哈哈！

宁　肯：能不用大家说习惯了的词就不用，找到自己又平常又贴切的表达。

林　跃：又是属于你自己的表达。因为现在确实有一批作家也许在内容上有些个性，见解上有些独到，但是他们的那个语言是别人的，不是自己的。

宁　肯：或者说是公共的语言。

林　跃：公共语言，被工具化了的语言。

宁　肯：什么一形容天，就天高云淡，云绽天开，什么月上柳梢头，人约黄昏后，就这种现成的语言你甭想在我这书里找到。

林　跃：当初写下的这句诗那绝对是千古名句。

宁　肯：对，很多人都觉得开头或者觉得就用这个吧，而弄不好还觉得自己挺有学问，你看我这引经据典的。

林　跃：我知道的多，我有修养。

宁　肯：都属于陈词滥调。

林　跃：如果它要不被后来人一再引用，它还不是陈词滥调，依然是千古绝句，但被后人一再使用了之后就成了陈词滥调。

宁　肯：实际上有些词由于过度使用已用废了，报废了。

林　跃：对，已废了，哈哈哈！

宁　肯：再比如说，政论文议论文里有时恰到好处引用成语还可以，画龙点睛，但是文学描写与交代性的语言一定不能用这种成语。我的原则是什么，如果我不能用一种新的语言表达，比如那种景色，或人物交代——

林　跃：宁可不表达。

宁　肯：不是，我就宁可用最朴素的语言最平白的最日常的最基本的语词表达，我不知道你记不记得鲁迅的《狂人日记》，开头给我印象特深，"今天晚上，很好的月光"。

林　跃：那是连小学一年级的孩子都会写的。

宁　肯：对！非常的明白，今晚月光很好，它就不像说，"今晚月光如水""皓月当空"，那成什么了！

林　跃：哈哈哈！

宁　肯：它就不像烂文人经常写的，它就一下回到最根本最原始的语言，今晚月光很好，多本真呀！什么月光如水，同"今天晚上，很好的月光"相比，"月光如水"就像妓女，前者才是少女！所以，我说语言，如果你不能出新就回到本真上来，回到这儿来。

林　跃：太对了！这对我是一个重要启示。

宁　肯：包括叙述一件事情，你就回到这上来。

林　跃：回到原初。

宁　肯：哎，回到原初，回到最朴素，最准确。如果你有创新，你就用创新，没创新就回到这上。我就从来没用过"皎月"这个词。

林　跃：我没你那么清晰，给自己主动提出一种要求，我要不然就完全创新，要不然就回归原初，我觉得我好像就只能这样，我会本能地那样去做。

宁　肯：你看鲁迅那个我家门前有两棵树，一棵是枣树，另一棵还是枣树，这个意思的表达只能用最普通的语言，换什么语言都不如这种语言准确。你怎么加工都不是这味道，所以你说鲁迅为什么在中国浩瀚的语言当中脱颖而出，最后玩一个"今天晚上，很好的月光"，把所有复杂文人都超越了。

林　跃：嘿嘿。

宁　肯：哈哈哈，你说他多牛。

林　跃：明白如话，清水出芙蓉，天然去雕饰，绝对是最高的境界。

宁　肯：这就像语言的一个底线，你时刻就站在这个语言的底线上，站在最基本上，不跨出是不跨出，一跨出就一定是达到另一个极致，是别人无法超越的，要不然就退守到底线上。

林　跃：对，要不然就退守，没错没错，把握住底线。

宁　肯：绝不能既不退守底线，也没创新，使用那种华丽的似是而非的人云亦云的现成的。而且，我觉得托尔斯泰对语言说得对，他说，我对语言的要求第一是准确，你首先一定要给我准确了，然后，再考虑生动。不准确您就考虑生动往往可笑，可多少人是这样？而什么是最准确的语言呢？常常就是纯粹的陈述句。

林　跃：对，"今天晚上，很好的月光"就是陈述句。

宁　肯：是什么事就说什么事，你比如我那《天·藏》的开头，就是一个陈述句，就没任何形容词，"我的朋友王摩看到马丁格的时候，雪已飘过那个午后。"

林　跃： 雪一样的干净，用雪一样的干净去写雪。

宁　肯： 是呀，这种语言看起来很简单，多简单呀，什么雕饰都没有，就是陈述一个事实。事实是什么呀，就是"我的朋友王摩看到马丁格的时候，雪已飘过那个午后"。没任何多余，可是这一句简单的话里包含了太多的东西，一句话里包含了三个人物，我，我的朋友，马丁格，三人就有了。

林　跃： 该交代的全交代了。

宁　肯： 还有三者的关系，然后是景色，时间。

林　跃： 容量巨大。

宁　肯： 你说简单不简单，是最简单的，可实际要通过多少复杂的手段才能找到它？我最终找到这句话，这个开头，太难了，多少个开头之后才有了这个开头。

林　跃： 干脆什么时候，我给你一建议，你这本书不是写完了吗？是吧，你不都已经无憾了吗？你不可以释然了吗？可是如果你还有事情想做的话，我建议你去大学教书去，大学里面现在已经没有会教书的了。

宁　肯： 我这次，不是上了一次鲁迅文学院吗？我主持了他们的沙龙，等我一讲，许多人强烈要求我多次讲，我每次对同学的点评以及我对文学观点的阐释，他们都爱听，而我都不用特别准备。

林　跃： 是呀，你还用得着什么准备，因为你准备了太长时间，你一生都在做准备。

林　跃： 就跟我上课似的，我跟你讲，我打当初在一〇一当教师时一直到现在在首师大吃这碗饭，只有在西藏写过几份教案。

宁　肯： 哈哈哈。

林　跃：是因为那时候拉萨教育局要检查，我是看在吴忠全的面上，说你们是北京来的，倘若你们也不写教案，那别人就更没法说了。说你得给我写几份，我还真的给他写了几份，但那个空前绝后了，以后再没教案那一说了。我可以说我从来不备课，但我又可以说我每天都在备课，我每时都在备课。

宁　肯：有时越备反倒不知道说什么。

林　跃：就为咱俩这次来，我知道是会说到《天·藏》，但是我从来不去考虑细节，我不会去细想，我知道到头来自有话说。

宁　肯：是呀，我们心里面充满了这些东西。

林　跃：要细想你倒把自己局限了，不去想到时都会想起来。

宁　肯：要是你老想那东西就麻烦了，这和你那个真要说的东西就背离了，是吧，就不原汁原味了。我们现在想的都是我们现场刚刚想起的，很自然的流露。

林　跃：对，而且没准这样一个碰撞它又生发出一些新的东西。

宁　肯：这么快乐的日子哪儿找去？

林　跃：哈哈，哈哈哈。

宁　肯：我靠，像咱们这种高速公路上聊天也很少！

林　跃：很少！

宁　肯：何况，聊得这么投入，也就是我信任你这个开了十五年车的老司机，要不然我也真不敢跟你这么聊。

林　跃：哈哈！

宁　肯：因为我也开车，我知道呀，可以把握。

林　跃：但是实际上还有一点隐忧，实际你坐着我这车时时面临危险，就像我自己的大夫说的，你这脑瓜这血管堵上是随时可能的。不过我现在已不把这当回事。其实我早就想来这儿，原因我想找一合适的人，找我一学生，后来放弃了，不是出于对我自己不放心，是出于对学生的不放心。主要是现在的孩子爹妈太不放心孩子，哪像咱小时，爱哪儿哪儿去。

宁　肯：我小时要在家待时间长了家长就说了，你怎么老在家待着？

林　跃：没错！你没关系，咱俩拉萨都去了，我就敢说这话：我跟哪能出事，跟谁出事，我跟你这出不了事，因为心里痛快！人在痛快时是不会出事的，而且即便就是痛快地出事，我也是无憾的。

宁　肯：没错，痛快就是通了，通则不痛。人什么时候颠三倒四，就是不通的时候。突然出现惶惑，慌乱，才出事呢。

林　跃：咱还怕什么！

宁　肯：怕什么！

第三部分

时间：2010 年 11 月 26 日 11:00—15:00

地点：海淀黄庄金钱豹

1.《海鸥乔纳森》

林　跃：当年，二十五年前，咱俩先一屋住着，然后坡上坡下住着。上回跟你说过，为什么坡上坡下了？那会儿你正值文学青年呢，我受不了你那晚上没完没了地写诗，哈。

宁　肯：而且是发烧级的文学青年，一写就写半宿。

林　跃：何止，何止半宿，要半宿我倒也忍了！

宁　肯：噢，还一整宿呢？

林　跃：好，你那时敢通宵达旦地写。现在，咱俩虽然一城东一城西了,可是你这家伙一来呀,又给我闹腾得不善,一下让我想起二十五年前了。我跟你说我这段时间的感觉和二十五年前睡不着觉的感觉完全一样,目赤,什么冒烟,牙床上火,那简直罪过大了,一想到二十五年前你就把我闹成这样,二十五年后你还能把我闹成这样,哎,你可以!

宁　肯:你想我这二十五年修炼容易吗?一直,就这么坚持不懈!

林　跃:所以,我就一直在想,实际上,你的那个《天·藏》你说是西藏就是西藏,但那绝对是你眼里的西藏,是你心里的,那绝不仅仅是西藏所能含有的。

宁　肯:我觉得某种意义有点像桃花源的那种感觉,尽管不是完全的不知有汉无论魏晋,但是又创造了一个我的西藏,就是我的一种理想的精神家园。

林　跃:我要说的正是这个,与其说是《天·藏》,不如说是天堂,你心中的西藏实际就是你心中的天堂。至少是天阶,是通向天堂的阶梯,也许还没到天堂,但是这种东西是接近了。还有就是咱们两个诸多方面的那种不谋而合,让我觉得这种东西不可思议,我没想到二十五年之后咱俩碰到一块还有这种感觉。

宁　肯:还有这么大的共鸣,诸多的重合。你若不去西藏我跟谁去西藏?坐那谁了解我?我的那种感觉,只有咱俩,哪怕就坐在六中的坡上。

林　跃:哪怕就坐马路牙子上。

宁　肯:那种感觉都完全不一样,而且我觉得当年就奠定了这本书。

林　跃:当年就奠定了这本书。

宁　肯:因为当年咱俩有一个非常重要的理想,就是对人,对自然,如何审美,审视人生,有特别的感受。

林　跃:对人,对自然,对自己,没错!

宁　肯：我们当时有特别直接的对人和自然的那种关系的认识，那种感受，我们甚至想用这种东西讲遍全国。我们觉得我们发现的这东西才是真正美的东西，人的东西，真的东西。我们当时有冲破一切意识形态的那种陈旧的东西的冲动，我觉得我这个《天·藏》就是实现了咱们当年的愿望。你想，这个愿望实现之后，你读到这个东西，那肯定有裂变的感觉，你有那个基础，别人没有。

林　跃：不是，尽管我有殊途同归的感觉，但你毕竟是在文学的这条道上，我是在教学这道上。所以当时我想到，我最初读《天·藏》，读过了回头想《天·藏》，后来我为什么又想到咱俩在一块又有很多要说的，因为尽管你是文学，我是在教育，但咱们共同的指向是人。

宁　肯：对，对！就是当时我们意识到最本真的那个大写的人！

林　跃：你是把你对本真意义的人的理解通过文学的样式，散文也好诗歌小说也好，表达出来了，我是在通过教育，告诉学生我对人的理解，对人活着的意义的理解，而咱们两个的这种对本真的理解和把握是一致的。

宁　肯：我们两个我觉得就跟在西藏大树根下往那儿一盘，盘了两年，所以不管我滋出什么叶来，你滋出什么叶来，我们都是同一根。

林　跃：同一根。

宁　肯：同一根，在这根上我们是非常明确的，所有的东西都是从这根上来的，所以一切都是那么不同。我读了你写的那只狗，胡子跟那狗，那来来回回吃饭的，有点像是一个寓言的故事，然后胡子还欺负它。

林　跃：你不记得那老胡子了？

宁　肯：我怎么就不记得了？我模模糊糊，还真有那么一条狗？

林　跃：那，那可不是真有那么一狗吗，一老黑狗。

宁　肯：是什么时候？是初期的事，还是？

林　跃：是胡子和灰子都在的时候，那就是第一年的事，因为第一年暑假我就回了北京，你去了亚东，然后就那段时间拉萨闹腾打狗，老玺就把胡子和灰子拉到色拉寺那边的郊外给扔了。

宁　肯：噢！

林　跃：老胡子是在之前，所以是第一年的时候。

宁　肯：我记得不是特清楚，但又很熟悉。我发现你呢，受一个事物影响非常大，就是那个《海鸥乔纳森》。

林　跃：哎，我正要问你这个，那天咱俩没扯这话题。

宁　肯：就包括你最后用故事的方式来讲学，就是《海鸥乔纳森》这个故事的寓意对你产生了莫大影响，你在西藏给我讲过这故事，我想起来了，当时讲得我非常激动，震撼，我印象特别深。

林　跃：这我还真忘记了，因为当时呀手头上没那本书，就没带回去，后来你一说，哎哟，一下想起来了！我无论如何不可能不跟你说，因为那个《海鸥乔纳森》对我影响至深。那本书我一再地读过，但从不敢说读完了。

宁　肯：我觉得是这样！它就是一个寓言嘛，是吧？海鸥飞得那么高，其他鸟飞得那么低，后来集体反对它，劣质反对优秀的东西，使优秀不被理解，孤立，集体对个人的泯灭。

林　跃：对。

宁　肯：当时印象非常深的，你所写的那个故事，都有点这种影响，它来它走了，那只狗非常的孤独，我觉得看到后面非常动人。故事的语言也非常简洁，我觉得你的知识结构，你的整个审美的这种框架和方式，一个是《海鸥乔纳森》，一个是老庄的东西，这两个传统交织在你身上，你知道吗，一个中，一个西，《海鸥乔纳森》呢，我觉得它虽然和老庄有相似的地方，但是它更指向人性。

林　跃：对！

宁　肯：老庄呢，并不直接指向人性，而是更指向思辨，用玄学性、寓言性给你讲一个道理。哎，我发现，中外寓言的区别就在于，玄的这方面，国外不如中国玄，但是直指人性根性的那种东西，老庄不如外国人，像海鸥乔纳森·利文斯顿这样的文本。这种寓言，包括伊索寓言，从来就是指向人的肉身的根性的。实际上，我们接受的是这种根性的东西。你的那几个学生，我觉得对你的回忆，对你的评价，听讲课那种激动，让我突然想起，这要是咱俩一块给他们讲课，咱俩对话，然后他们再提问题，那种交互，那得产生多大的教学效果！

2. 身教与现场

宁　肯：看了你的学生对你的回忆，你写的东西，学生那种渴求，以及你所唤起来的那种真诚感觉是很感人的。我突然产生一种幻觉，我要是加入进去，咱俩在讲台上一边对话，学生坐在一边，那种得是什么效果，我们说的都是那种生命最精华的东西，有知识性，有直接性，我们最大的特点就是我们的知识和我们的生命是结合在一起的，不是分离的。现在大学那些人讲的都是分离的，学生能吸收多少是多少，跟吃钙片似的，吃一瓶子未必能吸收多少。

林　跃：这个套用《和尚与哲学家》的观点，就是实际上咱们的生命就是咱们所要传授的知识本身。

宁　肯：没错！

林　跃：那个知识与生命是融为一体的。

宁　肯：融为一体的！

林　跃：所以到头来知识本身就变成它所执行的使命，这是最厉害的。我们并不希望学生效仿咱们的生命轨迹，但是要让他们知道，生命是可以这样绽放的，生命是可以这样度过的，它能够在一个不断完善、不断超越过程当中升华。就是至少给他们提供一种示范，你可以不接受，你也可以（变轨）参照，但是你要知道曾经有这样一种存在，而且这个存在肯定会对他们构成影响。就类似我那学生的作业，我那儿有一堆。

宁　肯： 而且学生也开始虚构，开始讲故事，讲的那故事，哎哟，我觉得挺感人，其实学生的可塑性是非常强的，而我相信这个学生遇到这个老师对他的影响要比别的老师要大得多。中国有句俗话叫"言传身教"，言传是足矣了，身教这研究可缺太多了，而且是咱们特别大的弱项，非常肤浅。一般来说，身教就是你是什么榜样，其实，这身教得是一个场，一个活的东西。

林　跃： 没错！

宁　肯： 而不是说我告诉你我怎么过来的。

林　跃： 不是，现在的问题是有很多当老师的人，他并不跟学生讲他是怎么过来的，总告诉学生别人是怎么过来的，鲁迅是怎么过来的，孔子是怎么过来的，而那人跟讲演者"我"无关，他们对"我"来讲就是混饭吃的饭票，跟他的生活有关，跟他的稻粱谋有关，跟他的生命无关。"我"所讲授的这东西完全是在我之外的，甚至我传授的是我不信的东西，也跟真的似的跟学生讲。

宁　肯： 所以身教这块，得像咱俩这种，是一种"场"，是"活"的，现场感到我们讲授西藏、讲授文学、讲艺术，是我们生命中所刻画出来的那种激情，呈现那种对事物的把握，那种透彻性，这个时候，让学生真的能从你身上感到一种核裂变的东西，那，我才觉得是最重要的身教！让他们临场感受你对他的辐射，所以我们古典的道理有偏废，我们这身教别提多僵化了。

林　跃：但你要想身教呀你的那个生命本身必须得有质量，有价值，否则的话你身教什么呀！

宁　肯：是呀，你要整天蝇营狗苟的，你还身教呢，你都没一个主体你怎么身教？

林　跃：还有，所谓身教就是不言之教，中国人非常讲不言之教，咱们两个去一趟迁安去找陈雪，那实际上也是一种不言之教！

宁　肯：对，是对她一个震撼，一个感染。

3. 西藏意味着审美的解放

林　跃：我本来今天就想带一个学生来。

宁　肯：另外一个学生？

林　跃：另外一个，他已经读完《天·藏》了，后来我一想，还是咱俩。我现在得琢磨出点文字来。你那个对新散文的阐述很给我以启发，不是简单的一人一事，这个时间地点人物一景一情一抒，它既然是散就要充分地散开去，否则的话就是作茧自缚，写散文的人很容易被散文的概念所局限，所以我看了你那个阐释对我怎么写散文有启发。

宁　肯：你就放开了写，直取生命的感觉。

林　跃：用我的概括就是心间比时间、空间要来得重要得多，是以心间控制时间和空间。

宁　肯：就是呀，因为我跟你讲呀，我们自打到了西藏以后，实际上就已经打破了一切文体，西藏就是最大的文体，所有的文体都没法与西藏这本身的存在相比，换句话说，用任何传统的已有方式都无法表达西藏。

林　跃：这个，或者换句话说，不是表达西藏而是表达自己。

宁　　肯：对，因为西藏和我们是融在一体的。

林　　跃：我觉得你的那个新散文把传统散文的写法都打破了，而我曾经自诩我把所有传统的教法都打破了，所以这又是咱们两个的相同之处。

宁　　肯：没错！

林　　跃：虽然走向不一样，但是到头来方法论是一样的，就是它不断在渴求一种突破，一种超越，绝不能被人局限，人本身就已在重重局限了，你自己再时时局限你自己，就太可悲了，是吧？

宁　　肯：没错，没错，我觉得就是说，我以前被别人塑造，与生俱来就被别人塑造，我觉得我们到了西藏以后，是对过去塑造的一种解放，一种解构，是吧？但是如果我不自觉的话，我们会再用传统的方法去概括描述我们的生活，这不，人你刚解放了，你又把枷锁戴上了，又回到了削足适履地用传统的方式表达西藏。很多人都是这样呀。真的，西藏冲决了你这些东西，还想用原来的东西写西藏不太笨了吗？我们之所以与众不同，就是因为我们到了西藏后获得了一种非常本质的直指事物核心的东西。

林　　跃：我们到了西藏实际就意味着走向审美的解放。

宁　　肯：对，没错。

林　　跃：是一种自我解放。

宁　　肯：我觉得西藏在审美上带来的就是这个。

林　　跃：它不是用简单的解构所能概括的，是一种解放，所以西藏的每一天对于咱们来讲都带有节日的性质。我记得当时那一年，咱们坐在你们家那胡同边上聊天，如果说革命是盛大节日，那么咱们到西藏就是一种自我解放。

宁　　肯：因为西藏之所以与众不同，对人突然网开一面，打开新的生活，那个时候你就开始形成新的东西，你要用这种思维方式，这种世界观，这种新的东西去把握这个世界，而不要再用过去传统的东西去把握它。

林　跃：那是把握不住的。

宁　肯：恰恰相反，新生活打开了以后你觉得新鲜，但在表达这个东西时你自然习惯性地用旧的方式，那不是扯淡吗，写出来就不伦不类了。你只有用西藏的那种方式，用它给你的那种自由感，那种直接性，就像当年我刚从西藏回来，韩少华约我写散文，写西藏，我琢磨半天从来没想过写散文，然后就看别人的，我觉得无法表达我的西藏，我这人要不说轴就轴在这地方，我既然感到不同那我就不用别人的方式，就用自己的方式，哎，就是所谓的新散文，就这么出来的。

林　跃：由此，我给学生上课我跟学生讲，我说你们都是中学老师，教过散文，都知道散文是怎么回事，我说你们听完了我的课后，应该知道什么是散文，我说我就是散文，我说我这课就是散文，散课，你就天马行空，我就无所不用，我的东西都是从我的生命产生出来的，绽放出来的，绝不是在我的生命以外有着隔膜的东西，那些东西我一概不讲，你们自己看书去吧。结果，当年我们教研室曾经有一个同事，现在他已经是北京市教委语文教研部的主任了，当年跟我说什么，说老林，我们的课呀，你上得了，但是你受不了，你的课呀，我们上不了，但受得了。

宁　肯：哈哈哈！

林　跃：我说我确实受不了，那不是在上课。我说我对上课的理解，那是在玩，那是在用自己的生命进行的一种游戏。游戏带给人的就是人最终应该得到什么，它就是一段快乐。人在玩中所得到的快乐是最大的快乐，因为那种快乐它不得自玩之后，而在玩之中感受到的。

宁　肯：对对。所以我觉得从绝对意义上说你这种才叫合格老师。

学生在他的一生中遇上某个老师给他灵光一闪，这是学生的一个大幸，因为大多数学生遇到的是资质平凡的老师。所以我觉得应该让各行业的拔尖人才走向学校。

林　跃：所以上次咱俩在路上我说过你应该到大学去当兼职教授，我跟你说现在那些讲文学的讲美学的他们懂得什么叫文学美学呀，他一直在讲文学是人学，可他是"人"吗？他知道什么是"人"吗？

宁　肯：哈哈，是呵！

4. 为什么没出过散文集

林　跃：你的散文太优美了，你太应该弄出一本散文集了。为什么不把它们找个地方出版，那还是件难事吗？

宁　肯：是，不是件难事，我这些年呀，就一直没顾得上。其实都编好了，但我就懒得跟人打交道。还有一个，我还有一个私心，就是我的那些西藏散文还得用在我的小说里，我要出了书还怎么放在小说里？所以我就一直没认真去弄散文集，我是中国散文家里唯一没出过集子的人。

林　跃：所以我就说他们作为小学生看《天·藏》是不可能的，但是看你的那些散文他们会觉得非常新鲜。

宁　肯：其实我西藏的散文全部加起来也无非就是那五六万字，他们让我专门写一个，可凑不成呵，你说让我模仿着别人弄一本西藏的东拼西凑的散文集，我还真不成，就像你说你教学似的，别人教得了的，你教得了，但你受不了，我也是，写他们那种传统的东西我写得了，但我受不了。

林　跃：哈哈，太一样了！

宁　肯：正是西藏给我们的。对，我曾给一个时尚杂志写过一篇西藏，哎哟写得我这难受呀，难受死了，此后再也不写了，甚至我告诉你，我不如他们写的好，因为他们都写油了，他们写的那个陈词滥调写得那叫顺溜呀，我还真做不到！

林　跃：哈哈！

宁　肯：人家那词一套套的，我有时蹦不出一个最常用的成语。所以真让你按传统方式讲课，你也不顺畅。

林　跃：太不顺畅了。

宁　肯：其实，你说去西藏的人也不少，像咱俩对西藏有那么强烈感触的人也不多。后来我就分析，为什么咱俩那么特殊呢？就因为大部分援藏人员都在拉萨城里，机关呀厂矿呀，他们没有那么一个环境，每天一散步就穿过一村子，再穿过村就一树林，过了树林就一大寺庙，这边又是一小寺庙，那种天造地设的既是自然的又是精神性的环境，别人没有体验过，只有落在拉萨六中了才有可能。

林　跃：只有落在拉萨六中了才有可能！

宁　肯：是吧，你落在任何一个地方——

林　跃：都没戏！

宁　肯：都没戏，落到拉萨城里没戏。

林　跃：跟去趟南昌杭州没多大区别。

宁　肯：没错，当时你想整个西郊建筑就很少，所以我当时就说了一句话，我说我们那个拉萨六中是拉萨河西郊不多的建筑之一，你从远处一看，它甚至是哲蚌寺的一部分。

林　跃：没错，自然的延伸。

宁　肯：自然延伸，稍微远处一看那有什么不同呀，那边讲经说法上课，这边也上课。那边法号一吹，什么劲头？

林　跃：哈哈哈！

宁　肯：铃号相闻，咱们和释迦牟尼有什么区别？我们是被孩子围绕的人，被学生围绕的人，我们给他们上课，也就是咱们，你别看那么多的人去了西藏，可像咱们那么文化，又那么郊区，那么郊区又那么文化，哪找去呀？有些人光守着郊区了，离文化中心远着呢，也不行，你在拉萨中心了但离郊外感觉又很远，更不行，咱们呢，正好是在天造地设的郊外！

林　跃：没错，天造地设的郊外。

宁　肯：它造就了我们。

林　跃：让我们不同。

宁　肯：宿命。

林　跃：宿命，还没完呢。

宁　肯：没完！

流浪的魅力与真实的西藏
——对话李晓犁

时间：2011年2月
地点：北京

李晓犁：读过《蒙面之城》最吸引我的是主人公马格那种不顾一切的流浪，那种坚定的、肯于抛弃任何诱惑的流浪。他在不断地拒绝中却获得了为人们所向往的属于他的真正的自由。那么，作为作者是什么促使你要塑造这么一个彻底的流浪者呢？

宁　肯：在中国传统的价值观体系下，人们的选择很少——成功、成名几乎是唯一的生活道路。但是，一个国家和民族的价值观应该是多元的，尤其是现在，我们的社会正由生存型向更高层次过渡，越来越多的人其实可以不必仅仅去挤升官发财的道路。我其实是通过马格这一形象在小说里提供了人生的另一种选择。马格最让我着迷的,也就是我最想写的是他的自由。人生来就应该是自由的,他不应被某种东西限定死了。这里面还有我多年来的思考:人怎样成为他自己?这一想法令我着迷,也是我内心的一种需要。

李晓犁: 马格这一形象在中国少有,在你的阅读中有什么参照吗?

宁 肯: 我一直不满于近百年来我们的文学所展示的中国人的形象,这也是我写作的动力之一。在这些作品里,有深刻、批判、悲哀等等,但却没有一个完整的现代中国人的形象。外国的文学作品中往往会表现出人的自信,塑造出人性中的英雄。中国人作品中的人物放在世界性的背景之下就显得更憋屈、太不饱满。这种阅读感受,最后也成了我写作的背景。

李晓犁: 人只有拒绝或逃避才能获得自由?

宁 肯: 马格的逃避带有一种形而上的味道,逃避成为了他的一种快乐,他不可能定点在一个地方,只有在拒绝的时候他才永远拥有——看起来好像拒绝了所有,但同时他却拥有了各种的可能性。逃避成了他的一种需要,不逃避反而会令他失去自由。人生其实就是如此,虚拟的人生永远比现实的人生更有意义,说白了这就是一个精神和现实的问题。我想要表现的不是它的现实性而是它的可能性。其实,这些都是人们心中所有、所想象、所向往的东西,我把它文学化了,让人们能够在共鸣中达到内心的深度。

李晓犁: 在你的小说中,马格在西藏的经历对他个人的发展和整部作品的发展影响都非常大,甚至成为整部作品的一种精神力量。其实,现在西藏已经成为了都市人言谈话语中的一种时尚,很多人都会说:我去了西藏,西藏改变了我的人生。但是,听多了以后,反而会令许多没有去过西藏的人生出一丝怀疑,西藏真的那么神吗?听说你本人就有在西藏多年生活的经历,我很想请你谈谈,你心里的西藏到底是什么?

宁　肯:不错,商业社会的确可以把一切变为时尚,塑造成一种时髦,但是,我写的西藏与时尚无关,是我自己的独到的东西。我觉得,西藏的确能改变人的内心世界,很多去过西藏的人内心多多少少都会有一种高度,会有一种超越。究其原因,这一方面是大自然的力量,另一方面有种曾经沧海的味道,对世俗的东西有一种天然的距离感。我个人的体会是在那儿待的时间越长越内向,这也可能是环境的作用:一个人从一种熟悉的环境中一下子来到一种完全不同的状态,自然的博大与纯净时时地与旧的生活状态在对照。人在那里连听觉都会变得更加敏锐,身体的敏感度提高,与自然越来越深地融合,这些都必然会引起心理的改变。

李晓犁:就是说身体的感觉器官都发生了变化?是不是一种很好的感觉?看来,西藏的价值更多的在于它是一个相对方便的机会,让都市人能够在那样一个与大自然相通的、别样的,甚至带有极端色彩的环境中有机会实现某种身心的升华。

宁　肯:人在那种情况下并不是时时都认同这个环境的,时间长了以后会恐慌,有一种时间停止的感觉,变成了一种煎熬、斗争、对立,甚至是一种反抗。但是,要想有对自然、对西藏的理解,这个过程是必须的,你和自然界的关系从新鲜到对立,到寂寞难熬,但也正在这时,你才真正与大自然共呼吸,体验到自然的实际也是人的艰难。那种大自然的严酷,你只有与它生长在一起才能体会出它本身的血脉,它内在的东西。也正因此,我才自信,我的感受会与那些观光者不同,已经不再是一个旁观者了,可以以西藏本身来表现它。西藏既是物理上的高度,也是一种精神上的高度。马格能够自负自傲也正有这样的因素。

西藏往事
　　——对话祝勇

时间：2012 年 10 月
地点：北京 798

1. 感官都打开了

　　祝　勇：你好，宁肯，今天很高兴来到我们《西藏往事》的节目，我们一起聊聊你的西藏往事。我们先说说你的笔名吧。
　　宁　肯：最早用这个笔名，是从西藏回来写的两篇散文。
　　祝　勇：比《沉默的彼岸》还要早？
　　宁　肯：《沉默的彼岸》是 1996 年的事，晚了十年。1986 年，也就是我刚刚从西藏回来,韩少华编那个《散文世界》约我写西藏。

祝　勇：当时一个很主流的散文杂志。

宁　肯：对,很主流的,韩少华说你写篇散文吧,写写西藏,当时我就写了两个,一个《天湖》,一个《藏歌》。然后那时候我就想到用笔名,然后就想到用宁肯这两个字,因为我觉得宁肯这个含义呢,有点……比较符合我的性格吧,而且也朗朗上口,好记。

祝　勇：对。

宁　肯：所以我就用了这样一个笔名。

祝　勇：我觉得这两个字里面,包含某种决绝的成分,我感觉您也是挺拧的。

宁　肯：是。

祝　勇：跟文坛上其他的作家相比起来,我觉得有某种果决的因素在你的性格里面。

宁　肯：对。

祝　勇：比如说现在的文学,越来越边缘化,而且越来越世俗化,在网络文学的冲击下,很多作家开始就低,变得越来越浮躁。但是你写作一直坚持非常严肃的这样一个路线,而且写得非常扎实,几年出一个作品,所以,就是如果没有一个很让你激动的作品出来的话,你宁肯不写。这个很拧的性格是你天生的性格?

宁　肯：还有一种说法,北京话有一个词叫"轴",说这人比较"轴"。什么叫"轴",就是有一个事感觉过不去,他就跟这个感觉耗上了,有点划地为牢的感觉,非要这样。或者说钻牛角尖,非要把它钻通,我宁肯怎么样也不怎么样,所以就有这种比较轴的感觉。所以我写作呢,也是有这种情况,如果要是不把它写好,我就宁可不写,或者停下来,或者反复地改,直到我感觉到了我才能够把这个东西拿出来。

祝　勇：其实我觉得你的作品量还是不多。

宁　肯：对，量不多。

祝　勇：你从八十年代开始写作。

宁　肯：对。

祝　勇：一直到现在，差不多有将近三十年的时间了，二十多年。

宁　肯：三十年了应该，我实际上从上大学就开始写作，1979年上大学就开始写诗，79年、89年、99年，应该说有三十年了。

祝　勇：三十年出了三部长篇。

宁　肯：四部长篇。

祝　勇：四部长篇，还有散文，散文我估计你的散文将将够一本散文集，是不是这个数量。

宁　肯：差不多，如果纯散文，可能连一本散文集都不够。就是不包括随笔，纯属于艺术化的散文，就是所谓的新散文。你也是新散文的主将，是吧，就是从咱们严格的新散文定义来讲，可能我估计连二十万字都不到，是这么一个水平，其他的我就觉得很难称得上是散文的东西。

祝　勇：所以你对自己的作品、自己的写作非常苛刻。

宁　肯：对。

祝　勇：就是这种苛刻，酝酿出像《天·藏》这样非常优秀的作品，下面我们就念一段你新出的作品，《天·藏》。

宁　肯：好啊，你来念，我可以作为读者来听一下。

祝　勇：你来听一下，感觉怎么样？

宁　肯：好。

祝　勇："我认为在西藏的阅读是一种真正的阅读，一种没有时间概念、如入无人之境、与现实无关、完全是宁静的梦幻的阅读。……我喜欢冬天的漫长，雪，沉浸，潜在地生长，阳光直落树林的底部，喜欢树林的灰白，明净，这时的树林就像哲人晚年的随笔，路径清晰，铅华已尽，只透露大地的脉络和天空的远景。"

祝　勇：我觉得你那种感受非常的安静。

宁　肯：这个应该说我自己的那段感受，也是我的生活。

祝　勇：好像是你到西藏以后，把你封闭到一个属于自己的世界里面。去跟自然，去跟西藏来对话。

宁　肯：对，因为这个，你刚才念的这里面，其中有两个非常重要的东西。一个是它的阅读的感觉，一个是视觉。阅读是那种，完全超现实的，没有其他的事物，就是比较封闭的，甚至是一种幻觉的，在幻觉中阅读和在阅读者中出现幻觉，这个阅读本身已经感觉到西藏的高度、那种没有边界的感觉，每天视觉上看到冬天的树林。

祝　勇：所以我就觉得你到西藏以后，好像把你自己全部的感官都打开了。比如说你的视觉，嗅觉，听觉，都非常的敏锐。

宁　肯：不敏锐也不行，因为它那个地方，就是一个让你打开的地方，因为我是在拉萨边缘的地方，在八十年代拉萨的西郊，西郊的建筑物很少，哲蚌寺那一带是很荒凉的。

祝　勇：当时是哪一年？

宁　肯：1984 年。

2. 丹巴村

祝　勇：你是 1984 年从北京到的拉萨。

宁　肯：对，我是 1984 年作为援藏教师队到的西藏，当时我们是二十八个人，有二十个人留在拉萨城里，然后有八个人去到郊区，当时哲蚌寺就是郊区，很多人都不愿意去郊区，当时我呢，非常主动要求去郊区，因为我就想找那么一个所谓诗意的栖居之地。我觉得拉萨城里还不够诗意，不是我想象中的西藏，我想象的西藏首先是一个旷野，草原，河流，寺院，那么在郊外，拉萨的郊外，正好符合我这样一个感觉，而且确实，主动要求去那儿以后，也完全是这样一个样子。

祝　勇：所以你去了以后，是不是觉得挺满足？

宁　肯：非常满足，完全算是一个理想之地吧，我觉得就像海德格尔说的那样，诗意的栖居。你看最高处是寺院，寺院下面是一个刚才我念的冬天的树林，树林的下面是一个村子，藏式的村子，黑白色调的村子，叫丹巴村，然后挨着村子就是我们这所学校，学校边上就是公路，公路过去是拉萨非常有名的拉鲁湿地，大片湿地，过了湿地就是拉萨河，所以你看它这个层次非常非常的好。

祝　勇：你住在什么地方？

宁　肯：我就住在学校里。学校当时给我了一间，他们叫做白铁皮房子，但是那房子是用岩石坯的墙，四面是堡起来的。

祝　勇：上面是白铁皮。

宁　肯：对。

祝　勇：但是白铁皮它好像夏天热，冬天冷，有没有这个问题？

宁　肯：我不知道为什么，大概就是属于后来的建筑，除了藏式的房子，就是内地人进来建的这种白铁皮屋顶的房子，很简单，但下面全是用石头来做的，所以我觉得，当时宿舍给我的岩石的质感特别强。

祝　勇：对你来说是一个非常满意的地方，离寺院很近，哲蚌寺，非常大的著名的寺庙。离村落也近，你跟老乡可以有一个接触。

宁　肯：对。

祝　勇：然后又是守着学校，旁边又是树林沼泽。

宁　肯：对。

祝　勇：这样的环境，你想打开的时候，你可以找人去聊天，去寺庙里面，去感受氛围。

宁　肯：而且我在那儿有一个特权，做老师都有一个特权，家访。你要是不做老师，大概只能去寺庙转一转，到村里转一转，可你谁也不认识，你不可能到人家里边去。那么我是这个村子孩子的老师，很多村民都认识我。家长也认识我，看到学生我就可以到他们家去拜访，很自然，好像是村子的一员。一般人进藏，或者游客就隔着一层，你不好进去，也就很难融进去。

祝　勇：没错，你说得很对。

宁　肯：藏人是很尊重老师的，管老师叫"给拉"，藏语，是对人的尊称。所以有时候，我看见学生，他们邀请我进去喝一杯茶，坐在那儿，他们的家长汉语说得不好，但孩子都会说汉语，让他们帮我翻译，然后我呢，再把学生介绍介绍，喝点茶，然后再出来，又开始走。村子曲曲折折，因为它是一个坡地，有一件事情我印象特别深，就是有一天我散步的时候，没邀请我就随意进到了一个学生家，学生的家境不是很好。你知道，一般来说，家里比较富裕的愿意让你进去，家里不太好的环境，他是有点回避你。这个家境不好的我进去之后，他们家没有客厅，不知在哪儿接待我，藏族家里边不管多么贫困都有供奉佛龛的经堂，是一个心灵的地方，礼佛的地方，这家主人就把我引到那个地方，非常简陋，但是非常的干净。

祝　勇：想表示他的隆重。

宁　肯：对，隆重。干净，隆重，而且把你作为一种神圣，你知道吗，一般说来经堂是不待客的。

祝　勇：对。

宁　肯：但是面对我这样的客人，这家主人不知道怎么办，就把我带到经堂里面,让我喝茶,跟我聊天,当时我就意识到了这儿本不是待客之所,因为西藏乡村的房子,你知道,它是两层,下面放着牲畜,上面是住房。所以我进他们家时,就能感觉到下面的那种氛围,一头牛很木然地看着我,有一些个味道,环境不是很好,上去以后有两间房子,非常普通简陋,唯独进了那个经堂,一下我就觉得不一样。

祝　勇:非常圣洁。

宁　肯:非常圣洁!这个地方升华起来了,所以我觉得西藏人不管什么样的条件,有了这样一个精神之所之后,就都是平等的,这个给我印象非常深。

祝　勇:从你的描述来说,你去的这个地方,西藏拉萨西郊这样一个地方,哲蚌寺旁边的一个村落,对于写作者来说是一个非常理想的地方。基本上你要什么有什么。

宁　肯:没错,要什么有什么。

祝　勇:而且你进入他们的生活也非常的方便,非常直接地了解他们的生活。

宁　肯:没错。

祝　勇:了解他们的喜怒哀乐。

宁　肯:对。

3. 西藏的音乐性

祝　勇:那当时你写作的状态怎么样,顺利不顺利?

宁　肯:当时的写作并不顺利,为什么呢?其实当时最大的感觉是什么呢?就是西藏的一切都在震撼着我,从大的天空、山脉、草原那种自然形成的,超现实的东西,震撼着我,小到每天的细节,像刚才我进到藏族家里面佛龛，小经堂，阳光，牛眼，那种环境，但这些东西当时是无法表达的。你知道吧，这种东西实际上后来我给了它一个总结，就是西藏非常类似于音乐。

祝　勇：对，我看到过。

宁　肯：整个西藏这个环境有一个音乐的特点，而音乐的特点，最重要是抽象的，感觉的，非叙事的，不太容易用叙事，甚至不能用语言来表述。比如我们听完贝多芬，听莫扎特，感觉非常强烈，但很难用语言表达。

祝　勇：对，你为什么为音乐感动，它说了什么，这不是很清楚。

宁　肯：对，而我发现西藏有全部的音乐的特点，每个细节都像一个音符，每条河流都像一个旋律，每家人那个眼神都像是一种对你心灵的冲击，但你面对这些东西的时候，你是没法表达的——特别当时是无法表达的。

祝　勇：而且尤其不容易用小说来表达，小说有一个自己的逻辑在里边。

宁　肯：对。

祝　勇：但是西藏的那种生活，它不是逻辑性的。

宁　肯：不是逻辑性的，因此它也不是叙事的，所以它更是一种音乐性的存在，是一个抒情，抽象的，但比如说要把西藏这种东西表达出来，特别用小说的方式表达出来，那是太难了。但是我觉得，我不是叫宁肯吗，就宁在这地方，我就想把这些东西，感觉的音乐性的东西放在小说里边表达。

祝　勇：那这个时候你有没有一种纠结或者矛盾在里边，比如说你去的时候，刚才你提到的 1979 年就开始文学创作，那就是说，在你进藏之前，你已经写了五年了。那你选择哲蚌寺这样一个地方呢，我觉得你也是带着文学的目的去的。

宁　肯：对。

祝　勇：那么在这么大的冲击面前，你有一种言说冲动。

宁　肯：对。

祝　勇：但是呢，你又一时很难去把握。这种感觉，这种纠结，这种矛盾给你带来一个什么样的影响。就是一个作者想写，但他又一时写不出来，感到非常的困惑。

宁　肯：对，非常的困惑。

祝　勇：心情也不是很好。

宁　肯：没错。

祝　勇：不知道您那时候状态怎么样？

宁　肯：我那时候的状态呢，就是比如有了感觉，我后来就打消了创作的这样一个概念，干脆就感受。

祝　勇：就不写了。

宁　肯：不进行创作，但是做一些非常重要的工作，就是记录我的感觉。

祝　勇：为将来的创作做准备。

宁　肯：就是说，我感受这个事物对我的震撼，我先把它记下来，做最原始的工作，不是说直接从原始就进入创作，我觉得那是不行的，必须好好地把自己沉浸进去。现在我回想起来，那个感觉，留在日记里边，我就觉得非常好，比如我给你讲这样一个状态，就是在西藏我经常直接地面对自然，开门即自然，我与大自然几乎不隔，每天一个人刚刚醒来，看到的和听到的都是西藏的那种瞬间的感觉：可以概括为西藏瞬间，一个人和西藏的瞬间。我刚刚醒来，就像刚刚出世一样，世界是新的。

祝　勇：日记常有这样的记录？那是很珍贵的。

宁　肯：是，某一天我就写了这样一篇日记，我可以把这个日记给你读一下，这个日记刚刚发表，在一个西部的杂志，你感觉一下当时我在西藏，那是二十五年前，这个日记标的是 1985 年 1 月 22 日，星期三：

"昨夜大雪覆盖了拉萨四周的群山，今早一起床，阳光耀眼，群山披上了银装，好壮观！屋顶的雪正在融化，滴滴答答，隔壁蒋老师家的电视正播放钢琴独奏曲，金属的敲击、奏鸣的音响像阳光的波浪，在我梦醒的一瞬扩展，中间穿插着雪融的声音，真是美极了！仿佛一明亮有声的梦代替了另一个梦。我那样静静地听着，一时只觉得世界变得那样单纯，明亮，除了钢琴，学生什么都不存在了。我一动不动，居然出现了幻觉：在白茫茫的雪原上，阳光普照而明媚，一架钢琴放在雪上，那是一架黑色透明的钢琴，一群鸽子在琴键上飞来飞去，美妙的音乐随着它们的起落，从那里响起，扩展，阳光也是从那里流淌出来的……这时在我的脑海中，立刻像屏幕似的显示出一首诗的题目：高原，钢琴和雪。"

祝　勇：感觉醒来以后，你的知觉非常的敏锐。

宁　肯：非常敏锐。

祝　勇：每一个非常细微的信息，你全能把握住。

宁　肯：对。

祝　勇：然后在里边产生反应。

宁　肯：产生联想。

祝　勇：你有一句话，我觉得写得特别的好，就是仿佛一场梦境，取代了另一场梦。那个感觉特别的好，因为在西藏本身就分不出来是梦境还是现实，它的现实有点像梦境。

宁　肯：对，现实和梦境有模糊的状态。

祝　勇：有模糊的状态。

宁　肯：这种模糊的感觉就是，等于你觉得醒了，可能又进入了另一个梦。

祝　勇：对。

宁　肯：就眼前的这个时间，到底是梦还是你还在睡，你是不清楚的那种感觉，当然这种感觉也不是每天的。

祝　勇：这个梦它本身跟现实非常接近。比如说你描写一个黑色的钢琴，在白的雪上面。

宁　肯：对。

祝　勇：然后鸽子在琴键上跳动。

宁　肯：对。

祝　勇：这是对梦的描写，但是又非常接近西藏的真实的那种感觉。

宁　肯：没错，我曾经在一个散文里就描述过，把布达拉宫比喻为西藏高原上的一架钢琴，因为布达拉宫那种梯形的结构，那种在大的原野上，黑白相间的窗户像黑白的琴键，发出的蜂鸣，那个声音，我觉得就是有点像钢琴的那种感觉。然后倒映在拉萨河上就更加像。

祝　勇：我觉得你对声音和音乐特别的敏感。我读过你的一篇散文就是《沉默的彼岸》，收在当年一个散文集《聆听西藏》里边，我就觉得特别的有意思，翻开这个书的时候，因为它是聆听，你是沉默。

宁　肯：我是沉默，对。

祝　勇：但是《沉默的彼岸》里面第一句话，我到现在还记得非常清楚，你是说，西藏的寂静是可以聆听的。

宁　肯：对。

祝　勇：所以我就觉得你对听觉，对声音，非常的敏感。所以你刚才说布达拉宫是一架巨大的钢琴，架在山的上面，我觉得非常有震撼力。

宁　肯：我就觉得它有声音，有巨大的音乐。

祝　勇：比其他的形容更有震撼力。

宁　肯：因为它更旷野化，布达拉宫很宏伟，那么比它更宏伟的是什么，是整个高原，那么相对高原来讲，它就像是一个巨大的钢琴。

祝　勇：这种说法很魔幻，又很现实。

宁　肯：是。

祝　勇：就好像我们看马尔克斯的《百年孤独》。

宁　肯：对。

祝　勇：马尔克斯非常魔幻，比如说他写一个村子下的三百天的雨，但是你感觉在那儿就是现实，并没有去编，所以无法区别现实和魔幻和梦想之间的界限。

宁　肯：实际上，感觉的真实是最大的真实，最高的真实。

祝　勇：不是物理的真实性。

宁　肯：对，因为你的感觉会产生真实，甚至会创造真实，所以就是说，当我说出布达拉宫像一个巨大的钢琴，这个真实已经产生了，是吧？但是它是通过我的感觉，我创造出这样的真实，如果我不说它像一个巨大的钢琴，这钢琴还不存在。

4. 被囚禁的写作

祝　勇：刚才你那句话，我觉得是核心，就是一个梦取代另一个梦，我觉得你描述的西藏特别的准确。我曾经看过史铁生的一个小说，叫《往事》，就是专门写梦的，小说从一个梦里面醒来，而他认为自己醒来了，后来他发现是在另一个梦里面。然后不断地一个梦接一个梦，一个梦接一个梦。

宁　肯：有点像《盗梦空间》，好几层。

祝　勇：对，那么在他小说的最后，他说他已经不知道是现实还是梦了，实际上是在现实当中。但是最后的结尾他说，有没有人把我再一次叫醒。

宁　肯：非常好。

祝　勇：他是不断的，梦被中断，被唤醒。

宁　肯：这说明什么问题呢？说明比如像史铁生，是一个非常特殊的情况，他生活非常的局限，也非常安静。

祝　勇：但他的思维非常的发达。

宁　肯：正是这种简单的生活，人的感觉才非常丰富。比如我在西藏那样一个大的旷野里边，非常简单，而我住在一个更简单的石头房子里边，在没有任何干扰的情况下，感觉就会非常的发达，无论是听觉视觉都非常的灵敏，甚至是幻觉也很灵敏，外面有一点点动静，就能够捕捉到，这就像一只麻雀在简单的树枝上，有一点风声，马上就可能回过头来。所以就是说，这种东西一定要和你的环境相关，但比如现在，我们待在这种大的都市环境里边，可感觉的东西太丰富太复杂，感觉反而在退化，甚至我们很烦外面的声音，烦就是一种退化。

祝　勇：都市让我们离自然越来越远。有时候我们去超市里面买蔬菜，买馒头，但是我们从馒头里面已经吃不到小麦的味道了。

宁　肯：没错，太对了。

祝　勇：事实证明你放弃拉萨市内的生活，选择郊区，是非常明智的选择。

宁　肯：非常明智的选择，那么在大的简单的西藏环境里，我有这么丰富的感受，包括我刚才读的那段日记，这东西怎么进入创作性的表达？还有一个非常重要的东西，就是沉淀，后来我才明白了一个道理。

祝　勇：现在突然明白了一件事，就是你为什么写得这么慢，我觉得你这个慢是西藏给你的。

宁　肯：没错，太对了，太对了！

祝　勇：我觉得就是这样。

宁　肯：你说的这个，我曾经在一篇文章里也谈到过，因为很多人到了西藏，写了很多东西，而我到西藏反而写不出来东西了，就是我是一个一定要经过沉淀的人，西藏这种巨大的场一下给了我，如同音乐给了我，我只有感受的份，接受的份，不可能表达，只有沉淀下来。

祝　勇：另外还有一个原因，就是在西藏，时间这个概念不太强烈了。

宁　肯：对。

祝　勇：时间界限模糊了，所以很多西藏人都是非常缓慢的，长时间地专注于一件事情，哪怕非常细微的事情，在现代都市里面是不可能的。

宁　肯：不可能，不可能的，因为西藏我甚至有时候会感觉只有空间，没有时间，空间太巨大太辽阔了，生活几乎是重复的，你发现没，西藏有许多重复的事物，几乎随处可见。

祝　勇：所以它就没有开始没有结束，没有过程。

宁　肯：时间长了以后呢，这种时间就像是消失了，每天似乎只能见到空间。那么这种空间感我觉得到最后表达的时候也需要沉淀。为什么特别讲到沉淀这个词，一方面西藏，它给了我非常丰富的东西，一方面呢，它又让我必须用时间发酵这些感觉，所以才能够在若干年之后表达当初的感受。也就说西藏给你东西，你真正想把它表达出来，必须要等时间，等它发酵。比如说等到我大概等了十年之后才开始写我第一部关于西藏的小说，《蒙面之城》，所以我就觉得，西藏它等于是把我关起来。我到西藏是为了写作，但是西藏呢反而制约了我的写作，反而把我关起来了，一关就关了将近十年。也就是说，你在那儿呆了两年，回来你需要用八年的时间去消化它,甚至十年的时间。而消化了的东西,和当时现场的感受,我觉得,这又是一个非常神奇的过程,必须的过程,很多事情必须到事后回忆起来才出现,回到当时的现场才能够逼出来,反映出来,这也是为什么我能够在许多年之后,在《蒙面之城》里面,有大量的西藏的描写能够对人有所震撼,其中很大程度,经过了时间的发酵,既是原来的东西又放大了它。

5.《阿姐鼓》

祝　勇：你在西藏待了两年,回来八年,才写《蒙面之城》。

宁　肯：不只八年,我是1984年去的西藏,1986年回的北京,到1997年开始写,十一年了。

祝　勇：这十一年当中的生活是什么样的?

宁　肯：从西藏回来,这十一年的生活,当然都是比较正常的生活,比如说换了一个单位,到了一家报纸当编辑,经历了八十年代的转折,波及到生活,最后又总算稳定下来了。但是我觉得虽然离开了西藏,进入一种新的命运之中的这种转折,但是西藏始终对我是有影响的,对我的影响体现在各个方面,包括为人处世,工作态度,所以我觉得西藏给了我一种最重要的,就是超越性,可以超越现实的东西,比如在重大利益问题上我也有一种超越的东西,而这种超越带来一种特别神奇的东西:你越超越某些东西,这个东西反而专门找你来了,很多人不超越,很想得到那个东西,不惜手段,他反而得不到,我没想得它,这个东西反而找到我来了。举个例子,到了九十年代初期,1992年,我在《中国环境报》工作,那年邓小平南巡,经济列车又开始启动,经济很热。

祝　勇：那时候很著名的一个口号就是,搞导弹的不如卖鸡蛋的。

宁　肯：对，别的不讨论了，一切都开始以经济为中心，经济是衡量一切东西的标尺，谁能站在经济的潮头谁最厉害。我们这个报纸，原来有一个广告，广告越来越重要，那年升格为广告部，我们报是一个局级单位，一个部就是处级。新成立的广告部主任是谁呢？要重新在报社里挑选，我根本没有想去广告部，但很多人想去广告部，谁都知道那是经济上最前沿的一个部门，最挣钱的一个部门。

祝　勇：直接跟钱打交道。

宁　肯：对，直接跟钱打交道，有自己独立的账号，而且还要马上成立广告公司，对外是广告公司，对内是广告部，非常活，很有权利。那时我根本没有想到要去，结果有一天社领导找到我，让我当广告部的主任。我那时候满脑子文学，准备东山再起。

祝　勇：还在发酵，西藏作品还在发酵。

宁　肯：是，正发酵呢，要起来似的，这个大家争的事落我头上，我当然不明白为什么让我去广告部，问领导，说，第一，广告部是经济前沿，是跟钱打交道的部门，我们首先要对他的人品确信。我也不知道我的人品为什么让人这么确信，后来我想这和西藏有关。我身上有西藏的东西，也就是超越性的东西，是别人没有的。我还是不淡泊，淡泊是还想但不在乎，我是连想都不想。我的西藏的东西是平时不自觉流露出来的，人家觉得你身上有一种东西。所以简单地说，是两个原因，一是我人品适合干这个工作，广告部主任非常容易犯错误，我不会犯。再一个就是他们觉得我这个人感觉比较灵敏，有洞悉力，我想，这两点都是西藏赋予我的东西，不自觉形成了我的人格性的东西。

祝　勇：可能你自己都没有感觉到。

宁　肯：我自己没感觉。

祝　勇：别人感觉到了。当处级部门的领导是件好事，但是对你来说，又意味着另外一个问题，就是跟你的写作梦想是不是离得更远了？

宁　肯：对，当时，我做了一个比较大的抉择，就是我到底接受不接受这样一个安排？后来我深入地想了一下，还是最好接受了。为什么？第一，我觉得我有西藏这样一个感觉，完全艺术化的感觉，但我始终对现实特别是对经济生活有一种格格不入的东西。我觉得作为一个作家，或者艺术家来讲，他有高度的艺术的感觉，同时也要有穿透现实的能力，深入现实的能力，这点我一直是缺乏的。那么广告部这样一个经济前沿的部门，正是我可以深入现实与当代经济前沿的机会，就好像是上帝的安排，说你现在还需要这样一种锻炼。我接受了上帝的安排，但有个条件，就是只干三年，跟领导这么讲了。结果三年之后，成绩较大，退不下来，没人能接我。当时也不是说我多有本事，是1992年的经济大潮推着我，广告额第一年就从几十万上到一百万，第三年最高到了四五百万。但我知道我必须退了，文学在召唤着我，西藏梦魂牵绕，即便如此，我仍用了两年的时间才退下来，也到1997年时，西藏的那种感觉又回来了，退下来后便进入了《蒙面之城》的时候。

祝　勇：为什么这个时候那种感觉又回来了，我感觉一个平常的人，有可能被经济的大潮越推越远，我身边有很多这样的人，一开始是怀着文学的梦想，但写诗弄文学太穷了，他们说只要我挣够一笔钱就回来，但是这些人，一去不复还。没有人再重新回来。所以我感觉你在这个时候，应当是离文学梦想越来越远了，因为你广告的这个事业也是越来越成熟，越来越发展。那什么契机能让你重新回到西藏写作这样一个轨道上来？

宁　肯：上帝的安排吧。其实我在西藏时，就写过一个日记，曾经在我最难的时候，有过这种上天感应的感觉，其中写过一句话：上天既然创造了我，肯定有他的想法。虽然我当时处在那么一个迷惘困顿的状态，但我有时候仍会感觉到这种上天的想法。那么在西藏这个问题也是，到一定程度，突然我就感觉到得回来了！那个契机是什么呢？首先我觉得第一我心里有一种愿望，就是西藏给我的东西，是不可能丢掉的。

祝　勇：这么多年当中，这个愿望一直没有泯灭。

宁　肯：没有泯灭。

祝　勇：一直存在。

宁　肯：当然，它被现实给弄得很淡，甚至很多时候被遮蔽了。但会触发，只要在电视上看到任何一点西藏的消息就立刻精神一振。触发最强烈的一次也是决定性的一次是我在1996年谈一笔广告生意，当时我已经开上雪铁龙那种车，法国进口的车，很前沿的车，公司给我配的。那时候有车的人很少，我开着车到天伦王朝饭店去谈那笔广告生意，走到东单也就是银街的路边上，突然听到一种音乐，街边音像店发出的，当时音像店为了招揽生意，总放得声音很大，各种音乐都放，主要是流行歌曲，邓丽君之类的，车很堵，走得很慢，就是在那种交通拥堵和音像店那种杂音中，突然听到一种清音，给我震动非常大，我当时无法停下来，因为要去谈生意。谈了那笔广告生意，我返回头来到音像店找到老板，我说什么时候，几点几分，你放了一种什么音乐，老板找了半天，最后终于找到那段音乐了，叫《阿姐鼓》。

祝　勇：朱哲琴《阿姐鼓》。

宁　肯：对，朱哲琴的阿姐鼓。其实当时朱哲琴已经火起来了，但我一直埋头广告，一直都没有听到，并且一无所知。但是看到盒带上穿着红氆氇的朱哲琴我觉得之前那种感觉一下对了，与西藏有关！买完这盒带子之后回到家，我放了第一支曲子之后，我就不敢再听了，把这个带子拿出来包好了，放在我们家柜子上面，我就不动了，后边我也不听了。我当时就许了一个愿望，等我从广告公司退下来以后，全身心投入创作之中，再听这个。因为我知道我要继续听下去，我就要爆炸了，一天这广告公司的活也干不了了，但这可不是儿戏，一年好几百万的任务呢，1996年好几百万很多了，压力很大。但就是朱哲琴的第一首曲子一下就把我带回西藏，就是说经过缓慢的时间，那种西藏的东西发酵之后，朱哲琴的音乐对我来讲是一个导火索，所以我当时用了一个词叫做"引爆"，西藏那种潜在的感觉在我身上都是地雷、炸药，全部压在心里，然后由《阿姐鼓》一下引着了，引爆了一下，但当时我却生生压住了，不敢让它再爆了，让它以后爆。

祝　勇：就是这么多年隐藏下面的线索，那根火药线，一直都没有断。

宁　肯：一直都没有断。

祝　勇：但是你自己可能不知道，平时不是很敏感地察觉到。

宁　肯：没那么强烈。

祝　勇：但是它仍然存在。

宁　肯：而且越发展越大，就是经过这么多年，发酵膨胀了，就等着契机。

祝　勇：而且在九十年代经济大潮的那样一个环境下，对西藏宗教氛围和文化氛围的感觉，我觉得那种反差更大，张力更大。

宁　肯：没错。

祝　勇：跟八十年代又不一样。

宁　肯：不一样，所以就是说，当时我就发了一个誓，我要从广告公司退下来，但是退了两年才退下来，哪儿那么容易让你退，也不理解，干得好好的，正红火为什么要退呢？但是我无法跟他们说。坚决退，本来说好三年，结果五年才退下来。

6. 新散文，《蒙面之城》

祝　勇：写作终于开始了。

宁　肯：是，一身轻，从广告退下来，把那带子拿下来开始听，真是一个梦想，两年的梦，两年不敢碰，本来已爆炸了又生生捺回去捺灭了。现在重新引燃，果然引燃！《阿姐鼓》那盘带子一共是由七首曲子构成的，我就是听了这七首写了七篇散文，就是1998年发在《大家》"新散文"栏目下的长篇散文《沉默的彼岸》，从那儿开始，我把西藏唤回来了。

祝　勇：幸亏它就是七首曲子，它如果是二十首曲子，你写二十篇散文。

宁　肯：因为听每一首曲子，我都能想到我在西藏那种生活是一种什么状态，那个情景是什么，所以我觉得为什么有新散文，等于新散文天然地就是以感觉的真实为最高表现，即最高的真实，是吧，它是文本，它是生命，西藏，朱哲琴，阿姐鼓和我现在混响在一起。

祝　勇：实际上我们原来的散文太单一了，在这种新的散文里面呢，把音乐哲学，很多因素调动起来。

宁　肯：对。

祝　勇：成了一个综合性的文本。

宁　肯：没错。

祝　勇：而且更有力量。

宁　肯：对，它一入手就跟传统散文完全不一样了，因为传统散文首先你要写散文，时间地点，人物，一事一项说清楚。

祝　勇：把这事来龙去脉说清楚。

宁　肯：对，来龙去脉说清楚。

祝　勇：但是它比较平面化。

宁　肯：比较平面，但是新散文，或者西藏这种感觉的散文是什么呢？它是从高处直接横插进来的。

祝　勇：对。

宁　肯：比如你刚才提到我有一篇散文叫《藏歌》，开头是"寂静的原野是可以聆听的，唯其寂静才可以聆听。一条弯曲的河流，同样是一支优美的歌，倘河上有成群的野鸽子，河水就会变成竖琴"就是这种感觉，一天头就是高蹈的横插进来的，没有来龙去脉。

祝　勇：很立体，和传统散文不同。另外，还是刚才那句话，就是你对音乐和声音特别的敏感，而声音也是没有来龙去脉的，这点也影响了你的写作。

宁　肯：对。

祝　勇：就是，在滚滚红尘当中，就是在谈广告的过程中，这个朱哲琴的歌声传出了这种音符，可能在当时的流行音乐中，在王府井的芸芸众生之中发现了你，击中了你流星一样经过的人。

宁　肯：对，对，对。

祝　勇：可能只有你一个人接收到了这个信号，很有可能，别人都是这个耳朵听到那个耳朵冒出去，对吧，一路就走出去了。

宁　肯：对，别人他没有炸弹，我是有炸弹，有西藏给我埋下的地雷，我觉得这就是非常重要的区别。

祝　勇：那这样的话，你的第一部长篇小说《蒙面之城》进展是否顺利呢？

宁　肯：进展还算比较顺利，但是我写得算比较认真，大概前后用了三年的时间，三年时间我觉得是一个比较正常的时间，当然和现在很多人不同，那些写长篇小说的人，三月写一部长篇小说，那我这三年，可能是太漫长了。但是我觉得我需要三年这样的时间去写这部书。

祝　勇： 那这三年当中是个什么样的状态？

宁　肯： 这三年基本上就处在一种超现实的状态，就是每天我生活在一个倒流的时间里面，没有生活到一个现实之中，我生活在西藏，生活在过去，生活在原野上，人和现实的关系也很模糊，所以我有时候上班，等公共汽车，都会出现一种恍恍惚惚的状态，但你不会出错，不会说一下把人给撞上，不会，但实际你还有另外一种感觉在包围着你，就是这样一种状态。

祝　勇： 写作过程中，您跟你原来学校的学生，包括你讲到的村子里的村民们还有没有联系？

宁　肯： 其实我在没写到他们的时候就有些个联系，因为有时候他们到北京来。我在拉萨的时候教书是非常神奇的，我教了三个年级。

祝　勇： 就一门课？

宁　肯： 同样是语文，我教了预备班，初二和高二，教了三个班。

祝　勇： 课文是不一样的。

宁　肯： 不一样，预备班是什么，就是小学的语文。我刚到拉萨六中时候，那个中学刚创办了一个纯藏族班，之前都属于汉藏混合的班，我教这班的汉语，就是语文。所谓预备班就是先要复习小学的东西，小学的课本都要拿来重新讲，所以我等于教他们小学的语文，然后还教一个初二班，然后还教这个学校的高二。

祝　勇： 差别这么大？

宁　肯： 对。

祝　勇： 小学、初中、高中。

宁　肯： 小学、初中、高中都有，然后其实我同时还在附近部队兼了一个大学语文。

祝　勇：四项全能？

宁　肯：高二的那批学生在我回来以后他们就开始考大学了，他们考大学我没在，但是我也很骄傲，就是其中有三个藏族的学生都考上了大学，一个考到天津轻工业学院，然后是陕西的咸阳民族学院，那是和西藏专门办的学校，还有一个在青海，他们后来来过北京，到过我家，所以跟他们还都有些个联系。

祝　勇：《蒙面之城》出版于2001年？

宁　肯：对，2001年出版的，先在《当代》杂志上连载了两期，然后作家出版社发行了单行本，当时还是产生很大影响的。

7. 文学与宗教

祝　勇：我知道你又写了两部长篇小说，《沉默之门》和《环形山》，但这两部小说都非西藏题材？

宁　肯：非西藏题材。

祝　勇：那么去年2010年你又出版了一部西藏题材的长篇小说《天·藏》，还获了施耐庵文学奖。

宁　肯：对，还获得了老舍文学奖。

祝　勇：老舍文学奖。

宁　肯：第二次获老舍文学奖。

祝　勇：那这两部西藏作品之间又隔了十年，为什么又隔十年这么长的时间，还要再写一部西藏题材的作品？

宁　肯：说来话长，简单说呢，因为《蒙面之城》涉及的西藏是一个比较浪漫的西藏，写出了它自然的一面，没有涉及宗教，它的那种自然的诗意的东西都有了，人在大自然中表现得很充分，但是呢，我始终就觉得有一个很遗憾的地方没写出来，那就是，西藏有着巨大的宗教的存在，如果你的作品中没有体现出宗教的味道来，这个西藏好像不是很真实，是外在的西藏，你作为一个外人来讲，你感受西藏可以把不理解的宗教屏蔽掉，你可以看山看水，这没问题，但是如果你想表达西藏，宗教是一个很大的问题。但宗教对我来讲写入到文学作品非常困难，这个东西一直把我难住了，写完《蒙面之城》按理说西藏题材可以接着写，但我又无法再写了。

祝　勇：这个是非藏族作家写西藏一个最大的障碍？

宁　肯：是，最大的障碍。因为宗教，比如说你了解吗？按理咱们也多少了解点，但是咱们的了解都属于比较表面的。

祝　勇：我们是作为知识来了解。

宁　肯：对，但知识不是经验。

祝　勇：他们跟宗教是融为一体的，是他们的血肉灵魂生命，这和我们完全不一样。

宁　肯：对，所以就说你怎么涉及宗教？比如你对宗教本身你得去了解吧？你得去感受，比如这个壁画上说的什么内容？它背后都是有内容的，你都不了解怎么去表达它？所以一方面我觉得特别容易浮皮潦草地表达，另一方面你深入进去又会陷入进去，你一旦开始去研究宗教的话，你可能就出不来了，等你研究懂了以后，你可能也就写不了西藏了，特别无法用文学的方式虚构的方式来表达西藏了。我一直觉得有很多其他东西都需要表达，但是没有宗教这块我也就很难写它们。所以这也是宁肯这个名字在这儿又起作用了，宁肯如何也不如何。

祝　勇：宁肯不写西藏题材的小说，就写两部咱们内地题材的现实生活的小说。

宁　肯：对对，我也不去触碰它了。所以宗教问题呢，我觉得始终对我来讲是一个非常大的问题，又把我给难住了。但是大概到了2007年的时候，我的一个朋友给我介绍了一本书，叫做《和尚与哲学家》，一下就解决了我的问题，好像这本书是专为我写的，专来解决我的困难的。这本书是一个法国人写的，一个法国哲学家，他非常有名，也是法兰西的一个院士，他的儿子马蒂厄许多年前皈依了佛教。

祝　勇：听说过这个人。

宁　肯：本来他的儿子是一个科学家，已经读了生物学的博士，而且正和他的导师研究世界上最尖端的一个生物科学，他的导师当时刚刚获得了诺贝尔医学奖，他若跟着他的导师能够走到科学最前沿。但正是在这个阶段，他呢，一次喜马拉雅山的旅行，他发现了西藏的一些活佛、学者，对他震撼非常大，由此他开始对佛教越来越感兴趣，以至于最后放弃了他的科学研究，来到了喜马拉雅山，成为一个佛教人士，皈依了剃度了，在尼泊尔喜马拉雅山他一待就待了二十年。那么他的父亲呢，是一个哲学家，当年来讲对他儿子这种选择并不赞成，但是西方人比较尊重孩子的选择，二十年过去之后，这个哲学家发现，佛教在世界的影响越来越大，而且佛教本身的哲学色彩很浓厚，这老头呢这时也对佛教发生了兴趣，然后来到了尼泊尔，跟他儿子做了一场为期三个月的对话，这个对话就是关于哲学和宗教对话，特别是西方哲学和东方佛教的对话，它里边有最基础的对佛教的问答。比如父亲问为什么要磕长头？这个转经筒是怎么回事？也有那种最高端的，比如在认识论上，佛教作为一种哲学是怎么样的？佛教与心理学，与科学是什么关系？等等，这本书让我觉得一下找到了一个叙事角度，是一个极为特殊的叙事角度，所以它一下让我对表达宗教有了一种信心。

祝　勇：又引爆了？

宁　肯：又引爆了，因为看他的书我就在想我当年在西藏，几乎一个星期就要去一次哲蚌寺，感受一下，转一转，另外村子里还有一个小的寺庙，每天散步就到这个寺庙里，但尽管两年多我却从来没有深入过这里，比如说这个寺庙里面涉及藏文，经文，是什么意思？就是一种外在的感受，所以我觉得我自己既很了解又很不了解这里，不敢写。那么这两个人的对话，打开了我感受的空间和知识的空间，而我有我自己的感受、经验，感受很丰富再加上他们的对话解开了那种知识的疑问，一下就把我对西藏对宗教的认识提升起来，而且找到了一个表达的角度，于是在《蒙面之城》完成多年后我又开始写第二本西藏的小说，才有了《天·藏》。

8.《天·藏》与新浪潮

祝　勇：那这个障碍打开了以后，进展应该是比较顺利的，是吗？

宁　肯：当然也不是很顺利，也是磕磕绊绊，哪儿有顺利的事？因为任何一个东西主要问题解决了之后，枝节也很重要。写什么解决了，怎么写这又是一个大问题，有人极言之写什么不重要怎么写才重要。而且，确实让宗教进入到文学创作里边，你怎么能够让它融合是个大问题，因为宗教属于观念的理性的东西，和感性的生活融在一起可不容易。这都需要在形式上做很多很多功课，有时候是非常难的。有时候就写不下去了，就觉得自己这个写作是一个失败性的写作。

祝　勇：有没有怀疑过你这样的选择？

宁　肯：怀疑过呀。

祝　勇：或者是这样的性格，非要啃一个硬骨头？

宁　肯：有时候我都觉得我写的东西可能是一个没人看的东西，是一个完全犯了写作大忌的东西，写作不能引入过于理性的东西，也就是哲学宗教的东西。

祝　勇：但是我觉着你在这种怀疑当中，还有一种自信，或者是说你自己非常肯定的东西，你对小说有自己的要求，或者是你建构了自己想象的小说，《天·藏》包括你其他的写作，跟咱们书店里面流行的其他的小说完全不同，你有你自己的坐标系，我觉得你可能比较喜欢《没有个性的人》这样的小说。

宁　肯：对，没错。虽然我一直在怀疑自己，但是我没有放弃，我在尽量地磨合，这本书也写了三年，将近四年的时间，初稿用了一年多一点时间，改了有两年，改什么，就是在磨合，把那些不兼容的理性的宗教的东西让它兼容了，通过我的功力，种种努力，有时候我觉得，这东西我要不写，恐怕就再没有人能写了。

祝　勇：实际也是这样子的。

宁　肯：谢谢。

祝　勇：《天·藏》你不写就没有人写。

宁　肯：一般说，人们有时会批判一个小说，说你哲学色彩太浓厚了，理性色彩太浓厚了。

祝　勇：因为我们中国的读者，没有这样的要求，没有这样的兴趣，像德国是这样偏于理性的民族，日耳曼民族，所以呢，它会产生那种理性比较重的小说。

宁　肯：对对对。

祝　勇：中国读者更多只要好看，所以中国的小说是《三国演义》《水浒》受欢迎。这样的话，你在写作过程中，是不是觉得非常孤独呢？

宁　肯：很孤独，因为当时这个写作，其实来自两方面的困难，一个是读者我估计会非常少，因为这么一种深奥的小说，这么一种非常个人化的小说，而且刚才咱们说到西藏又是非叙事的——

祝　勇：没什么太多故事。那些个期待故事、离奇情节的读者，在你的书里面找不到，他满足不了。

宁　肯：对，通常那种好看的故事你在我这里找不到，但是你要想找到一个人是怎么存在的，是怎么生活的，可以在我这书里边找到。有一部分读者，他更关注的是，我通过看你的书是看你的人物，那么我可以没有通常的故事，但是我始终盯在人物身上，人是怎么存在的，他的存在有多少跟我产生共鸣，我是在这样一个意义上写作。

祝　勇：这个小说的真实终极目的，还是呈现人的存在，对吧？

宁　肯：没错，没错。

祝　勇：用小说这种方式跟读者进行交流和沟通，如果没有这个层面上的意义的话呢，那些故事是没有价值的。

宁　肯：没错。

祝　勇：故事再精彩再离奇再离谱跟我有什么关系呢？这是张三，这是李四，但这不是我。

宁　肯：所以我觉得《天·藏》跟传统小说最大区别就是什么，就是传统小说它是通过让你做一个梦的形式，给你讲一个故事，这个故事让你都忘记了你自己的存在，就像在梦工厂，实际上就像看一场电影似的，看完电影一散场就完了。那么我的小说是让读者始终在场，你不会觉得读我的小说像做一场梦，你是非常清醒地意识到小说中的人物的存在以及你个人的存在，这是《天·藏》这个小说最大的特点，我觉得中国需要这样的小说。

祝　勇：非常需要。

宁　肯：这也是一种启蒙，完成对人的启蒙工作。

祝　勇：叙事是小说的一个手段，并不是小说的本质。

宁　肯：没错，没错。

祝　勇：小说的本质还是描述人的生存状态以及一些思考性的东西，所以八十年代的中国先锋小说在这方面做了一些探索，但是到九十年代特别是新世纪以后，中国的小说实际上是在大幅度地后退了，不是在往前走，而是在往后撤，包括一些当时很具探索性的先锋小说作家，都回归到情节，回到《三国演义》回到《水浒》。

宁　肯：这个和市场经济有关系。

祝　勇：对，在这样一个氛围之下，其实你的小说呢，实际上接续了一个中断的传统，而且呢，我觉得还很像那个新浪潮的电影，法国五十年代。

宁　肯：那种作家电影是吧？

祝　勇：对，作家电影，罗伯-格里耶的电影。他们做了这些探索，包括这样的电影。

宁　肯：对，没错。我其实在小说里面也提到了新浪潮的电影，这种影响痕迹是很自然的，因为我觉得八十年代以来，其实留下了非常宝贵的经验，但是最后没有继承下来。

祝　勇：没继承，是被当成一个负面的东西给扔掉了。

宁　肯：我们老是狗熊掰棒子。

祝　勇：对，这非常可惜。

宁　肯：本来一个好东西它应该延续发展壮大，但是它一中断就自生自灭了，这个太可惜了。但是我想呢，他们虽消失了，但是肯定还有人接着那种探索的精神，表现人的本质的东西，接着往前走。不仅仅是我，其实还有其他作家现在也都在，只不过现在还不是特别被人注意，所以我觉得将来这个时代你看吧，等到这个时代水落石出的时候，我们在清理这个时代的时候，会发现很多好东西，我绝对相信这个东西。

祝　勇：那我们就读一段你的小说？

宁　肯：好啊。

祝　勇：这样我们能更真切地感觉到你,感受到你的追求。我读第一段。

宁　肯：好,我也想听。

祝　勇:"我的朋友王摩看到马丁格的时候,雪已飘过那个午后。那时漫山皆白,视野干净,空无一物。在高原,我的朋友王摩说,你不知道一场雪的面积究竟有多大,也许整个拉萨河都在雪中,也许还包括了部分的雅鲁藏布江,但不会再大了。一场雪覆盖不了整个高原,我的朋友王摩说,就算阳光也做不到这点,马丁格那会儿或许正看着远方或山后更远的阳光呢。事实好像的确如此,马丁格的红氆氇尽管那会儿已为大雪覆盖,尽管褶皱深处也覆满了雪,可看上去他并不在雪中。"

祝　勇：非常奇特的一段描写,从一场大雪开始,然后你说到雪的面积?

宁　肯：是这样,用了这样一个特别的词。

祝　勇：很少有人考虑到雪的面积。然后这个阳光面积有多大,雪的面积和阳光的面积谁大?很新颖。

宁　肯：对。

祝　勇：就是这种感觉完全是一个新浪潮电影的感觉,新小说的感觉。

宁　肯：但它本质上也是西藏的感觉。

祝　勇：没错,本质又是西藏的感觉。

宁　肯：就是说,你即使没有意识到新浪潮,没有这样的概念,也会出现这样的描述。为什么说这是西藏本身就有的东西?因为西藏——特别是下雨的时候最明显——东边来了一块云彩,下了雨,那边还就有阳光,它总是局部的,就是那种局部,又因为它也是旷野,任何一种天象都带有局部性。

祝　勇：都不是覆盖性的。

宁　肯：它覆盖不了。所以你就会脑子里产生一些局部的那种感觉，尽管可能看起来吧它是一个全部的。带有物理特征，甚至几何特征，所以在描写时就想到了"面积"这个词，我想是西藏的这种天象，给我这样一种感觉，与新浪潮电影不谋而合。

祝　勇：所以这个小说的格调，从第一段的描写中就奠定了非常强烈的、非常浓厚的西藏的感觉。

宁　肯：所以我觉得任何的艺术，本质来讲，其实是受到现实规定的，你在现实中深刻地感受到了什么东西，它肯定会用它自己的方式有一天出现，甚至会出现这样的一个词汇。说句实话，当初我也没有想到用"面积"这样的词，一场雪的面积，我们过去很少用这个词，但是我觉得只有在西藏生活过，你才会发现这个词很新鲜。

祝　勇：但是很准确。

宁　肯：是的。

祝　勇：没有比它更准确的词汇了。

宁　肯：所以说，这就是西藏。

祝　勇：好，那今天非常感谢您来我们的节目，跟我们聊一聊你的西藏，你的小说。

小说是小说家看世界的方式
——对话孙小宁

时间: 2010 年 9 月
地点: 三里屯酒吧

一、《和尚与哲学家》给我这部小说一个重要维度

孙小宁: 今年西藏题材的小说令人奇怪地多,而且都是重量级作家的。以至于我想回避都不能。到这本,我更是躲不过。因为它给我带来的新鲜经验最多。尤其在书里遇到自己熟悉并喜欢的另一本书:《和尚与哲学家》,真让我有老友相逢的欣喜。记得最开始发现这本书的影子之时,我曾发短信向你确认,你回得很有意思:正是因为等到了它,才有了这部

小说。为什么那本书对你这部小说这么重要?

宁　肯：它是这部小说一个重要维度。宗教的维度，也是书写西藏最不可或缺的维度。我在西藏呆了一段时间，为此还写过《蒙面之城》这样的小说。但是我始终觉得，那个故事不能涵盖我在西藏真实的生活状态。

孙小宁：你当时是怎样的生活状态?

宁　肯：就是一个人在拉萨郊外教书，主要和我的学生打交道，经常在小山村散步，那里的一草一木，周围的寺庙，甚至寺庙里的狗，很多细节，都带给我非常真切的存在感，构成我在那里最主要的生活感受。但即使有这些体验，后来还模模糊糊找到一个王摩诘与藏族女人维格的爱情故事，还是觉得写的时机不成熟，欠缺条件。也就是宗教这个维度怎么表达，始终是我的一个瓶颈。

孙小宁：你觉得以一个单纯的喇嘛来表现还不足以?

宁　肯：不足，根本不足以。宗教这块，你怎么理解？它和世界是什么关系？它和生活是什么关系？它的位置怎么摆？第一你不能完全浸在宗教里面，经册啊，佛法啊，以这些来代替一切，最后你会消失在宗教里。另一种，非常外在的、猎奇地看宗教，那样人和宗教是两张皮。结果，后来出现了《和尚与哲学家》这本书：一个怀疑论的西方哲学家，向着儿子，一个有着西方科学背景、最终选择到西藏修行的和尚发问，这里面意味就多了，解决了我的问题。

孙小宁：是哲学家与身为修行者的儿子这两种角色的意象在吸引你，还是他们争论交流的内容？在你的书中，他们真正的对话，只展示了一部分。

宁　肯：吸引我的首先是它呈现了一个通道，即宗教与生活之间的通道：哲学。《和尚与哲学家》中谈到一个问题，在西方古代的哲学中，有一部分是告诉人们怎样生活的。可是发展到后来,哲学把"我们应该怎样生活"这部分交给了宗教变成了纯形而上学,与个人的生活越来越不相关。这正好是西方后来感到缺失的一块。而佛教依旧保留着"我们该怎么生活"的智慧,这使得佛教与其他宗教呈现出不一样的面貌,它既是一个宗教,又保留了哲学——怎样生活那部分内容。这对现代的西方影响特别大。《和尚与哲学家》这本书探讨的是佛教与西方哲学间的关系,那么对我而言,由哲学切入宗教是再好不过的通道,它给我这部小说撑起了一个精神屋宇,可以在东西方的高端的文化坐标系中建构我的小说,定位我的小说,让我一下有了信心。

孙小宁: 我好奇你会不会关心他们讨论的细部问题,还是说,不管他们探讨的结果如何,这种思考、思辨本身,就是一个精神屋宇的象征?

宁　肯: 不仅是象征,就是一个巨大的存在。这种巨大存在与王摩诘的专业是相关的,也是和他的生活相关的。屋宇和屋里的主人的生活相通,所以是一个完整的存在。

孙小宁: 马丁格是一个东方立场,父亲是一个西方怀疑论立场。二人中你更认可他们哪一个?

宁　肯: 你注意到没有,在他们父子俩之间,王摩诘的位置特别有意思。如果他们两人一个是正题一个是反题,王摩诘正好是合题。他从哲学立场上说是倾向于父亲的,是怀疑论的,但从生活态度上,又倾向于佛教的生活方式,是反思的,修行的,自我完善的。他把二者集于一身,成为一种具有世界意义的融合。

二、我不是在讲一个人的故事,而是在讲一个人的存在

孙小宁: 这么一谈,这部小说好像显得特别抽象和哲学,但事实上

它并没有很多灌注了哲学理念的小说那样面目可憎。在这本书里，思考与生活本身，仿佛有一个通透的走廊，可以自由穿梭。

宁　肯：这可能是因为，我的主人公王摩诘又回到了古代的生活，就是哲学与生活不分家的时代。我主张什么，我就怎样生活。所以你到处可以看到，王摩诘在大自然中散步，在乡村和孩子们接触，他对一草一木的感知和他研究的东西是一体化的，他的生活是哲学化的，哲学是生活化的。

孙小宁：你把王摩诘说成是主人公，我当然也可以努力地这么认为。但我个人同时又觉得，那进行着宗教哲学对话的西方父子也可以是主人公，或者我印象很深的灰狗，还有维格的祖母、妈妈，从某种意义上说，都可以是。因为他们都是西藏的存在，是可以并置的存在，每个存在都有独立意义。

宁　肯：你这个说法很有意思，很哲学，一下抓住了这部小说的关键。你的感觉，恰好可以用来说明这是一部和传统小说不同的小说。传统小说中的人物是有等级的，主角就是主角，然后是次要人物、结构性人物、跑龙套的人物，都服务于主人公的命运。但我这里没有一个主要的故事线等着你，所以你体会到的更多是一种诸多事物的存在感。

孙小宁：而且每个事物细细体味，都既是一个具象的存在，又是一个抽象的存在。在抽象意义上，每个人物，甚至颇具存在感的细节都是平等的，没有谁高谁低。

宁　肯：所以我在这本书的一处注释中就说，我不是在讲一个人的故事，而是讲一个人的存在。不同的小说观念，就是不同的看待世界的方式。传统故事小说认为世界是那样的，我的小说认为是这样的。

孙小宁：就是非戏剧化的，散漫而又沉静地存在？

宁　肯：是这样的。

孙小宁：那么什么样的动力，让你想写这种类型的小说？

宁　肯：第一个原因是我对西藏那段生活的感受。我说过，那种状态不是一种故事性小说所能传达的。

孙小宁：或许有人说，那你把它写成散文好了。

宁　肯：对，恰恰是我已经写出散文了。写出了一批我在西藏纯粹感觉状态的散文。当时被称为"新散文"。但我觉得散文毕竟和小说的手段没法相比，散文没法建构一个世界，而小说可以，因为它有虚构的权力。小说建构世界的方式，过去最主要是通过一个故事，但如果故事性很微弱时，还能不能建构一个小说世界？小说有没有不通过完整故事建构世界的？

孙小宁：应该说经典的实验性作品中有，我只是觉得，在这个重回故事性写作的时代，任何一种实验性的努力，都需要勇气，同时还要准备迎接读者的冷处理。

宁　肯：比较欣慰的是，书出来后，反响还不错，已经开始加印，是个让我意外的消息。某种原因，它没做一点宣传炒作，竟然走到许多同样不出声的读者手中。盛可以说，是书自己长了腿，自己会走路了。

三、我要这部小说在时空上有并置共时的效果，它恰是西藏这个场域的独特气质

孙小宁：再接下来问，一个没有故事线推动的小说，它的内在叙述动力是怎样的？

宁　肯：是人物内在精神的建构，人物关系的某种灵魂的张力，时间在空间上的流动与交互。这是有清楚的设计的。这部小说时空读来有一个回旋的感觉，比如它刚一开始就写了马丁格父亲来，甚至两人已经开始了一部分的对话。但是中间又把它跳过去，直到第二十八章，王摩诘、维

格开始为马丁格父亲的到来做准备。前面那个在写作中叫预叙,就是把后面的事情提到前面来说。

孙小宁：整部书,王摩诘的个人人生好像就点缀在马丁格父子对话的时间结构里。

宁　肯：这是大结构。其间,又嵌着小结构。比如王摩诘和他的学生这条线,维格与她家族这条线,王摩诘与维格、于佑燕的感情关系之类。这些小时间,小结构,哪个在前哪个在后,我并没有特别去交代,因为本身就是散点叙述,时空上是一种并置关系。这在西藏这个场域,是可以成立的。因为西藏空间的辽阔,常常让你只有空间感,没有时间感。时间无始无终、循环往复,经常是这一天和上一天完全相同,这个月与上个月无甚差别,所以我让这部小说多一些空间的并置与共时,又有本质上的联系,这也是我对西藏这个场域的一种理解。

孙小宁：也可能就是这种并置、共时,使得人在阅读时有种谁都是主人公的感觉。但这样写笔下会不会乱呢？或者从另外一角度看,你这种非线性的结构、复杂精密的实验性的写作,是不是很累？很费神？很不自由？

宁　肯：其实在我看来线性写作才是不自由的,它看起来有序,省力,按着时间往下推就行了,但同时它又有一种很强的直线型的规定性。我这种写作看起来很费脑筋,实际上反而有着极大的自由。

孙小宁：那这种自由是怎么得来的而又获得一种正当性？

宁　肯：就是大的时间结构建立之后,小的时间结构就完全打开了,自由了,可以行云流水地写,不被故事制约,不被人物制约,不被时间制约,想怎么写就怎么写,怎么写都对,没人说你逻辑混乱。那种的自由感,真的就像行云流水一样……

孙小宁：要说谁不想自由地写,但写不好就骂声一片,变成乱写。

宁　肯：自由不是乱写。自由是在混乱中发现的秩序，其本质是理性，而混乱又是它的前提。混乱首先是一种世界观，认识论，也就是说混乱是世界存在的基本面貌，构思小说之初就是要保持这个面貌（而非使其像故事那样完整清晰）的同时，发现隐蔽的秩序，即自由。在混乱的表象中，自由获得最大的可能。

四、除了工具性语言，世界上还存在另一种语言，更能传达事物的存在感

孙小宁：那么就说到了语言。我以为，能让你完成这部存在感强烈的小说，语言没有掉链子是关键。那些语言，熟悉你的人能迅速闻到你当年那些新散文的印迹。它们都不是为叙事而存在，而是存在本身。有着纯粹而特定的精神指向。总之很难设想，那种一地鸡毛式的日常语言叙述，会在这个舞台上显得协调。所以我说，语言也是这本书中诸多存在物之一。以这种语言呈现的西藏事物，感觉像被玻璃过滤了，或者是穿过透镜，既具象又抽象。

宁　肯：语言也是这本书的存在物之一，说得太好了！光，譬如阳光，没有经过这层玻璃，就是光。但经过玻璃之后，就有了层次感，审美，有了语言后面的阴影。这种层次感呈现着作品本身，从根本上说没有这种"透过玻璃的语言"就没这本书，你有一种直觉事物本质的能力，前面说到的人物平等的存在感也是这种能力。

孙小宁：可惜我没有理论。那么再问一个不怕被人说成是鸡生蛋蛋生鸡的问题，你这种"透过玻璃的语言"从何而来？

宁　肯：首先要找到产生这种语言的思维方式，或者一种认识世界的方式，才会催生这种语言。传统故事型的小说不产生这种语言，也不需要这种语言，只要文通字顺就可讲好一个引人入胜的故事。而我这种小说

必然产生这种语言,也非需要这种语言不可,没有这种感性、智性、审美性与精准性的语言,就无法呈现这部小说的内容,语言与内容密不可分——语言就是内容。事实上就连西方的哲学发展到现代,都有一个"语言学"的转向,由语言或言语来认识世界,比像黑格尔那样建立庞大体系认识世界,要更接近世界本身。换句话说,连哲学都回到了语言,那么文学是语言的艺术是公认的定律,文学是不是更该回到语言上来?

孙小宁: 而我们更多人对语言的认识,还是它工具性的那部分。比如我今天进行采访,回去写这个访谈,就是通过对今天谈话的整理,把你写这部书的理念与思考传达出来。跟你说的那个语言还不是一回事。

宁 肯: 对,这种工具性语言是语言的常态,比较固态,浅表,它固定了事物,事物也固定了它,一般说来这样已自足。但如果习惯了工具性的表达,把更为复杂的不确定的事物也用工具性的语言表达,世界将因语言的工具化而变得工具性。毫无疑问,语言还有另一种方式,即审美的方式,关乎世界存在的方式,或者不如说探险的方式——很多时候语言就是对世界的一种探险,一种发现。如果以传统小说观点来看我这部小说,很多语言叙述都是多余的,因为和塑造人物无关,和故事无关,不指向行动,只是让人感知到存在,但它恰好能表达我心中那个难以言喻的那部分西藏。

五、写完《天·藏》,接下去怎么写,对我是个难题

孙小宁: 总体来说,你的小说偏向精神性。关注人,人应该是怎样一个人,现实中是怎样一个人,并试图对作品中的人有一个精神性概括。

宁 肯: 很多小说,自发性情况比较多,就是故事类的小说,其中精神性的东西需要别人概括、解读,而我的小说,本身就包涵了这个。

孙小宁：你的注释性文字就说明了这一点。这本小说注释性文本占的量很大，已经是小说构成中不可分割的一部分。阅读的时候感觉有两个叙述者存在。一个在小说中，一个在注释中随时在对小说中的人与事、言辞举止甚至小说创作本身发言、评判。

宁　肯：注释相当于小说客厅，整个小说实际就是在客厅中发动的。

孙小宁：你这些注释是怎么产生的？是随写随产生的吗？

宁　肯：其实有些注释，最开始时是放在正文里的，最后觉得放在注上更好，就做了移动。因为这些注释，你已经看出，这部小说事实上有两个叙述者，有一个更大的原始结构，比前面说的马丁格与父亲对话的结构还要大，就是有一个王摩诘对作品开始"我"讲他的生活，即两个叙述者一个在讲，一个在听，在转述，在注释里评论一切。换句话说，"讲"的时候，"转述"的时候，所有的事情都过了。这样一个隐含的"对话"结构同样具有决定意义地构成了这部小说。

孙小宁：维格这个人是怎样冒出来的，有影子存在吗？

宁　肯：首先产生于一种想象。一个像王摩诘这样的人，待在那样的地方，我觉得该有一个特别女性来呼应他。这种幻想很自然。我甚至在十年前的散文里就已虚构了她，也写到菜园子被破坏那件事，但当时只写了二百多字，是一个雏型，但这几笔对我来讲一直很重要。而她的家族故事，则是在西藏历史上有原型人物的。真实人物叫龙夏·多吉次杰，十三世达赖要改革，他去了英国，他的夫人在英国很活跃，回来之后参与改革，想搞西方议会制，被保守势力抓起来了。夫人也确实另嫁人了。我让维格出生在这样的家族中，一是使作品有了历史纵深感，是想人们在阅读这段历史时可能会对西藏有一个新的认识。至少，提醒人们西藏不仅有雪山寺院，还有这样鲜为人知的历史！

孙小宁：那么书名是怎么确立的呢？

宁　肯：是写完之后才定的。以前叫《日光之城》，在《中国作家》连续两期发表时就叫这个名，还"太阳城"啊，甚至"天上西藏"呀，都不如意。最后有一天这个名字突然冒出来了，和这个作品开放性与注释风格也很吻合。

孙小宁：你说过，有了《蒙面之城》，又有了《天·藏》，你的西藏就算写完了。

宁　肯：对，写完了。我如果不把它写完，就不敢去西藏。为什么我离开西藏二十年，仍然没去，就是因为有对西藏想说的、想要表达的没完。

孙小宁：很多人会觉得，为了写它，必须回去，而你不是。

宁　肯：对，我是回避。因为世界是变化的，西藏是变化的，你感受最深的是特定时间中的东西。它久久存在你心中，在发酵。如果你见到了它的变化，它对你内心绝对是个否定，甚至是摧毁。你的写作欲望、冲动全部没了，至少支离破碎。所以我不去西藏，不故地重游。因为很可能已没有故地，我写的事实上是不存在的西藏、我心中的西藏，一旦去了，连心中的西藏也没有了。

孙小宁：那你会看别人写的西藏吗？

宁　肯：会看一些。正因为看了别人写的，我就更不去了。比如哲蚌寺，说那个地方已经变成旅游区，别墅区，开始收费营业，而我当时所在的哲蚌寺，安静极了，下面就是六中，哲蚌寺和六中之间就是一个村子。二十年前那是个郊区，没什么建筑，旁边还有许多沼泽地、湿地。你想我再去，根本也找不到过去。而找现在又没有意义。我既找不到过去，现在对我又没有意义，我干嘛去呢？

孙小宁：也就是说现在可以去了。

宁　肯：对，这个事做完了，心情上有一种完成，一种解脱，你再变成什么样至少我保住了我心中的样子，这样就不再怕了，我是说我可以去了。

孙小宁： 写完这个干吗？

宁　肯： 这对我是个困惑。因为有人已经开始跟我说：写完这个，你还能写什么？甚至你再写什么都迈不出这个了。我自己回头看，前面那几个小说，像是盖了个房子，《天·藏》则像是一大组建筑，像寺院群。

孙小宁： 总之大家觉得，你到顶了，不可以超越这个了。你怎么办？

宁　肯： 说实话，我也觉得是这样，最近心里一直空空的，想写中短篇，可每每下笔都有曾经沧海难为水的感觉。美国宇航员到月亮上后发出过这样的感叹，说他连月亮都上去了还能干什么？他再没方向。我或多或少也有这样的感觉。另外还有一种感觉，就是像病人一样，像废人一样，干点力所能及的吧。

存在与言说
——对话王德领

时间：2010 年 1 月 22 日 13:00—15:00
地点：北师大东门某酒吧

在精神向度上表现本质的西藏

王德领：我记得，在没有看书稿之前，你说在西藏精神背景下写了一个变态者的形象。说实话我比较担心。一个变态的人物和西藏背景是很难整合在一起的，这是一次冒险的写作。但是我读了小说之后，就比较放心了。你把二者结合得还比较好，比较自然。要知道，这样的写作是很有难度的。西藏代表着宁静、宗教气息、圣地、心灵纯净等这些未被现代文明充分挤压的概念,是形而上的,哲思的,类似于人类健康的童年时代,"人"本身是健康的,带有"赤子"形象;而变态者的形象是被现代文明挤压的结果,涉及体制、文化、心理、家庭等方面,"人"是变异的,这样的人的变形和异化是文明的痼疾。西藏和心灵的变态,二者的反差非常大,它们之间内在的矛盾和冲突几乎是不可调和的。

宁　肯:西藏离身体确实是比较远的,离精神近,是一种精神性的存在。

王德领:可我读了之后感觉你将二者融合了起来,你是怎样做到的?

宁　肯:首先,我觉得西藏在这个小说里面并不是第一位的,第一位的是王摩诘,写这部小说不是为了表现西藏,而是让西藏表现他,在小说中整个西藏的感觉是经过了他的处理,经过了这个人物的内心化,以及他的视野、他的关注,所以整个西藏,包括这里面的哲学、历史、宗教、自然、一草一木,实际上都是经过了他内心的过滤,打上了他的烙印,有了这样的基础,融合便不再困难。

王德领:这样看来,你是这样设想的,王摩诘由两大块构成,一是思辨的精神的,一是变态的身体的?

宁　肯:是的,首先王摩诘作为一个知识分子,一个搞哲学的人,他所拥有的那种形而上的感觉,他的那种散步、看到的一草一木,是把自己的生活和哲学融为一体了。这一点比较接近古代哲学理想。因为哲学这个东西,就像这本书里所写到的,在古代的时候和人们的生活是不分家的,只是到了启蒙时代以后,哲学和哲学家本身分离了,生活和思想分离了,包括黑格尔也好,康德也好,他们的生活和他们的哲学应该说有一定的联系,但是不像古代联系那么紧密。我主张什么我就按什么行动,这是古代哲学家,包括孔子、老子、苏格拉底、柏拉图等所秉持的,在他们那里,哲学和人生是不分家的。

王德领： 古代哲学从某种意义上说是一种人生哲学，带有政治性、社会性的哲学，首先是从个体的人出发的。王摩诘可以说超越了现代哲学的局限，在一定意义上回归了古代。

宁　肯： 对，到了书里的王摩诘这儿，他将哲学和他的生活又结合在一块了。他认为，"我"甚至可以存在于一棵草里面，"我"认为与世界可以保持一种陌生，保持相对的独立，在距离感中才可以感知自己的存在、对方的存在。这一面的生活是哲学化的。

王德领： 从某种意义上说，王摩诘是一个自觉的哲学家。对西藏来说，他是一个自觉的哲学存在。你看西藏那些牧民，他们一生好像都是为了宗教而活着，就为了他们自己的哲学而活着，财富对于他们只是身外之物，信仰构成了他们的人生基础。

宁　肯： 而且这个哲学不是个人哲学，是宗教的哲学。

王德领： 作为主人公王摩诘来讲，他是一个主体性很强的人。他的主体统摄了整个西藏的感觉，包括他与马丁格能够成为好朋友，他们在某些方面有交叉点。马丁格也是在探索生活和存在的关系，生活和哲学的关系。他是通过自身的追求，心灵的探索，找到宗教的道路。也就是说，他们在这样一个交叉点上，找到了共同语言。这一部分是这个小说非常重要的基础。这样来表现的西藏，是一个内在的西藏，不是一个目前流行的奇观化的西藏，也不是一个像马原的小说那样的一个作为布景的西藏，而是一个精神的西藏，一个本体化的西藏。

宁　肯： 对，一个本体化的西藏。

王德领： 这部小说的开头十分精彩。马丁格在雪中的描写非常开阔。雪、寺院与喇嘛、上师的关系，一种精神的播撒与升华，是小说的精神制高点。还有村落里的阴影，那些儿童被太阳灼烧的眼睛，被灼烧而又战胜了灼烧。这些都是非常内在的场景，没有精微的观察和深刻的体悟，是很难写出来的。

宁　肯：小说里写到了小孩用鞋子玩水，那种存在多好啊。这是我经历的真实的故事。当年我在哲蚌寺下的中学教书，一天中午出去，我看到了一个三四岁的小孩在玩水，他拿自己的鞋玩，当时看着是很可怜的，但是又非常本质。因为我觉得从某种意义上就应该如此，使用太多的工具就把人给异化了，城里小孩用水桶等一些工具玩水，过于工具的玩耍，虽然玩得十分开心，但是他的主体性就不是很强了。反而是这种什么都没有的，用自己穿的鞋子去玩耍，这多么本质，可是又非常可怜。就是那种综合的感觉你说不清楚。玩着玩着小孩的鞋就飘走了，小孩很开心，又把另一只鞋脱下来了，结果也飘走了。

王德领：第一次偶然失手漂走给予了他极大的兴趣，所以第二次玩水他就是主动的了，他要模仿那次漂走。这和他的偶然的失手是不一样的，这里面的哲学意味是非常大的。所以这都是带有一种发现式的对西藏的人的存在的探索。那个玩水小孩不仅仅是一个藏族，甚至就是人类的童年。外人看西藏是神秘的，其实，西藏的内在实质到底是什么？从宗教的角度如何进入西藏？我认为不从惯常的描述现象入手，而是试图进入它，这个方式可能是最准确的。

宁　肯：不解释它，而是进入它，发现它。

王德领：不是围绕奇观编织一些情节来描述，不使用丰富的想象力来魔幻它，如《藏獒》那样集中在一种动物上，围绕草原的归属，描述两派势力之间的斗争、争夺，对于历史来说，那些刀光剑影可能是偶然的几个点，但是真正的西藏不是那些。西藏还是非常平静的，非常本质化的、质朴的。你在西藏的经历和小说的关系是很大的。你当年在哲蚌寺下教书，小说里的主人公也是在这里教书。小说对寺院精神传统的描述，对学生的家访的叙述，还有许多生活的细节的描绘，这种对风土人情的准确描述，没有西藏生活是写不出的。

宁　肯： 比如小说中王摩诘与学生的接触，他和学生母亲的接触，这是一个真实的事情。我刚到西藏不久，我的学生就告诉我，有个男生上学期已经被开除了，他还坐在这里。我于是第二天上课的时候就对那个小伙子说："你走吧，你不是上学期已经被开除了吗？"几天后，他妈就来了。一个老太太，就像小说里写的那样，她两眼都是白内障，当时的感觉就像月光被云彩蒙蔽之后又露出了一点那样，实际上她根本看不清楚，完全是模模糊糊的，两个白内障的眼睛看着你，稍微仰视，就像看着上天一样，那种祈求的神情，让我很受震撼，我觉得那是人类一种本质性的企望。

王德领： 那是一种非常纯朴慈悲的目光。

宁　肯： 而且她的欲求又那么简单：就是想要让孩子上学。多么可怜又高尚的愿望啊。我的主人公就生活在这样一个环境中。这些是西藏最本质的东西，人类最原初的东西，童年的东西。我觉得我写这些东西都是基于人类最本质的意愿去写，并不仅仅是因为他是藏族。只不过在西藏能够解读人类最初的东西，人类童年时代最初的品质、最初的感动人心灵的东西。我觉得，在西藏，这些我都找到了。

王德领： 你所表达的既是西藏的又是全人类的。有一种超越地域的东西。扎西达娃这样评价这部小说：描写西藏又超越西藏，是很准确的。你所表述的不仅是西藏的，还拓展了一个更加形而上的精神空间。

宁　肯： 这是我在这部作品里面有意无意追求的东西。

王德领： 不是为哲学而哲学，而是把自然、人生、宗教与哲思融合在一起。说白了，哲学也是一种人生观、生命观。是对生存状态的沉思。比如，一只鹰在天空飞翔也有它的哲学。人和自然，自然和自然之间都存在着一种神秘的对话关系。鹰对死去的人赋予它的责任，也变成了它自身的命题。人死后被鹰拒绝,就意味着一种恐惧,一种个体的人倾其一生构筑的精神屋宇的坍塌。

宁　肯：一种秩序的打破。本来人交给鹰,鹰把人交给上天,是规律,但鹰拒绝了,链条断裂了。当然这是非常少见的。但是这种少见确实发生过。小说中就写了这样一个被鹰拒绝的场景。

王德领：黑格尔的哲学太庞大了,太理性了。生命还有许多非理性的东西,有偶然性,因为生存本身是有许多秘密的。

宁　肯：就是说,你的哲学体系是无法概括整个生命的。无论建立多么庞大的体系,也无法概括生命。如果无法概括生命,那你的哲学就是形而上学。越囊括整个世界就越不真实。现代哲学不就是批判黑格尔这一点吗?

王德领：现代哲学是要打破逻辑、规律、体系等等,打破逻各斯中心主义。相对生命而言,这些都是反自然的,不真实的,生命是拒绝简约化的。

复杂化的现实需要更复杂的表现方式

王德领：我认为你的这部小说内容很复杂,不太好把握。像一口井,很有深度。说它复杂,并不是说它难解,而是因为它是多解的,多元的,颠覆了我们对于传统小说的"期待视野"。其中给我印象比较深的是对从八十年代走来的一代知识分子的隐喻式表达,那种身体受到挤压之后的变异,还有少数民族对于自己的心灵和信仰的顽强维护。

维格的母亲经历多么丰富,她的心灵被强行关闭,后来又怎样一步步试探着主动打开,终于重新回到了自我,退休之后从北京回到了西藏,回到对自己信仰的坚守。包括维格也是。她在北京和巴黎接受了教育,但还是认为在西藏她才找到自己的根,作为汉族和藏族的后代,她对自己身上另一半血液的苏醒十分敏锐,她将马丁格上师作为自己的精神导师。我觉得你实际上在勾勒一个民族的心灵史,通过描述这一对母女的经历,从另一个角度讲述我们这个剧烈变化的时代。

宁　肯：这实际上说来是两个话题。维格这个形象也很特别,所占的分量也很大。她的背后是藏族漫长的历史,以及她后来为什么选择了在博物馆工作。实际上维格也在寻找自己的位置。这个人物非常重要,她连接着三方,汉族的、藏族的、世界的,她是一个扭结性的存在。

王德领：里面有一段描写很精彩。他们同居而不做爱,不是不想做,而是太奇妙了。在窗外透出的蓝色的月光下,王摩诘的手试探着伸向躺在身旁的维格。

宁　肯：对。蓝色的月光下,带着密宗双修的味道,王摩诘的手伸过去了,而维格则静如一尊雕塑。这是很好玩的。

王德领：好玩。但又是在治疗,治疗王摩诘的内心疾患。我觉得文学里面从来没有表现过那样的两个肉体之间的关系。这完全创造了一个新的爱情模式,契合人物之间的关系,又完全是可以理解的。

宁　肯：是的,是治疗,是一种欣赏,是一种欲求,又是一种拯救。

王德领：这样就产生了一种混合的意味,根源又在于王摩诘变形的情欲。王摩诘试图借此唤起自己正常的情欲以压制住自己受虐的痼疾,维格则在保持女性自尊的前提下试图用自己正常的情欲拯救王摩诘,结果两方面都失败了。同居的过程十分微妙,涉及的情感关系十分复杂。其实这个小说的复杂不仅表现在主题上,在小说的许多细部也很复杂。可以举出许多例子：马丁格父子关于佛教和现代哲学的复杂的对话,维格和几个男人复杂的情爱关系,维格对自己角色的复杂认知,马丁格对佛教的复杂参悟,王摩诘内心无休无止、无固定主旨的复杂对话……一句话,是拒绝明晰的。

宁　肯：你说得很对。情感关系很复杂。就拿维格来说，她把她的历史和每个人的特点都扭结在一起，每一个动作都不是单纯的。

王德领：我读起来就感觉到，这样写起来肯定很累。在某种意义上说，你既是在建构又是在解构，既是在颠覆又是在重构，是一个双重的工作。就表现方式而言，这里面有现实主义、现代主义、后现代主义，是一个大融合。有的地方写实，是非常的写实，一些描写、细节的刻画，用的是典型的现实主义写法。有些地方又是现代主义的，淡化情节，不讲逻辑，对偶然性的强调，追求潜意识、内心的流动、专注于人物内心世界的叙述。运用了暗示、隐喻、象征等表现方式。有的地方是后现代主义的，拆解的，戏仿的，解构的，一些地方使用了元小说的叙述方式。更值得称道的是，许多地方很难分清到底是用的什么创作方法，往往是同时在进行。陈晓明曾用"多重诡异的时代叙事"形容你的第二部长篇《沉默之门》，认为存在着三种叙述方式，我看这部小说更甚，技巧更纯熟。

宁　肯：我从来不愿意追求一种单一的叙述方式，因为我们现在的世界技术这么发达，每一样技术都是我们认识生活的一个角度，你用现代主义的方式可以把握世界，用现实主义的方式仍然可以把握，用后现代主义还可以看到世界的另一面。王摩诘请求维格强暴自己，确乎有点后现代的味道了。实际就是上位与下位的不同，但是这种上位与下位变成了一种隐喻。

王德领：说到表现方式，小说有一些地方运用了一些隐喻。比如为了曲折地表现历史的暴力，小说反复描写王摩诘的菜园被毁灭，这里面是有深意的。反复描写就会产生意味。通过菜园，王摩诘去思考历史的暴力。暴力不仅仅存在于宏大的历史中，还存在于每一个个体的人当中，一旦释放出来，就会产生毁灭性的后果。

宁　肯：菜园是一个非常重要的思想基础。菜园虽是小事却让王摩诘想到了历史，所以他才特别感到菜园所包含的隐喻。菜园的暴力和历史上的暴力本质上是带有相似性的，尽管非常不同。挖掘出这种相似的感觉，进而思考甘地面对这种情形时的表现、不同文化中对暴力的态度。甘地可以让统治者感到惭愧，最后取得成功。可甘地也就是面对英国人，如果面对纳粹或隆隆而来的坦克呢？这是一种对比思考。王摩诘由菜园被毁思考了许多东西，如果他不是一个经历过历史的人他怎么能想到甘地呢？

王德领：王摩诘的历史经历和他的变态是直接相关的。张贤亮的《男人的一半是女人》，写到"文革"使一个右派男人变得性无能，但是这种由于政治的压抑变得性无能还是比较牵强的，《天·藏》里面的王摩诘由于历史的暴力而产生的变态要自然一些。他不是性无能，而是性变态，用变态的方式比无能的方式要强得多。其中的那种扭曲、变形，包含了更丰富的内容，更有张力。扭曲的力量更大，是一种狂风把树扭弯了的感觉，还没有折，在那里硬硬地撑着。

宁　肯：事物的复杂和简单，区别可能就在这里。折断和拧弯的感觉是不一样的，折断看起来彻底，但还是失之于简单。

王德领：现代社会对人的控制更加细微化了。福柯在《训诫与惩罚》里，揭示了欧洲古代注重惩罚的广场效果，在广场上处决罪犯，可以对围观的民众以巨大的震慑效果，从而达到训诫的目的。而现代圆形敞式监狱则追求监视效果，有一套特别严格的规训制度。《疯癫与文明》中探讨疯人院和文明的关系。福柯通过钩沉一些对现代文明息息相关的"知识"，以考古学的方式剖析那些束缚、控制现代人的权力是如何在历史中形成的，如何体制化甚至无意识化的。他做的是一种去蔽的工作，是把各种隐形的权力的眼睛暴露在阳光下的工作。

宁　肯：福柯对我们最大的启示是，我们确实是处在不同的文明的层次，福柯其实不再面对政体或者是制度层面上的压抑了，这一点他们已经解决了，但是人仍然有压抑，在知识上在工具理性上，在现代社会生活方式等方面。而我们比他们要丰富，既有他们说的那些最前沿的东西，身体的，工具理性的，又有前现代的东西。

王德领： 所以要表现我们这样的现实，富有表现力的文本应该是混合的，有现实主义、现代主义、后现代主义，用这样一个融合体来透视时代。我们的现实就是这样，现实与超现实杂糅在一起，有启蒙主义的东西，需要批判现实主义，有荒诞派的东西，卡夫卡式的现实，有黑色幽默，有神秘主义，需要现代主义，更有后现代主义诸种现实的真实存在。

宁　肯： 我觉得我们现在既要站在最前沿上，同时又要脚踏实地。把现实主义的视角、现代主义的视角、后现代主义的视角有机地结合起来，三者是一个立体的，可以从各个侧面将现实的复杂性表现出来。

关于小说人物

王德领： 我们聊聊小说人物吧。你为什么要把王摩诘处理成一个带有虐恋倾向的人物呢？是偶然的吗？你的真实的想法是什么？

宁　肯： 不是一个偶然的想法，而是一个非常自觉的设想。它是一个很真实的存在。这个存在首先确实和我们、和我们时代的生活、和历史背景、和我们的精神走向紧密相关。举例来说，按照常态来讲，鹰应该把死去的人交给上天，但是突然因为某种原因，鹰拒绝从天上下来，这给家人造成多大的痛苦；我这一辈子都想把自己交给你升天，结果……这对活着的人是一种毁灭性的打击。小说中有这样一个场景。换句话说，从改革开放的历史看，我们一直在启蒙，从粉碎"四人帮"到"拨乱反正"，改革开放，人的解放，产生了启蒙的理想，人应该是怎么样，整个改革开放实际上一直在追求人应该是怎么样。

王德领：回到五四。

宁　肯：回到科学、民主、人权。当年戴厚英的小说《人啊，人》多让人激动，不就是发现了人嘛。八十年代整个就是对人的重新发现。启蒙就是对这一发现的追求，这个理想后来被历史断开。这个断开对人来说是什么感觉？怎样的感觉？就闷着头发展经济，发展物质，什么都不管。后来，我记得到1993年有了人文精神大讨论，因为人们实在是忍不住了；人们讨论物欲横流，讨论人不能没有思想，不能没有灵魂，但最后这场讨论不了了之，因为最后都归结到一点，就是：欲言又止，不能深说下去。这之后人们便彻底放弃了言说，于是该去读书的读书，该去发财的发财，该仕途的仕途，物质社会向前迅猛发展，人们集体无意识地跟着向前走，但是这里有一个结，这结并没消失，而是人们带着这样一个结往前走。就是说，这个东西没有解决，只不过是一直悬置着。这个东西就是王摩诘那种变态的东西。王摩诘其实除了这个东西其他都很正常，甚至很优秀，从知识工具来说，他非常健全，就像现在的许多精英在各个角落都很健全，但是一谈到最内在的这个问题时，就携带了这个东西，每个人身上都挥之不去。

王德领：我觉得你的行文虽然是比较隐晦的，但是我能感觉到，王摩诘变异的身上积淀着历史。你好几次提到王摩诘始终挥之不去的对历史暴力的记忆，时代强行压抑，打入到意识的深层，打入到无意识。非常可悲的是，在和女性相处的时候，他想要对方强暴自己，渴望被蹂躏、践踏、摧残，耻辱感已经把他的内心异化了，这隐喻的是知识分子的心理变形的释放。

宁　肯：王摩诘已经不能正常地表达自己内心的焦虑、耻辱、困境，他只能通过变形的方式，通过戏仿。受虐本身就是一种戏仿。后现代不是有一种修辞叫做戏仿嘛，七个小矮人通过戏仿把白雪公主颠覆了一下。王摩诘也是通过戏仿来释放内心的这种压抑，这种历史性的情结。

王德领：王摩诘是我们这个时代的身体政治学。

宁　肯：虽然如此，王摩诘仍然有非常可敬的一面，他代表了中国现在知识发展的水平，以及和世界接轨的水平。从王摩诘所占有的文化来讲，他在世界上已经不是一个像八十年代那样还处在学步的阶段——对西方文化只是去拥抱，他已经有判别了，它代表了目前的中国知识分子趋向世界前沿的视野和位置。

王德领：他是一个带着精神遗产继续向前走的知识分子形象。虽然他的意识的深层已经受过历史的暴力了，残留着历史的暴力的影响，但是他仍然继续往前走。

宁　肯：对。这就像我们的历史一样，尽管我们存在着历史性的悲剧的问题，但是这个社会仍然在向前发展，经济进步，我觉得他是合乎这个逻辑的。

王德领：王摩诘是一个时代的隐喻。他去法国，还是拥抱世界的，持一种开放的心态。我们谈谈维格这个人物形象吧，她与王摩诘不同，但同样复杂。

宁　肯：维格这个人物，一个是我们刚才谈到的历史性的一面，再一个就是她心灵的再一次定位。她在寻找自己，她是特别开放的，她站在三种文化的交接点上，哪个方向都可以去，同时她始终在寻找确认自己的身份，藏族、汉族、西方，始终在接纳、开放中。她的身份一度出现过迷失，她感到很困惑。好在她不停地寻找，最后在王摩诘的影响塑造之下找到了自己，她去博物馆做解说员实际上是一个隐喻，博物馆显然是一个民族文化的象征。

王德领：如果说维格的母亲在守护心灵的话，维格已经超越这种守护心灵了,她认为心灵只是针对内心的,而只专注于内心还是不够的,因为她周围的变化太大了,不能只是局限在自己的内心,还要针对整个民族的文化。在全球化的趋同时代,怎么以自己民族的文化面对世界,怎么让自己民族的文化延续发展下去,这是一个关键的命题。

宁　肯：所以,维格到了博物馆之后变得非常强大,她对王摩诘的拒绝也是意味深长的,一方面她发现了王摩诘的身体黑洞,那内在的扭曲简直太可怕了,连爱情都不能将它修复；另一方面她也十分厌恶这种东西,这仅因为它存在于王摩诘身上,而且它代表了一种专横的腐朽的东西。

王德领：代表了一种烂熟的、非常智性的又阳痿的文化。一个烂熟的文明,但是骨子里又断了脊梁骨的,没出息的,一个失去了身体的正常的本能的文明。

宁　肯：当我写到在博物馆里维格对王摩诘的拒绝时,我一下子找到了这个小说最后的定位,王摩诘无论再怎么优秀,智商再怎么高,但是骨子里携带的东西远远没有解决。这个东西的背后仍然是一个巨大的现实,维格通过拒绝王摩诘也拒绝了这个现实,这是意味深长的。

王德领：拒绝不仅是感情上的,还是文化上的。小说里写到了身份的觉醒,也就是文化的觉醒,这是小说十分深刻的地方之一。

宁　肯：维格认同了自己身上另一部分血液,并找到这部分血液的源头和文化的基础,这是非常不容易的,这也是人的一个本质性的要求。人总要定位自己到底是怎么样的一个人。

王德领：关于王摩诘这个人物,你在书中写到了他的受虐倾向,一些施虐的细节十分逼真。对施虐与受虐的描写,这些另类的体验是来自书本还是你的想象？

宁　肯：我读过李银河的《虐恋亚文化》。为了写作《天·藏》,我做了许多知识上的准备，这其中包括我上面说的研读西方现代哲学，还有佛教的教义。另外，考虑到虐恋的经验的特殊性，常人很难获得直接的经验，为此，我下了最实的功夫，在北京潘家园的女王村作了实地调查。我看了她们的房间，她们的工具、绳索、服饰等各种各样的道具，同她们聊她们的经历，为此我付了费。

王德领： 你是个认真的作家，所以才写得如此内行逼真。有趣的是王摩诘对制服的屈服，是很有意味的，令人会心一笑。

宁　肯： 所以王摩诘不是和一般人玩这种受虐的游戏。

王德领： 这是和暴力联系在一起的。当然，往深处写可能比较难，只能点到为止。受虐本身也是一个隐喻，其引申意义是很丰富的。我记得2005年夏天的时候见到贾平凹，我说你的作品我最看重《废都》，《废都》会流传下去的。他深以为然。《废都》里面对知识分子的心灵的隐喻意味很强烈，那种颓废气息，折射着历史和现实双重的投影。

宁　肯： 对于这些从历史深处走来的知识分子，不能说他彻底完蛋了，也不能说他活得特别好，一方面他在建构，在做出贡献，履行自己知识分子的身份，另一方面他身上确实存在着知识分子的毛病，变态，恐惧，颓废，诸如此类吧。

叙述方式的独特探索

王德领： 我注意到《天·藏》这部小说用了大量的注释，你把注释从通常意义上的文本的附属位置提升到第二文本，甚至在一些章节里，本身就是正文的不可分割的一部分，这是你这部小说在形式上的独创，还没有中国哪一个作家这么用注释的方式进行写作。我注意到，注释部分有几万字之长。记得你说是受到一部外国小说的启发？你怎样看待自己的这种写作方式?

宁　肯：就像任何创新都不是凭空而来，哪怕意识流这样的手法说起来也是源远流长，我将注释上升为第二文体也是受到启发而来。美国有个侦探小说家叫保罗·奥斯特的一部作品，他的侦探小说和通常意义上的不一样，是纯文学意义上的侦探小说，我偶然读了他的《神谕之夜》，里面有对注释的别用，比如将某段情节放到了注释里，尽管量不大，内容也较单一，但当时我的脑海骤然一亮，就像发现了新大陆一样，我觉得我可以在这方面大有作为、大干一通。

王德领：也就是说，上升为第二文本？

宁　肯：当时倒没考虑第二文本，主要是我这部小说的写法本来就和通常的小说不一样，它有两个叙述者，两个人称，是一个由转述、自述和叙述构成的文本。多种叙述方式的转换，与人称视角的转换，腾挪起来有着相当的困难，而注释的挪用帮我轻而易举克服了这个困难。注释使两个叙述者变得既自然，又清晰，小说因此有了立体感，就像佛教的坛城一样。我在鲁迅文学院讲课时讲了注释在这部小说中有六种功能，除了转换视角，我在注释里还植入了大量的情节、某些过于理论化的对话以及关于这部小说的写法、人物来源、小说与生活之间关系的议论等元小说的因素。注释在这部小说里不是单一的功能，事实上它成了这部小说的后台和客厅，成为一个连通小说内外的话语空间。最后非常重要的是，它还起到了调节阅读节奏的作用。

王德领：这本小说很明显有一个坛城结构，注释对此起了重要作用。我注意到注释有对正文的补充，有对正文的延续，有对正文叙述的再叙述，还有对正文意义的消解。最后，这部小说竟神奇地结束在了注释上。你把注释这种次文本发挥到了极致，难怪扎西达娃说这是一部难以超越和复制的小说。另外我注意到这部小说结束于注释，真是创举，在这里你消解了某种现实主义的东西，不过读者可能不一定适应，你是否走得太远了？

宁　肯：我觉得它虽然消解了前文，但在消解的同时事实上又重构了，它否定了王摩诘和维格最后的出行以及博物馆的见面，但是有几点没有否定，比如维格到博物馆做了讲解员就没有否定，而王摩诘仍有可能像小说设想的那样去博物馆听维格讲解。也就是说，这仍然是一个向时间敞开的结尾。我发现，现在有些小说在简单使用解构的概念，往往解构之后，颠覆之后，达到了快感，就万事大吉了。其实解构之后还应有建构，不能仅仅是为了解构。否定之否定其实是最基本的思维方式，可我们的文学常常连这点也做不到。

王德领：《天·藏》的思维方式让人产生了对中国小说的信心。这部小说显然是一部智性或知性的小说，这种小说不像钱锺书的《围城》那样建立在掉书袋的基础上，而是正面强攻型的，需要丰富的知识的储备。里面涉及对整个西方现代哲学知识谱系的把握，对结构主义、解构主义、语言哲学等都有评述，还说得很到位，如果没有对相关哲学著作的深入研读并颇有心得，是很难写出来的。最后我想问，你认为自己的设想都在作品中呈现了吗？

宁　肯：我努力做了，至于是否达到了预想，真的把它经营好了，这在我心里还是没有特别大的把握，一切还需要读者判别。

慢的艺术
——对话周志雄

时间：2012 年 6 月
地点：北京

周志雄：《天·藏》中说，"修行的本质是一种内在运动，是调节与控制，就像人体内部的诸多灯盏渐次打开，直到全部，直到最亮，然后，渐次关闭，直到全部，周而复始。"你在西藏也是修行者吗？

宁　肯：我并不算一个修行者，但也许可以说是一个文学上的修行者。那两年除了体验就是阅读，我在《天·藏》中这样写道："我过着类似僧侣般的生活，终日观照自然，内心安详。我站在讲台上或是孩子们中间，我是被围绕的人，就像大树下的释迦牟尼，语调舒缓，富于启迪。我喜欢我的石头房子，喜欢它花岗岩的外表，喜欢阳光下它富含云母的光亮，喜欢阳光，村子，常常凝视天空、山脉、星云和暗物质，长时间关注内心，长时间阅读。除了上课，散步，我大部分时间都是用来阅读的。我认为在西藏的阅读是一种真正的阅读，一种没有时间概念、如入无人之境、与现实无关、完全是宁静的梦幻的阅读。阅读中的幻觉和幻觉中的阅读使我仿佛生活在天空中，周围的一切充满了飞翔的感觉。我喜欢冬天。喜欢冬天的漫长，雪，沉静，潜在地生长，阳光直落树林的底部，喜欢树林的灰白，明净，这时的树林就像哲人晚年的随笔，路径清晰，铅华已尽，只透露大地的脉络和天空的远景。"这是王摩诘的生活，更是我过的生活。

周志雄：能否将你的创作分成几个阶段？

宁　肯：对于划分创作阶段我和大多数人可能不同，这种不同既体现在创作经历上也体现作品上，比如，我曾有过一段不算短的时间的创作空白，我离开文学干别的去了，然后重新开始写作。但那段空白期我认为对我仍然很重要，某种意义也可以说是一个创作阶段。就作品而言，重新写作之后，我已写了四部长篇，花了十年时间，平均每两三年一部，我认为每一部长篇都可算作一个创作阶段，因为它们是那样不同，完全可以看做不同时期的作品。

周志雄：《蒙面之城》中说，"作家从来不完全是他自己，他既是普通人，同时又把自己作为审视的对象，甚至作品中的'人物'。有时候他的生活同时就是他的作品。人生的深度不可能完全在想象和阅读中获得，更重要的是在经历中获得，无论你经历了什么，事实上都与人类的精神生活密切相关。"在你的作品中，你塑造了马格、王摩诘、李慢、苏明侦探等独特的人物形象，你本人更接近小说中的哪个人？

宁　肯：我不是他们中的任何一个人，但他们又构成了我的四个方面。很难说我本人更接近马格还是王摩诘、李慢还是苏明侦探。如果让我谈愿意成为谁的话,我倒愿意成为苏明侦探,因为写苏明侦探我觉得最舒服,这个人除了荒诞的宿命之外一切都是自由的,他太自在了,想怎么样就怎么样,同时又充满了巨大的反讽,他是我心向往之人。

周志雄:《蒙面之城》中有个情节,马格给病中的果丹读《生命中不能承受之轻》,米兰·昆德拉曾在中国很风行,请谈谈你对昆德拉小说的看法。

宁　肯:我对昆德拉的小说没什么看法,马格的阅读不过是碰巧而已。我就读过昆德拉的《生命中不能承受之轻》,谈不上多喜欢。是的,我曾有过一段类似李慢失业的经历,那是1989年年底,我所在的报纸被勒令停刊,那段经历,那段特殊历史时期的氛围决定了《沉默之门》的写作。

周志雄:《天·藏》中你写王摩诘种菜的过程很细腻,"观察浇过水的土地怎样开始变化,怎样慢慢有了细微的裂缝,慢慢拱起,怎样从拱起的裂缝儿中看到了发黄的幼芽,幼芽带着泥土的卧姿,直到有一天小苗儿破土而出、亭亭玉立。"你自己种过菜吗?

宁　肯:小时候在自己的房前种过豆角、向日葵什么的,对幼芽破土前后的印象特别深,觉得特别神奇,经常趴在地上看,看看是不是有裂纹,土是不是拱起来,觉得好玩极了,是童年的一大乐趣。

周志雄:李慢在看见一个老人和羊群时,想到的是"一个人如果完全可以依赖内心生活就不需要别的生活,就像一个老人或中年人可以依赖内心生活就不需要别的世界。"这样的细节很打动人,你是怎么捕捉到的?

宁　肯:这是我内心的体验,我内心常有这种极端的内向的想法。

周志雄:在《天·藏》中,你写到一个小孩在溪水边玩鞋子时说,

"三岁男孩在尺宽的小溪前自然地止步了,不过'自然'之外的某个瞬间他好像还是想了一下,才接受了自然不让他过去的启示。他想了什么呢?想了上一次的小溪?上一次他已到过溪边?上一次他更小,甚至没敢这么切近地站在溪边?那么这次他进了一步?"这个生动的细节来自西藏的神性启示,其实也是与你对生活沉思与想象的结果,也就是说你是一个敏感而细腻的人,你是很善于捕捉生活细节的人,你是一个经常回味、沉思生活细节的人吗?

宁　肯：是的,我是一个常常沉湎于某种光线的人,小时候坐在教室里常常盯着太阳看,有时盯着鸽子飞过的一条弧线,好像真的看到了那条线。所以,生活中某些现象特别容易引起我出神的关注,那个小男孩就是我一次散步时观察到的,我沉浸在其中,久久不能平静。

周志雄：你的小说有时很节制笔墨,有时又浓墨重彩,如在《沉默之门》中,唐漓突然离开李慢,李慢与李艳相好,李慢与杜眉结婚都没有用更多的笔墨,但在李慢与倪维明老人的交往、李慢在眼镜报的经历等却是浓墨重彩的,你是怎么处理写作中"节制"与"舒展"之间的关系的?

宁　肯：不是有意识想到"节制"与"舒展"的,是自然而然的,就像水与环境一样,水流到了一种环境,环境给了水什么样子,水就自然成了什么样子。另外我想也是一种内心的节奏与修养所致吧。换句话说,当技巧训练成潜意识的时候,技巧也就不再是技巧,而是灵魂的一部分。

周志雄：陈晓明在评《沉默之门》时说：这部小说有三种叙述方式：长街的慢的风格、精神病院戏谑的风格和后面眼镜报的超写实风格。毫无疑问,把这三种风格糅合在一起有着巨大的难度,其难度就在于它打破了传统小说单一的叙述风格。《沉默之门》以"一种非常有力的方式去把握我们这个多重诡异的时代",你如何看待这个评价?《天·藏》似乎也有不同的叙述方式,神性的哲学辩论,俗世的人物情感纠缠,散文化的藏地人物风情缠合在一起，在写作时你是有意这样设计的吗？

宁　肯： 我非常钦佩陈晓明这一评价，一种多重诡异的时代毫无疑问需要一种多重诡异的风格来叙述。另外，如果我清楚地意识到我是这个多重诡异的时代塑造的，我就不觉这种叙述风格困难，你让我换种风格我还写不来。《天·藏》情况不太一样，它的三种叙述意识更强更自觉，"三"构成了一种立体的结构主义风格，时间含量很小，空间含量很大。时间在《天·藏》中几乎是并置的，这个在《沉默之门》中并不明显，而在《天·藏》中非常明显。

周志雄： 你将《天·藏》的内容概括为"一个内地知识分子在西藏的精神史"，《天·藏》中的人物带有神性，主人公王摩诘与维格的爱情具有神性，维格最终没有和王摩诘走到一起，是因为王摩诘是个受虐恋者，维格从根本上无法接受这一点。王摩诘作为一个独立的思想者，其受虐的个性显然是带有小说家的设计在其中的，你的小说中对人物的心理、性格往往作出深层的分析，如《环形山》中的简女士 SM 与一个畸形的、崇尚暴力的红色年代相关，而在《天·藏》中王摩诘的受虐性却没有作出身世上的解释，这是为什么？你为什么要塑造这样一个人物？

宁　肯： 王摩诘的受虐我虽然没像在《环形山》中那样给出明确细致的分析，但也做了多处暗示，比如儿童时期王摩诘在故宫生活的经历，比如后来他曾经找过一个警花做妻子，比如他的晦涩的哲学专业，这些都或多或少让人想到受虐的根由。至于为什么塑造这样一个人物，我想还是应该让读者自己回答这个问题，或者自己去寻找答案。

周志雄： 《天·藏》中对佛学的介绍好像并没有完全和主人公的性格命运形成辉映，人物似乎只是探讨理论的道具，王摩诘作为一个理论上的强者，现实中却又是一个病态的受虐者，在你的小说中你的人物自身似乎是矛盾而多面的，如马格是个神性的流浪汉，小说最后却把他写成一个性无能者；李慢在生活中很弱小，而内心却很强大；简女士是个优秀的环保主义者，却又是个伦理意义上的杀人犯，在塑造这些人物时，你是怎么看的？

宁　肯：如果人物不"矛盾而多面"那就很难构成小说，即使不从认识论上考虑，仅从写作技术考虑，小说中的人物也应该是"矛盾而多面"的。

周志雄：在现代小说中，常常有注释的出现，如鲁迅的小说中就常有夹注出现，但在《天·藏》中，注释已成为小说的重要组成部分，注释不仅是对小说内容的补充和呼应，也是小说变化叙述人，形成小说内容对话性的一种重要方式，在写作的过程中，你是怎么想到运用注释这种形式的？

宁　肯：首先，我必须承认，我在读美国作家保罗·奥斯特的作品时，注意到对注释不同的运用，在一部叫作《神谕之夜》的小说中，保罗·奥斯特将某些叙述引入到注释，尽管量不大，但当时对我很是警醒，由此我想到纳博柯夫的一部小说就是由一首诗和注释完成的。我觉得注释是个可以大大发挥的空间，特别是在我写的这部《天·藏》中。

周志雄：你曾说小说是"慢的艺术"，你的这篇《天·藏》我读得很慢，小说的故事并不复杂，但叙述的节奏很慢，很显然你是有意为之，你期待读者通过你的小说获得什么？

宁　肯：我期待读者读到这部小说时感到是一部完全不同的小说，样式很新，打破一下自己传统的阅读习惯。其次是读者不是在读一个人的故事，而是读一个人的存在，即一个人在某种生活中是怎样具体而微地存在的。

周志雄：《天·藏》是一部具有探索性的小说，在内容上、形式上都是有探索性的，读这样的小说显然是需要耐心的，这反映了你一种怎样的小说观念？

宁　肯：我的小说观念是：小说已不再由故事作主导，而是由叙事作主导，叙事包含故事，大于故事，叙事包含的元素远大于故事。

周志雄：《天·藏》在人物、故事上很简约，但在思想的厚重上、对人物的心灵解剖上却又是繁复的，小说继续实践"慢的艺术"，有没有担心会失去读者？

宁　肯：我不担心会失去读者，对这本书而言，我担心的倒是有较多的读者。我愿这本书是为了几个读者写的，如果有某个喜欢读金庸小说的读者也说看了这部小说，我觉得对这部小说是一种耻辱。

周志雄：在你的小说中，你总是习惯通过两性关系来塑造人物，表现人性，如在《蒙面之城》中马格的形象就是通过他与几个女性的关系来塑造的，《沉默之门》中李慢与唐漓、杜眉、李艳之间的关系构成了小说的主要情节，《环形山》中苏明与罗一、苏未未，简女士与几个男性的关系纠缠都写得很细，《天·藏》中王摩诘和维格、于右燕之间的感情是小说的主要线索，你是如何看待两性情感在小说中的作用的？

宁　肯：爱情或情感是文学永恒的主题，因为情感或两性是人性中最深刻的存在，如果文学是人学就必须反映两性的关系。

周志雄：生活中你是一个怀疑论者吗，信仰佛教吗？

宁　肯：我是一个温和的怀疑论者，不信仰任何宗教。

周志雄：小说中时时引用讨论福柯、维特根斯坦、弗洛伊德、德里达等的理论，如"本文"与"文本"、"先验的"与"经验的"、"语言场"、"身体哲学"、科学与宗教、宗教与哲学的讨论，在你看来，哲学与文学有着怎样的关系？你通过小说的方式探讨哲学，想达到一种什么样的阅读效果？在小说中可以看出，你阅读了大量的哲学书籍，对哲学问题有深入的思考，能说说你平时的阅读情况吗？你心目中最好的小说家是谁？最好的作品是哪一部?

宁　肯：关于哲学与文学，《天·藏》中有这样一段话，我想也代表了我的观点，我愿在这里引用一下："我曾建议王摩诘像罗兰·巴特或雅克·德里达那样也涉足一些文学文本——那绝非一般的文学批评，而是现代哲学中不可缺少的文学要素。我认为现代哲学一定程度上是文学化的哲学、文本意义上哲学，而文学也同样是另一种意义上的现代哲学。"我心目中有许多小说家，但没有最好的小说家，我觉得不存在最好的小说家，因此也没有最好的作品。文学是千姿百态的，怎么会有最好的呢？

周志雄：小说中有大量的宗教、哲学的对话与沉思，这些内容冲淡了小说的情节性，而将读者引向对哲学问题的思考，很显然这样的小说是需要"深阅读"的，作为小说，有思想深度固然重要，但深度应该更多地是通过故事人物自然地表现出来，哲学思想进入文学创作愈直接则愈有可能有损于文学的性质，小说中大段大段理论辨析文字是不是影响了小说的流畅感和可读性？亦如王蒙、张贤亮小说中的大段议论，常受到批评界的质问。

宁　肯："流畅感和可读性"是指故事型的小说，在故事型的小说中过多的议论会影响小说的阅读，但对于一部非故事型的小说就不存在是否影响了"流畅感和可读性"的问题。

周志雄：你的小说中有变化的一面，也有不变的一面，变化是很清楚的：四部小说题材、写法各个不同，《蒙面之城》是一个理想者的故事，《沉默之门》是一个现实中小人物的故事，《环形山》是一个传奇故事，《天·藏》又是一个带有神性的故事，但也有不变的是，你对人物精神灵魂的关注更甚于对人物生存本身的关注，你的小说中也有些涉及世俗生活场景的，但又是批判"日常生活的"，你是怎么看待你小说中的变与不变的？

宁　肯：我没想过这个问题，我觉得我一直在变，你发现了不变的东西，这倒让我没想到。在我看来变和不变是一样的，故事与灵魂是不可分的。怎么能设想写故事不写灵魂？或写灵魂不写故事？

周志雄：从你的几部小说来看，你对现代小说技术的运用越来越娴熟，如叙述人的转换，"回旋"叙事，以注释形成与故事叙述共存的多重声音等，你是如何看待小说中的技巧运用的？

宁　肯：至今我还常听到有人教导别人说，写作时应忘掉技巧，技巧是次要的东西，无技巧才是最大的技巧，诸如此类。这种昏话我想现在上当的人应该不太多了，不值一驳。技巧是什么？技巧就是对感觉的训练，对心灵的开掘、分解、锤炼，是最终让心灵飞翔得游刃有余的自然的呼吸。时下我们气喘吁吁的而且还是优秀的作品比比皆是，我们为什么总不自如，总是飞不高？绝不能轻言已经解决了"怎么写"的问题，"怎么写"永远是问题，即使在西方也仍永远是问题。

周志雄：在你不断求新求变的写作中，你觉得哪一类小说最适合自己？

宁　肯：我觉得现在《天·藏》这部小说就最适合我。

周志雄：小说中多次提到王摩诘的学生，如丹巴尼玛、边茨、桑尼，但并没有展开，如丹巴尼玛出走、边茨攻击老师、桑尼辍学，这些人物构成的情节似乎溢出了故事的主线之外，形成了小说的散文化倾向，我后来看到，这些其实就是你散文中的片段，将这些片段放到小说中你是怎么考虑的？

宁　肯：不是把这些散文放到了小说里，而是它们从一开始写就是这部小说的一部分，尽管相隔了许多年，尽管许多年前它们曾以散文的面目出现。

周志雄：你是个诗人，又是个散文家，但你写得最多的文字还是小说,在你看来写小说和写诗、写散文有什么不同?写诗、写散文的训练对你写小说有何帮助?

宁　肯: 我对诗人写小说既信任又怀疑,诗人叙事要么不得要领,要么横空出世。诗人总是飞跃的,一旦飞跃成功,往往就站在了某个孤立的高度上,与所有人都不同。诗人和小说家之间一般没有平庸的中间道路。诗人的结构意识不亚于小说家,在对人的幻觉认识上甚至有过之,然而在具体的叙事行为和叙事意识上诗人往往缺乏耐心,这是诗人写小说最大的障碍。跨越这个障碍非常难,很多时候诗的习惯总是在干扰叙述,甚至把你引到误区。我经常有这种体会,当我写到得意的时候突然发现后面难以为继,冷静一看原来是诗的东西出来了,打断了小说的长调。也就是说,在不该推上去的时候,把感觉推向了极致。除了这些弊病,我觉得剩下的都是好处。比如诗的节奏让我对小说的叙事节奏异常敏感,比如诗的结构让我在小说结构上大刀阔斧,至于诗歌语言的敏感对我的小说影响更是随处可见。不过我总的看法是小说应该尽量避免通常诗的影响,小说就是小说。

周志雄: 有人称你为"新散文"的代表作家,你觉得"新散文"的"新"主要体现在哪些地方?

宁　肯: 新散文写作者风格各异,创作理念、表现手段、艺术面貌各不相同,甚至相互对立,但新散文仍然有一致性,那就是把散文当作一种创造性的文本经营,而不仅仅是记事、抒情、传达思想的工具;在艺术表现上呈现出自觉的开放姿态,像诗歌和小说一样不排斥任何可能的表现手段与实验,并试图建立自己的艺术品位、前卫的姿态,使散文写作成为一个不逊色于诗歌和小说的富于挑战性的艺术活动。我觉得这是新散文最大的成就。

周志雄: 看了你的《西藏与文学——在中央财经大学的讲演》,你说到如何表现西藏是一直困惑你的问题,《天·藏》应该是你思考多年如何表现西藏的结果,小说写完后,你觉得你是否写出了心中的西藏?

宁　肯：这一次,我觉得我的确写出了我心目中的西藏。扎西达娃看了《天·藏》对这部书有一个评价,他是这样说的:"宁肯的《天·藏》以对文学和生命近乎神性的虔诚姿态构建出哲学迷宫小说,耸立起一座在许多作家眼里不可复制和难以攀登的山峰。它体势谲异,孤傲内敛,遗世独立,爆发出强大惊人的内省力量。阅读的旅程始终挑战着阅读者心理和精神价值的极限,像跋涉在西藏艰涩险峻的道路上产生令人飞翔的迷幻。这是一部描写西藏又超越西藏的小说,是自八十年代马原之后,真正具有从形而上的文学意义对西藏表述和发现的一部独特小说。"我想他也认同我写出了我的心目中的西藏。

西藏：给了我超现实的感觉
——对话阿琪

时间：2004年9月
地点：网易

阿　琪：能不能先讨论一下你的笔名？因为好几个朋友问我这是他的笔名吧？感觉这个笔名很强势，是否定的姿态，为什么起这个笔名？

宁　肯：我本身姓宁，原名不是这个。

阿　琪：我觉得宁肯两个字正好表达你跟现实之间的一种关系，我读你的小说，你的《蒙面之城》，你的《沉默之门》，总感觉作者与主人公跟现实之间有张力，我曾经看到你说过一句话，你说你从来没有接触过地面，一直离地三尺，我想知道为什么会这样？

宁　肯：这个感觉是我在西藏待了几年以后又回到内地，在西藏本身有一个高原反应，待长之后适应那个环境了，回到平地之后仍然也有反应，这个反应就是有点头晕，感觉踩不到地，或许叫低原反应吧。这当然是物理上的一种感觉。同时也有另外的原因，就是说从精神上、从生活上西藏给了我很多东西，好像在西藏那几年一直待在比较超现实的环境里。生活到内地以后，很多地方不太适应。

阿　琪：什么叫"超现实感觉"？

宁　肯：是一种非常的感觉，西藏特定环境和中国其他任何一个地方的地貌都不一样，最主要特点海拔高度比较高，高山、雪峰、给人感觉有点超越的感觉。

阿　琪：当时多大？

宁　肯：二十五岁，应该说比较年轻。待了两年，到二十七岁。

阿　琪：你住的由石头盖起来的房子还在吗？

宁　肯：应该在，西藏本身不生产砖瓦，土地非常薄，就薄薄一层，所以主要就地取材，取石头。我想那个石头房子应该还在。

阿　琪：你离开这么多年，你觉得那个老石头房子你还能回去吗？你的心能够真正回去吗？

宁　肯：过去经常有人这么问我你回没回过西藏，你想念不想念。实际我觉得我始终在西藏，我用不着回去，我和西藏实际上是长在一起的，我可以经常回到西藏。

阿　琪：长在你里面的究竟是些什么？

宁　肯：我觉得西藏已经进入到我的骨髓里边，血液里边，性格里边。我刚才不是说过我在西藏时非常年轻，二十五岁，二十五岁正是一个人定形的年代，我特别幸运的是在西藏定形。这一定形就打上很多很多西藏烙印，比如西藏高海拔、天蓝、水清，人都是很纯朴的。你整天接触那样一个自然环境,确实有一种超凡脱俗的感觉,这样一个印象打在我身上我觉得非常深。我记得西藏给我一个最大影响是,我回到内地以后对很多事物都非常苛刻,非常挑剔,觉得很难再有西藏那种自然环境给我的感觉,黄山也好,峨眉山也好,这些地方后来我都去了,但是都没有达到西藏的感觉,达不到我的兴奋点,到西藏以后相当人已经到一个顶点,其他都有点曾经沧海难为水的感觉,西藏使我具备了一个无形尺度。

阿　琪:有一个原初东西在那儿?精神底线?

宁　肯:不是底线的问题,我觉得是高峰问题,一个非常高的标尺,所以对什么都要求比较高。

阿　琪:我正在读你的两本书:《蒙面之城》和《沉默之门》,我觉得这两本书都是个体生命怎样在寻找生命的意义,寻找他的生存方式那种含义,但是两本书结尾好像都有点无奈,有那么一点孤独,甚至有一点点绝望的东西在里面,这是不是代表你本人的一些生死观或者精神元素在里面?

宁　肯:两个结尾就像你说的都带有比较低调的感觉,绝望也好,或者彻底平静下来了也好,很苍凉的那种感觉。因为我觉得可能和我对生活的认识有关,我对生活的认识也导致我对小说的认识。

阿　琪:对生活的认识是什么?

宁　肯:我觉得生活首先是一个巨大的过程,这个过程除了死亡似乎没有一个终点,人们都是在过程之间不断挣扎,不断寻找,不断想达到自己想达到的地方,想达到一种远方。但是人总像是在途中的感觉,在一个驿站的感觉,这个驿站可能仍然很困顿。我对生活有这样一种认识,生活是驿站,这个驿站不是很愉快的驿站,所以也导致了我的长篇小说这两个结尾都不是特别光明的,也不是特别绝望的,仅仅是人生的驿站,不是人生的结尾。

阿　琪：《蒙面之城》大概写了多长时间？

宁　肯：《蒙面之城》在我写作中应该可以分成两个阶段：前期的一个阶段是我在西藏写的那么一部分，那时是1985年，写了一个中篇，大概三万多字，这是一个阶段；经过十几年之后，1997年我重新写这部小说，从1997年年底一直到1999年年底，又改了一年，用了三年多时间。写完《蒙面之城》之后我有一种对整个自己前半生的总结，一个交代，好像把自己生命中的主要东西、主要部分全部用光了，包括在西藏的那些经验。

阿　琪：《沉默之门》好像又花三年时间，相对而言《沉默之门》比起你的《蒙面之城》，你个人觉得哪些地方进步了？

宁　肯：有人说《沉默之门》比《蒙面之城》超越很多，主要体现在精神层面上，包括技巧上，我个人认为，我并没有觉得《沉默之门》超过了《蒙面之城》，因为在我看来，这种超越、超过的观点是一种竞赛——和别人竞赛也和自己竞赛，每走一步肯定超过前边。我觉得事情不是这样，所以我觉得在我的生活中，这两件作品都是我生命的问题，我觉得一个人的生命只有阶段性，没有高下之分。至于它们之间存在着不同，我觉得主要是在作品题材上，主要表达的情绪或者主要的主题方面不同，由于不同带来一些结构的不同，手法上、风格上的不同。

阿　琪：手法上如何不同？风格上如何有变化？

宁　肯：这个实际上从手法上来讲，技巧上来讲，我觉得几乎是与生俱来的，当我要写李慢这样一个人物时，我觉得技巧已经全部包含在里面了，你就应该去这么写，你就应该这样表达，这个表达肯定不同于马格的表达。有一个我非常尊敬的评论家，他说不同是由于题材的不同，人物的不同，马格是非常外在强壮的，他需要过程，需要行为，需要大量的情节，很阳刚的，空间也非常广阔，是带有浪漫色彩的这样一种方式。李慢正好相反，是很被动的一个人物，而且他也很满足于这种被动，我在作品中有这样一个比较，如果马格是一匹马，李慢就是一个蜗牛，包在自己壳里，周围没有伤害时他可以把身子探出来，但是稍微有一点风吹草动他马上把自己包起来。塑造这样一个人物肯定会带来自身技巧，如大量心理描述，人的状况描写，这个是和《蒙面之城》非常不一样的地方。再一个李慢的空间活动范围，能小就小，马格能大就大——眼睛里总是有远方的那样一个人。李慢在狭小空间里边，自然内心就丰富广阔，有许多意识活动，意识活动也带来结构上的一些变化，自然结构上不完全是线性的，中间是有跳跃的，经常回到过去，这是和《蒙面之城》不一样的地方。

阿　琪：性格差异很大的两部小说，作家本人和主人公之间心理距离大吗？从中可以看到你的精神自传，你曾经说过自己在完全没有准备的情况下横跨黄河，最后还活了下来，很危险，也许有那么一点差错你就不存在了，就不能在我们这儿聊天了。但另外一方面，你静下心来打磨一本小说，我觉得你身上同时具备马格和李慢的双重性，是这样吗？

宁　肯：我觉得完全可以这样认为。过去有人问过这个问题，我觉得是这样，像《蒙面之城》这本书，更多的是我的想象，当然也包括一些真实生活。我觉得马格这个人更多的是我成长阶段的一个梦想，李慢这个人更多的是我的现实生活，从我的内心经历和成长经历来看我确实具备马格这样浪漫的、漫游的性格，同时我这人又比较孤僻，这个孤僻是从小就养成的，比如我写李慢很小的时候就开始自己写字，没上学时自己开始画很多小字，这是我童年时代特别真实的经历。

阿　琪：你妈妈肯定认为你是天才？

宁　肯：没有，那个时候没有玩具，那是非常贫困的阶段，而且家里孩子很多，根本照顾不到，自己游戏最简单的方法就是看大人写字，觉得很新鲜，很好奇，于是就开始描字，这实际上表明了我童年孤僻内向的性格,是比较接近李慢性格的。《沉默之门》更接近于我的自传,包括第一章就写到失业,报纸停刊了,他去领工资,他还盼望着报纸复刊,这都是我的真实经历,1989年我们报纸停刊了,那个报纸叫《中国人才报》,的确就是在地下室办公,在公主坟中国科技情报所,那是个四层楼,下面还有两层,我们在地下两层。我记得当时情景非常悲伤,我们在地下室领最后一个月工资时大家等很久,走廊里面黑洞洞的。都有一种无主的、无奈的感觉,不知道前途会怎样。我们在这个时候失去工作,如果不失去工作可能心里还有点稳当感觉。这是我的真实经历,感受特别深,找不到工作,当时人事都冻结了,所有单位都不招人,都在停滞状态。人家给我介绍一个什么工作?就是我小说里说的到中国社会调查所当一个调查员,那是民办的。我当时挺高兴,一听中国社会调查所,有点社科院的感觉,但是到那一看才知道没有工资。有一些项目,你挣来钱了从钱里提成,是完全没有把握的。

阿　琪:当时承受能力跟现在不一样,你小说里用很多真实名字,是不是有原型呢?

宁　肯:不是,我写小说时愿意起一个上口名字,如果起一个陌生名字我跟他没有感觉。

阿　琪:我读《蒙面之城》,对另外一个人物非常感兴趣,就是成岩,我觉得成岩的刻画特别成功,喜欢他一定要成功、不能不成功的那种状态,给我们聊聊这个人物,这个成岩跟马格正好成为对比。

宁　肯:成岩和马格对比起来,首先他们俩生活层次不一样,马格层次是在知识分子家庭,或者类似于中产阶级家庭,衣食无忧,但是马格由于在精神上感到压抑,他对他的生活,对他的家庭产生叛逆,宁可过苦日子,只要能够吃饱穿暖就行了,物质要求非常低,这是马格的特点。成岩完全不同,生活在底层,他准备往上冲杀,我觉得一个人在往上冲杀,冲杀的路是非常艰难的，由于他得和人打交道，他接触很多很多让他难以承受的东西，但是他必须承受，这样的话他性格上就有扭曲的成分。这一面我觉得和整个中国的发展是比较相称的，这样的类型在我们国家人特别多，因为我们国家是经济落后的国家，过去大量人生活在农村，包括城市市民也都很穷困，心里也都有过好日子的想法，都想获得成功，这样一种冲动是非常大的。所以，我觉得像成岩这种人在我们生活中是很真实的。

阿　琪：我觉得他比马格更真实，我相信你身边就有这样人，要不然很多细节不会抓得这么准，比如有一个细节让我特别吃惊，他特别想到北京来。北京在他心目中是一个梦想的地方，果丹说要么我们回郑州，他心里骂，最后咬咬牙回到深圳，这个细节抓得特别准确。

宁　肯：这是相辅相成的，他越梦想的东西他越不想用直接方式说，他活得比较累。有些读者给我来信，他们更喜欢成岩，他虽然有扭曲的一面，但是这个成岩也有大器的一面，哪怕他的弱点我也欣赏，他义无反顾做事情，哪怕这个事情不符合道理。如那次诺朗冰川出行带有预谋性质，实际上是一种矛盾，他不是很明确我要怎样，但是又想有个决断。他的心态始终是在变化。关键时刻他仍然能表现出英雄主义气概。

阿　琪：果丹要救马格，而且没有任何时间犹豫，我觉得这个细节太成功了。这个细节确实需要作家功力去想，最后让成岩内心像癌症一样控制他的就是他看到果丹的表情，他其实知道果丹作弊，但是永远没有说，他只在梦中说。《沉默之门》有这种细节吗？我觉得《沉默之门》里面这种细节好像设计得不多，唐漓好像为了对李慢造成伤害才设计这个人物，我不认为这个人物不能存在，但唐漓单薄。

宁　肯：这两本书的创造基点是不一样的，《蒙面之城》需要一种浪漫，需要情节冲突，需要戏剧化成分，因为戏剧化需要大量细节，冲突等等。李慢是内向性的人物，不需要这么多冲突，这里有一个本质的不同，我觉得从文学角度来讲戏剧化东西好看，但是和生活真实有相当大的距离，恰恰我们生活本身，是很少有戏剧性的。我觉得现代小说越来越淡化戏剧性、情节，主要反映精神。

阿　琪：你说现代小说要求低调、多义，讲究控制力，在《沉默之门》中你是有意识地转化过来的？

宁　肯：对，要表现一种现代意识，《沉默之门》还有一个比较大的特点，就是使用大量暗示性东西，就像一幅画一样，你能看到表面一层意思，同时下面好像又含着一层意思，包括语言的缝隙等等都包含这些东西，这个技巧是比较充分的，和你说的成岩那样的细节不一样，小说观念上就不一样。

阿　琪：那个"文革"老人，这个人物非常有内心力量，就像石头一样。

宁　肯：我塑造这个老人，说句实话也有点神来之笔，但是仍然是存在于我心里的，因为我看那么多"文革"小说，大体都是被强迫、被压制，最后内心不服表面屈服的形象。我想塑造一个不屈服的人，我觉得这种人本身存在，被打死的确实就是像他这样的人，最大不同是什么呢？不仅仅"文革"中坚如磐石不屈服的表现，关键是"文革"结束以后，他要把历史原封不动保存，保持十年、二十年，甚至香港拍电视剧的想找"文革"中普通人场景，你就到他这儿看，特别清楚，特别真实，这个老人能够给社会的贡献就是他把这些都原封不动保存下来了。

阿　琪：他其实有内心境界，他对钱财看得很淡。

宁　肯：经过"文革"这场浩劫之后，钱、落实政策这些东西对他都非常次要，他顽固的是看守历史现场，他要让我们民族记住这段历史，不能再重复这段历史，这也是他活下来的理由。

阿　琪：所以相比李慢来说，我觉得这个老人给我冲击更大，就像成岩一样，对我影响力更大，个性鲜明，而且有力量，而且他有基础，不是故意塑造这么一个人物出来，我觉得有强大感召力，让你相信他的存在。

宁　肯：甚至在作品中李慢也感觉到自己非常崇敬那个老人，但是他无法成为老人。

阿　琪：为什么？

宁　肯：和时代感触是一样的，因为我觉得我们经历过一段特殊的历史之后我们的精神状态、理想被取消了，大家似乎只有市场经济，生活得更好点，多挣点钱，我觉得这个社会特别单一。道德、情操、理想、美好事物我觉得一下好像都很难再追求，都是很苍凉的很柔弱的个体，无论从精神层次上，还是从生活选择上来讲相对比较单一，李慢就是这样一个疲惫的面孔。没有精神高度，精神被取消了。李慢生活问题解决之后回去看自己童年的老电影，也不读书了，看"小兵张嘎""地道战"等等，李慢生活中有一个唐漓，但是无法找到，他只能找到像李燕这样一个人。公共汽车上两人发生类似性骚扰事件，李燕是一个风尘女子，李慢只能通过风尘女子满足一下自己对过去美好的回忆，这是很反讽的感觉。

阿　琪：好像唐漓是他年轻时的一个玫瑰梦，连玫瑰梦也没有了，现实一片苍凉。

宁　肯：李慢和杜梅结婚是很平淡的，两人都走到很无奈的境地，你是医生我是病人，我们结合吧，都是很无奈的想法。年代上精神好像很难找到一个突破口，让大家为之一振的突破口。

阿　琪：我想知道对你来说，让你成为作家的一个决定性因素是什么？是你所经历过的历史事件还是你的家庭？

宁　肯：我觉得成就作家的不是历史事件，而是一个人童年的孤独。

成为作家如果有几项指标,我觉得最重要的指标是童年孤独感,我大概七岁时开始独自生活,当时我的哥哥姐姐都插队,他们工作了,那时我们家在北京,我父母在郊区工作,在良乡,每两个礼拜才回来一次,我一个人自己做饭吃,冬天自己生火,两个星期家长才回来一次,我上高中以后我的家人才陆续回来,插队的回来了,我父母退休了,从七八岁一直长到十七岁,十年时间,造成我内心很孤独,无依无靠。但是这种孤独感又使你自身产生很多能力,自理能力,产生很多潜力,你感受到那种世态炎凉,你很小就能感受别人脸色,我自己生活时经常到邻居家吃饭,端着饭盆,高兴时没事,人家不高兴的时候就拿你出气,让你出去。这样就学会察言观色,邻居不高兴时自己就要提前出去。这是非常残酷的,正是这些东西造就了我的敏感力、想象力,一个人有很多梦想,也造就了现实中的自理能力。

阿　琪：你为什么叫宁肯,因为你内心跟现实世界一直有紧张关系,不合作的紧张关系,甚至拒绝的紧张关系?

宁　肯：我不知道你的判断正确不正确,可能正确,从我少年时期的感觉,我就觉得和这个世界处在一种紧张的、不和谐的需要自己奋斗的、需要自己领悟的关系中,在这个过程之中,我所依靠的很少,我经常只能靠我自己,这就造就了我对自己有自恋的情节,使我拒绝很多东西。内心里边有一个很顽固的东西,这种顽固就是和别人都不一样,这个东西可能经过多年成长存在心里以后,谁也代替不了。

阿　琪：但也会让你性格很坚强,所以你才会在一个人冒险跨渡黄河,甚至到西藏。

宁　肯：现在想起来很荒唐,渡黄河时我还考虑写诗,考虑诗的词语,结果突然一看根本过不去,非常危险。最后实际上我渡黄河也没有成功,你从这个角度看特别近,但是你游的时候要斜着方向顺流游,等于你离它越来越远，我回到大坝，根本没有渡过去。那个浪非常急，折腾几个小时之后好不容易抓到一块救命石头，还有一些大漩涡，当时跟我一块去的朋友走了，他们打听说看见没看见这个人，他们以为完了。

阿　琪：那时候多大？

宁　肯：上大学的时候。二十二三岁。

阿　琪：你现在结婚了吗？有孩子吗？

宁　肯：结了，有孩子，孩子上高一。

阿　琪：在孩子成长过程中你是不是给他很多陪伴？

宁　肯：比我小时候的陪伴要多得多，所以有时候我也觉得我给他这么多陪伴，有的孩子由于给他更多爱，他未来道路并不平坦，但是我觉得事情都要任其自然，你不能故意给他艰苦环境，这个不正常，总的来说给他的爱要比我童年得到的爱多得多。

阿　琪：你打算什么时带孩子去西藏？看看你住过的房子。

宁　肯：过去也讨论过，他的意思是他想自己去，并不想让我带着他去。

阿　琪：你在藏北吗？

宁　肯：在拉萨。

阿　琪：说到西藏，我还想问一个问题，为什么所有去西藏的人都非常赞美西藏，但是所有人都选择离开？

宁　肯：所谓的好，说西藏那个地方非常好，这个好的概念和我们通常生活中好的概念不一样。

阿　琪：是精神层面上的好？

宁　肯：包括精神层面上的好，也包括自然界的新鲜感、独特、危险，别人难以到达，包括很多因素。所以说它好，我觉得和我们说一个地方好概念不一样，这个好实际上我觉得不是人们想在那生活一辈子的好。

阿　琪：从衣、食、住、行具体生活来说也许北京更好一些？

宁　肯：我觉得就是这样，因为人类城市发展是文明的标志，正因为有了城市的存在，那些大自然才产生意义，如果当初没有城市的存在，大家都生活在自然界里，就没有好和不好的感觉，没有差异。所以我说正因为热爱城市生活，我更热爱自然。但是假定让你在自然待时间长了，我觉得你会更加向往城市现代文明生活，人就是这样。因为你看，我到西藏，在一个地方不受苦的话，你很难感受它的美好，刚一去那段时间感觉很新鲜，新鲜劲一过，没有报纸，没有电视，没有朋友交流，你整天开门就是山，宗教，陌生的人群，你自己在那阅读，那种枯燥的生活，那种寂寞，这就是苦，不经历这样的苦是不会有真正的审美的，只能是浮光掠影的美。

阿　琪：现在可能好一点了，现在酒吧特别多，也可以上网。

宁　肯：1984年的时候什么都没有，现在当然好得多了。

阿　琪：好像你个人经历蛮复杂的，下海，现在又回到体制内了。

宁　肯：下海也是在体制内下的海。

阿　琪：什么叫体制内下的海？

宁　肯：就是公司是报社的，不是我个人的，我从编采部门调到广告部门，自主性比较强。当时正写东西，刚刚发表一个中篇，就是《蒙面之城》的前身，正在兴头上，想在文学上有一番作为，但广告公司也是增加阅历的机会，写作停下来，说好只干三年。结果三年退不下来，五年才退下来。

阿　琪：你对文学还是非常热爱，要不然不会这么执著，很多人下海之后闻到钱的味道很难回到文学上。

宁　肯：当时把车交了，手机也交了，各种职务之便都没了，我当时作为广告公司老板想上哪上哪，甚至出国。

阿 琪：你怎么会有这么大的内心力量拒绝这种东西，所以叫宁肯，宁肯写作，真是厉害。

宁 肯：我觉得还是和文学有关。做广告公司偶尔空闲时你不知道怎么打发这段时间，极度空虚，这种恐慌的感觉非常强烈。而且你过去又有过一段非常强烈的梦想，那个梦想没实现过。

阿 琪：人生终极目标不在钱上。

宁 肯：对，你没有把自己的东西表达出来，而这工作本质上和你没有关系。

阿 琪：有人问，你刚才说七岁时过着孤独的生活，这种自理能力让你内心产生很大潜力，但是有一个例子正好相反，我有一个朋友，他很小的时候父亲死了，母亲为了生存，很少有能力带他，他的性格变得非常暴躁，不但没有什么能力表现出来而且还没有信心，这个怎么解释？

宁 肯：我虽然有那种孤独感，但还有父母和哥哥姐姐，他们都是爱我的，我没有丧失爱，只是由于遥远，由于客观情况不能经常照顾我，但是他们存在。

阿 琪：下一部长篇是不是还要等三年？

宁 肯：这个不好说，因为我写东西非常慢非常仔细，我希望对得起读者。

阿 琪：我觉得你后记里面有一句话特别好，你说读书人和写书人是双重的孤独，完成这本书的写作和阅读，双向孤独才完成，我觉得这句话非常好。

宁 肯：没有读者的参与这种写作无法完成，这个时代作者和读者都是孤独的人群。

在哲蚌寺,和贝多芬、李白一起坐看黄昏
——对话行李

时间:2004 年 9 月
地点:北京

1. 如果天堂还有后花园的话,就是亚东的样子

行 李:宁老师你集中在西藏生活是 1984 到 1986 年吧?现在都过去三十年了,但是提到你的作品,首先想到的还是和西藏相关的主题,《蒙面之城》《天·藏》。

宁 肯:是,最近我还在跟十月文学院来的两个捷克翻译家在聊西藏,其中一个翻译家叫李素,他之前翻译过阎连科的作品,现在正翻译我

的《天·藏》。昨天他问我"加持"怎么翻译？一下把我给说愣了，我在小说里写道：雪落在维格身上，王摩诘要其掸去，维格说你懂什么，这是加持。李素说大致明白意思，但译成捷克文很难。的确，既有原意，又有转意，原意已很难说清，何况又是转意？

行　李：小说里那个意象特别好，言简意丰，情深意长。

宁　肯：我也觉得挺好，他们两人是情侣关系，男的关心她下雪得披点衣服，她说你懂什么，这叫加持，好像把老天也作为一种禅，佛无所不在。

行　李：感觉写西藏的作品那么多，你是最不吝于描写风景的，连加持这种意向，也通过雪这种景观来实现。你在西藏期间，大多地方都去过了吗？

宁　肯：没有，我就在那里待了两年，而且我是在拉萨六中教书，有很重的教学任务，只有第一年暑假有时间到处跑跑，因为第二年暑假就要回来了。就去过藏北的那曲、纳木错，藏南就去过亚东，就是最接近中印对峙的那个地方，中国和（原来的）锡金、印度、尼泊尔交界处，你从地图上可以看到，本来很整齐的，结果一下子凹出去了，那个地方就是亚东。从喜马拉雅山上5000多米的海拔一下子下降到2000多米，大量的原始森林、河流，房子全是木结构，种水稻，那地方太像天堂了。

行　李：你那时候去亚东干吗？

宁　肯：去玩儿。当时很有意思，我去的时候应该是1985年7月份，当时西藏组织一个地质夏令营，有一些地质学家带着西藏的中小学生一起去考察，两辆车，七八十人，终点就是亚东。从拉萨先到山南，然后到江孜，然后到亚东，跨越两大山系，一个是冈底斯山系，一个是喜马拉雅山系，又一直从喜马拉雅山脉的北坡翻到南坡，那个夏天我就想出去走一走，但是没有名额，就辗转得到《西藏青年报》一个特派记者的身份，和大家一起去了。

  行　李：然后呢？

  宁　肯：就这样出发了，第一天就到了羊卓雍湖，太漂亮了。我记得当时把我们一直拉到曲水，在那儿过江，过江才能翻越岗巴拉山，江对面就是喜马拉雅。随行的工程师叫徐正余，他让学生带一些小锤子、小铲子，现场敲击喜马拉雅山，告诉他们，这叫页岩，这叫火成岩，这叫片麻岩，它们是怎么形成的，太酷了。

  行　李：我看你之前还专门写过关于岩石的文字。

  宁　肯：是，如果在大地上的旅行，没有地质方面的常识，没有植物学的常识，就像盲人和聋子一样。但是地质工程师这么一讲，一下子把你变成一个音符，并且和其他音符串了起来。他说岗巴拉山非常特殊，是三大山系汇集的地方，喜马拉雅山，冈底斯山，冈底斯山北边还有一个念青唐古拉山。羊卓雍湖就在岗巴拉山山顶，就像一个圣杯举起来的一杯水。过了江，我们在浪卡子住了一晚上，第二天接着往前走。那时我们几乎沿着喜马拉雅山在走，一会儿上来、一会儿下去，看到第一个非常重要的点是卡诺拉冰川，冰川对面一排山峰，给你一个极其开阔的知识型的视野，那是非常典型的呈现大陆板块学说的地貌，我在那里彻底了解了西藏的板块学。因为西藏的崛起就是两大板块的相撞，印度板块在类似现在澳大利亚的位置往北漂移、漂移，一下顶到亚欧板块上，继续顶，就把山隆起来了。这个隆起会有交错，那道山就是缝合线的地标之一。

  行　李：我最开始对西藏的地质地理感兴趣，就是从看马丽华《青藏高原科考五十年》开始的，一个作家，以文学的方式写了青藏高原的地质结构形成过程，才知道一个地方可以这么神奇，它所有的文化都孕育于这样的自然背景里。

  宁　肯：是，太神奇了。在羊卓雍湖，工程师跟我们讲，这岸是喜马拉雅山,那岸是冈底斯山,为什么有两大山隆起,而中间是雅鲁藏布江?其实雅鲁藏布江是真正的缝合线,一江跨两大山系。地质学家是特别有诗意、有想象力的一类人,你想想,两大板块整体隆起,河流在中间,雅鲁藏布江就是这中间的一道缝合线,多有诗意!

行　李:这道缝合线还继续往东拐,一直拐到雅鲁藏布江大拐弯处,在那里,著名的南迦巴瓦峰和加拉白垒峰隔江而立,看着很近,但其实也属于两大板块,这条江很神奇。

宁　肯:是啊,一江挟两大山系,这在全世界都是独一份。所以那次去亚东是我在西藏非常重要的旅行。

行　李:那是你第一次去翻喜马拉雅山,而且从北坡走到了南坡,南坡的视野跟北坡完全不一样,那个对你的触动应该也蛮大吧?你对环境这么敏感。

宁　肯:对,过了江孜,第二天就到了亚东,到亚东之前要先翻一座高山,叫帕里,也叫帕里高原。帕里是什么意思呢?工程师讲,就是指高原上的高原。在帕里高原上,我亲眼看到了分水岭。就是一条河流,你见到它从雪山下来以后,这边流一条,那边流一条,两个小源头,最终流成两股完全不同的大江。我们小时候常常说这个时代的分水岭,它是政治上的概念,但是真正地理上的分水岭谁见过啊,在西藏能见到!站在分水岭的感觉太棒了,希腊哲学家赫拉克利特说,人不能两次踏进同一条河流。他讲的是时间,但是在西藏,我可以一脚踏进两条河流,我占有了两种空间、两种时间。再之后,下切将近2000米的落差,大概只用了一两个小时就经历了一年四季,我说的分水岭上的河流,最开始是一条小溪,慢慢的水越来越多,然后变成一条河,卓姆河,百转千回往下走,然后你就看到孟加拉湾的暖湿气流上来了,雾气上来了,遍地鲜花。

行　李:那是几月份?

宁　肯：7月，最好的时候。我们一直下到亚东，他们叫上司马镇和下司马镇，我们来到的好像是下司马镇的亚东中学，就在卓姆河边，真漂亮，全是绿色的森林、木屋，那地方已经有那么多花儿了，老百姓还种花儿，还把自己的花儿装置到窗台上、阳台上。

我还在那里碰见拉萨六中的老师，他们家更漂亮，全搭着纱帘，外面全是花儿，木地板。我们在拉萨六中住的房子没有任何美学价值，可是在亚东那样的房子里，雨水长年累月流淌下来，木质湿得发黑，鲜花一开，和雨水浸泡的发黑的木质对照，再打开窗户，窗外一片雾茫茫……我觉得亚东就属于天堂，甚至是天堂的后花园，如果天堂还有后花园的话，就是亚东那种场景。

2. 天湖

行　李：后来去别的地方了吗？

宁　肯：从亚东回来之后，我教学的地方属于拉萨的西郊，那里有一个中国最大的汽车团，十六团，十六团有一个夜大，讲大学的语文、历史之类，他们让我去讲课。那些学生里，有一些当领导的，营长、教导员之类，他们手中有一定权力和资源，觉得我们讲得也好，跟我们都成了朋友，就说我们出辆车带你们去玩一玩，我说太好了。于是营长亲自派了有驾驶经验的驾驶员，开一辆前后轮都可以驱动的吉普车，叫嘎斯69，苏联产的，带我们去纳木错，带着我们两个老师，当天去当天返回。

行　李：那个时候可以当天往返？以那样的交通条件。

宁　肯：可以，但是非常困难，时间紧张。我后来写过一篇散文《天湖》，就是这段经历。我们一开始走青藏线，到了当雄就开始拐，改成土道，路很烂，沿途全是驮盐的牦牛。过了某个垭口，突然看到天一样蓝的东西,我说这不是大理石吗!哪是水啊!那就是纳木错,非常有质感的一片水,比天还要蓝,因为天上还有云彩在飘,在云彩和大地之间,突然现出那么一片水,大海一样,太激动了。

车子接着往前开,还没到湖边,已经没路了。西藏的草原和内蒙不一样,它是一坨一坨的,车开得跟跳舞似的,叮叮当当,给那个司机愁得!最后车抛在那,说咱们不能再往前开了,一个是时间不够,再一个这么开也开不到,但是我觉得如果不到湖边,简直太难受了。我特别不甘心,最后趁他们不注意,连跑带徒步,往湖边跑去。高原是不能跑步的,容易猝死,但是当时全都不顾了,我就想快去快回。

行　李：纳木错得有4700多米了,跑起来很危险。

宁　肯：是,最可恶的是经常有河水,很浅,但你得蹚过去,刚蹚过去不久,这条河又转过来了,第二次、第三次拦住你,直到湖边,能拦住你好几次,原来一条河在收尾的时候,完全是S型的。河里的鱼多得很,咬你!到了湖边,虽然已近傍晚,但真是非常激动,终于可以摸到水了。我捧起水,洗了一把脸,直到这个时候,才觉得和这片水真正建立了联系,否则我就是一个看客,一个旁观者。那一年我是二十六岁,就已经达到了人生的顶点(笑)。

行　李：我记得你说过,从那篇文章开始,奠定了你写风景的基调。

宁　肯：对,但不是当时写的。那时候文学圈里还流行一种鄙视散文、厌恶散文的风气,后来《散文世界》的编委韩少华约我写西藏,我就按照自己的方式写的,他看完以后非常惊讶。完全是自然的融入,是用生命在写。

3. 坐看黄昏

行　李：那两年拉萨的文学氛围是怎样的?

宁　肯：非常好，我当时订了《西藏文学》，还有一本文学杂志叫《拉萨河》，1985年左右的时候，西藏是中国文学的一个高地。

行　李：是本地作家写本地作品吗？

宁　肯：不是，主要是内地作家，包括一些援藏的，也有当地作家，如扎西达娃，但是他们基本都是汉藏结合，爸爸是汉族，母亲是藏族，我们叫团结族。我记得当时有一个文学活动，西藏文联搞的，就在拉萨西郊，他们在一个名字很洋气的咖啡馆搞了一次诗歌朗诵会，咖啡馆的名字好像叫巴格博咖啡馆，几乎拉萨的文学青年全部集中在那儿，印象非常深。

但是我那时还没有完全进入到西藏文学圈，当时就是一个援藏教师，爱好写东西。我们是两年援藏的那种，而马原他们一大批作家都是八年援藏的那种，到那儿去定点培养。他们去的时间长，很早就形成一个圈子，我们等于是外来的教师，跟他们还不兼容，一个286，一个386。

行　李：他们那时候都有作品了吗？

宁　肯：都已经一举成名天下扬了，我们和他们差距得多大，可是年龄都一样，我们都得仰视他们，很边缘。那时候在西藏文学圈一成名，马上全国都有名。

但是我当时读到马原的《拉萨河女神》，包括扎西达娃的《皮绳上的魂》《西藏隐秘岁月》，他们写的东西很好，也很有创意，但是和我对西藏的感受还是有非常大的距离。比如西藏的自然环境，我刚才讲的那些大山大河，纳木错、亚东，他们写得很少。包括我住在拉萨六中，与哲蚌寺一村之隔，我对那个环境感受特别深。我们经常逛哲蚌寺，哲蚌寺的空间如迷宫一样，到处都是入口，也到处都是出口，像山城一样，喇嘛念经的声音如蜂鸣。

我后来写过，哲蚌寺是个寺院城，里面有许多这样的小巷，不知通向何处。它们环环相绕，叠叠层层向上，构成迷宫。《天·藏》描述过这里：没有入口，又到处是入口，而所有的入口又都是事实上的出口。整个《天·藏》事实上就是由出口和入口组成的，有许多庭院、单元。

我们喜欢坐在那里看风景。夕阳西下的时候，能落得很远很远。你站在哲蚌寺往下看，太阳很有辉煌感，我没见过那么猛烈的黄昏，那种山、云、水交汇起来的宏大！那种黄昏甚至都不是一个诗人、一个音乐家所能接得住的，绝对是交响曲，而且得是若干个大音乐家、大诗人一起演奏吟唱，比如贝多芬、海顿、巴赫、李白、李商隐，他们集合在一起，面对黄昏去咏叹、去演奏，才能把西藏的黄昏接住。

这些东西对我影响非常大，但是我在描写西藏的作品里却很少读到。

行　李：他们都没有歌咏过西藏的风景？

宁　肯：没有。可是风景是你存在的场所，宏大的、具体而微的，哪怕一个台阶，一棵草从山缝里滋出来，这些东西对西藏都非常重要，但是关于这种东西的描写我却很少看见，包括在马丽华的作品里也不多，而西藏给我的震撼恰恰是这些东西：风景之中的一些建筑、物品、细节，所有的生活景态，非故事性的。所以我说描述西藏的难点在什么地方？就像描述音乐一样，音乐是抽象的、非叙事的，它刺激人们的感官，西藏的风景非常像音乐。但是如果不把这些东西写出来，你就没办法把真实的西藏表达出来。风景里包含人的存在感，如果去掉风景，就把你的心情去掉了。如果剩下故事，那是另外一个语系，它没有直接性。风景一定是文学里非常重要的一部分，但是我们很多作家把它忽略了，虽然故事也讲得很好，但是和我感受到的西藏有缺席，不能满足我，但我当时无力表达这个东西，因为太难了，他们回避也是有道理的，没法书写。

行　李：可是每个人面对这样的风景都会被打动。

宁　肯：打动你的东西不一定能用语言表述出来，就像你看完一场音乐会,你能写一大篇文章吗?很难对音乐进行描述,我后来写过《坐看黄昏》,就写大的阴影中村庄的陷落,在大面积黑夜降临时,村庄一个一个陷落,阳光沿着树梢往前掠着走,越来越快,但远方仍然极其辉煌,等到最后变成灰烬一样定格,变成蓝、变成黑……那时候,我觉得贝多芬、巴赫、李白,他们都得起立致敬,变成一个雕塑定在那里。这些东西必须书写,难是难,但是仍然有办法,不过得经过时间的淘汰和梳理。

4. 燃灯节

行　李:我看你后来再回哲蚌寺时,发了很多条微博,现场"直播"哲蚌寺。

宁　肯:是,时隔二十八年,我又回去了一趟,一个人去了哲蚌寺。二十八年,别的都变了,只有哲蚌寺没有变,一草一木都那么熟悉,它一点没有变老,但是我老了,非常感伤,好像我那些生命还都印在上面。

我记得措钦大殿前有一棵很大的松树,树皮非常老,长得像铁一样,快成化石了,但是叶子还活着,二十八年前我面对这棵树的时候它就这样,那时我非常年轻。二十八年后,这棵树还这样,一点没变,而我慢慢在风化、在老去,但它又是我唯一的见证人,那么威严,上面挂满哈达,可能还有当年我挂的那条。那种感觉真是有一种说不出来的滋味。

所以人为什么反感变化?反感拆迁?因为人都需要有生命过往的见证,按理来说,你生活的城市一定是比你老的地方,它已经存在很长很长时间,你消失的时候,它还存在。但是现在反过来了,如果一个城市比你年轻,你是什么感觉?

行　李:所以上次我们聊北京时,我们取的标题是"我已比北京老"。

宁　肯：对，这个标题很好，如果你比你所在的城市老，你会有一中无根的、无着的、被抛弃的感觉。本来是我靠着北京，我从这根上长的，现在它还得靠着我。所以我再次看到哲蚌寺以后，真是感慨万千。1984年到1986年，我几乎每周都去一次。虽然我也不懂佛教的东西，但去得多了，会形成依赖。每次到哲蚌寺，心真的就像沐浴一样，你的精神需要洗澡、需要沐浴、需要冲洗，到那儿就感觉到这种冲洗非常宁静、非常舒畅，你说这是宗教吗？也不是，就是那个环境、那个构成，它的存在本身所具有的功能施加在你身上。这些东西你不表现出来怎么可能呢？所以我在《天•藏》里把这些表现了出来，更早时期的《蒙面之城》还没有来得及表现，当时也不知道如何处理这样的环境，不知道如何处理它所负担的那些宗教的东西。后来我读到《和尚与哲学家》这本书，你知道这本书吗？

行　李：父子两人，一个僧侣，一个哲学家，两人之间的一场对话。

宁　肯：对，两个文化身份非常特殊的人，一个是法国年轻的科学家，到了不丹，皈依了佛教；一个是他父亲，一个怀疑论的大哲学家，法兰西院士，欧洲最典型的保守知识分子。这两个人在喜马拉雅山脉这样的环境中进行对话，关于佛教，关于宗教和哲学的对话，太棒了。从此之后我才敢写我去哲蚌寺的感受。所以那次回去，等于我又用行动写了一遍《天•藏》，我在现场找我写作中经常刻画的门、台阶、云彩、小院、马丁格修行的地方……它是一种双重的回乡，既回到我原来居住的地方，又回到我的作品里，那种感觉非常奇妙。记得有一次，我们在哲蚌寺里走一条非常陡峭的台阶，走着走着，突然间，真是晴空霹雳，吭一声霹雳，雪粒子哗就下来了，当时根本没人推我们，也没人点拨我们，我们当时就扑通跪下了。

行　李：跪下了？

宁　肯：是，直觉的反映，一下就跪下了，给吓得！但是过一会儿，旁边小窗口里出现念经的声音，你的魂慢慢又回来了，他们就像招魂一样，把我们又给拉回来了。那种对我们极大的震吓，和他们完全地不为所动——打雷那一刹那，我们吓跪倒了，而他们的念经并没有停止——也给我很大触动，那时候觉得，那些经是专为我们念的，就像超度一样。那次是一个特别大的奇迹。

还有一次，我们刚到西藏那一年，周围除了我们学校，没有公共建筑，一到夜里，四处一片漆黑，哲蚌寺的灯光也几乎看不见，也就一点点。有一天晚上，哲蚌寺忽然大面积的空间亮起来，就像佛祖显现一样，周围全镶着金边。村子里家家户户的窗户也都亮起灯。又神秘又害怕，这怎么回事？

行　李：燃灯节？

宁　肯：对，但是当时不知道。我们一方面怕，一方面又感兴趣，于是穿过村子上了哲蚌寺，平常我们晚上也去过，村子里的狗会叫，结果那天狗一直不叫，我们反倒害怕了。到了哲蚌寺，全是点的酥油灯，而且酥油灯都在外面窗台檐上。有人守着，如果风刮灭了，就拿火重新点燃。

我们一直走到塔塔寺顶上，一边是很多大喇嘛在点灯，穿着红衣服，戴着黄色的大帽子。另一边，一个十几岁的小喇嘛在点灯，点着点着，他突然唱起歌来。按理说，寺庙里的音乐、法号，挺庄严，但也挺恐怖，但那个小喇嘛一边点灯一边唱，一听，歌曲来自草原，那个悠扬婉转啊！可能小喇嘛这时候想起了自己的家乡，这种思念，这种人间的东西，和神性、和对神秘的恐惧性，一下融合在一起，所有的孤独都没有了，所有的神秘、宗教、信仰都没了，我们眼前好像出现了草原，沉静、阳光、河流遍布……

行　李：那个孩子的歌又把你们的魂招回来了。

宁　肯：真的，我和朋友两人一人点一支烟，坐在台阶上，又回到了人间，太爽了。

5. 天葬

行　李：你在那边没有交什么特别深的藏族朋友、喇嘛或者活佛？

宁　肯：有几个老师，还有我的三个学生，现在都有联系。有一个老师叫巴桑次仁，教数学的，也是特神奇一人，我们俩关系非常好，他写日记，我也写日记，就在快离开前的两天，我们俩交换日记本写，我的日记是由他来写的，他的日记由我来写。后来我说，我从来没去过夜晚的拉萨，你能不能哪天陪我去一次？

行　李：那个时候早上三四点钟没有人在大昭寺前磕长头？

宁　肯：因为我们住在郊区嘛，夜里磕长头主要在八廓街，拉萨中心。他说行，我陪你去一趟。大概是夜里两三点钟，我们在八廓街走着走着，又碰上特恐怖的事，忽然那边过来一队人，静静的，拿着花什么的，是出殡的！葬礼！

行　李：夜里出殡？

宁　肯：对，天葬嘛，送到天葬台之前有一个宗教仪式，要扛着尸体围着大昭寺转一圈，然后在大昭寺前做一点法事再装车。我们碰上这么一队伍，给我吓得！但是也让我见识了拉萨人的葬礼，这在拉萨是非常重要的活动，和我们不期而遇，连巴桑次仁也没见过。

行　李：哎呀，听得好过瘾，回去把《天·藏》里描写风景的部分重新找出来看一遍。

宁　肯：风景难写，它既有客观性，又有主体性。如果仅仅是客观的风景，视频就可以呈现，但你写出来的风景，一定是视频拍不出来的。

我有一个观点,他们说读图时代会影响文字,我说不对,图像越发达,人们内心越哑巴,越需要阐释,这时候就需要作家把它讲出来。我觉得图像越丰富,文字讲述的空间越大。

后记：一个人的道路

漫长：无明时代

1959年3月29日，是个星期三，我出生在这个时间。此前两年，我母亲带着两个哥哥和一个姐姐从白洋淀乘一艘小火轮到了天津，然后改乘火车到了北京。我不在那条船上。我还没出生。我的老家距白洋淀还有一段距离，至少有五十公里，我不知道这段距离他们是怎样完成的，是坐马车，还是乘村前的一条河上的小火轮，这事尚不清楚，就像很多事情都有盲点一样。

河北省河间县留古寺乡宁庄，村前有一条河叫半截河，那时应该还通航，我倾向于我们一家人是坐着河边的小木船离开的。前不久我开车回过一次老家，见到了那条河，河已完全干了。宁庄有个邻村叫诗经村，出过一位民国大人物，叫冯国璋，当过这个国家不太多长的总统。另外，诗经村是一个有故事的村子，顾名思义，和《诗经》有关。听老辈人说当年秦始皇焚书坑儒，《诗经》给烧了，邻村有个姓毛的人悄悄藏了一本《诗经》，埋在了地下，汉朝的时候国泰民安，被挖出来，《诗经》失而复得，此村得名诗经村。这些历史掌故传说不知道是不是真的，有多少是真的，对此我年轻时从不关心。

在我们家我是唯一出生在北京的人，这让我的父亲母亲很有一种新鲜感，或者也有点骄傲。哥哥姐姐到北京后一直遵从着老家的习惯叫爹叫娘，唯独我从一生下来就让我叫爸叫妈，这让我小时很是疑惑，但又说不出来。我脑子里总是并置着看似相关又不同的东西，有时混乱不堪可能也和这个有关。我是我们家最后出生的人，离我最近的姐姐生于1951年，比我大八岁，二哥1947年生，比我大十二岁，我们同属猪，小时候我一直不太喜欢这个属相，但是也说不出来。我大哥更大了，1945年生，比我大十四岁，我记事起他已工作，是个警察，非常威武，我有点怕他，有一次他把我高高举起来，我哭了。周围都是比我大得多的人，或许我是不该来到这个家的人。面对一个完全的成人世界，我敏感，胆怯，退缩，好像总想退回到出生前的无明世界里去，好像希望有一种相反的时间。当然，后来时间强行地赋予了我很多东西，比如顽强，意志坚定，走南闯北，人生传奇，诸如此类吧，这些虽然我后来也都具备了，但我至今觉得它们仍不属于我，属于我的仍是那个出生前的温暖而无明的世界。

我出生时父亲已四十七岁，这在寻常人家已应属高龄。我父亲生于1912年，每每想到这个时间，我都觉得他离我太远了，我觉得凡离父亲太远的人注定内心都会有一种最核心的感觉：茫然与孤单。很多年后，我思想起很多年前的父亲，可能他也是孤单的。我不知道他出生时的情况，但我知道他的童年应该比我更茫然,更无助,因为他十三岁就背井离乡去了远方。十三岁什么概念?用现在的话说就是未成年。他经人引领到了天津做学徒,学一种修修补补的手艺。后来学艺有成只身闯关东,走南闯北,结交朋友,月月给家寄钱。到新中国成立前夕,我父亲寄的钱已使老家以我奶奶为核心的一大家人,由一个朝不保夕的贫苦之家变成了一个有十几亩土地的富裕中农之家,并使我父亲的两个兄弟进入了河间县中学受教育,这在当时的乡村是了不起的成绩。后来想想,若照此速度发展下去,再有几年我们家可能就会在"文革"中被划成地主,资本家。1947年,我的受过中等教育的两个叔叔已开始在北京办起了织布厂,不久我父亲作为兄长也加入进来。因为是家族企业,没有雇工,都是亲人,没有剥削,"文革"才没被划成资本家。尽管如此,"文革"时他还是被关了一段时间牛棚。

母亲是另一种情况。她生于1920年,比我父亲小八岁,由于家贫很早就到了父亲家,嫁给了我父亲。父亲常年在外,每年春节才回来。抗日战争爆发,我母亲受到村里共产党抗日宣传影响,背着我奶奶和我在东北的父亲,参加了地下活动。那时她很年轻,不过十六七岁,到了1939年正式入党也不过十九岁,比刘胡兰大几岁。在党内,我母亲化名"红莲",她的名字叫王秀莲,有个莲字。多少年后,我母亲回忆那场战争,最让她感到骄傲的是,一次村里住着许多八路军,日伪军得到消息到了村里,打头的伪军看见母亲问看见八路军没有,母亲说看见了,刚朝东去了。母亲到了地道里,对八路军说明了情况,八路军立刻从地道里出动,抄了鬼子的后路,打了一个胜仗。我问母亲当时害不害怕鬼子,母亲说不怕,把脸抹黑了,一点儿也不怕!我问母亲有过枪没有,母亲说有过,是一种叫"杜撅"的枪,我不太明白这个词儿,母亲比画了一下,我觉得就是一种土枪。母亲性如烈火,与宁氏一脉颇为不同,心思不重,没有孤独感,直来直去,非常豪爽。母亲割麦子比村里大多数男人都快,干活麻利,不怕吃苦,在村里是有名的一把好手。母亲做军鞋,支援八路军,对我父亲说不打败日本人就不生孩子。1944年日本人已呈颓势,我母亲由八路军护送越数百里敌后,有时就从敌人炮楼底下过,参加了晋察冀边区抗日群众英雄大会,获奖一辆纺车,被授予"抗日群众英雄"荣誉称号。八路军动员我母亲参加队伍,我奶奶得知了我母亲的想法,赶快通知了远在东北的我父亲。我父亲风风火火回来,村里的民兵怕我父亲施以暴力,好几天将我们家团团围住,只要听到一点儿动静就会立刻冲进去,结果一点儿动静也没有。但我母亲还是坚持要跟八路军走,只是由于我姥姥声称我母亲前脚走她后脚就上吊才没走成。

我父亲在日本人占领下的东北凭手艺闯荡江湖,我年轻的母亲在敌后抗战,这是我们家那个时代的传奇。1945年,长我十四岁的大哥出生,母亲说的抗战胜利后再生孩子,她说到做到了。

十二年后,1957年,她已完全认同了和平的生儿育女的生活,带着儿女乘一条小船到北京投奔了我城里的父亲。两年后,我出生了,这使我母亲彻底忘记了那场让她有着许多骄傲的战争。

我的两个哥哥——简直像我的父辈——他们性格中有我父亲的成分,也有我母亲的成分,他们都是强者,并且都有某种诡异的东西。1966年我七岁的时候,他们已纵论天下,为某个领袖的观点彻夜辩论。他们目光炯炯,手臂挥舞,我像一个影子注视他们,好像我不是他们的弟弟,就是一个影子,甚至是影子中的影子。我的确就在他们的灯光的影子中。我与他们无关,与"文革"无关,我听不懂周围所有人的语言,他们都已成年,而一声不吭的我还流着鼻涕,有时我十五岁的姐姐给我擦擦,有时她也顾不上我。

我是他们的什么?有一次我问母亲,是大哥大还是爸爸大?这是我童年时代一个著名的傻问题,但对我又是一个真问题。

这就是我整个童年的感觉。

我非常孤单,没有家庭中的玩伴,只有院子里同年龄的玩伴,这是另一回事。我的疏离感与不适感同样不能在同伴中消除,某些时候反而更甚。比如当我被欺侮的时候,被忽略的时候,被别人随便一扒拉就排除在外的时候,这种时候数不胜数。虽然我看起来像别人一样,上学,玩各种游戏,去公园,写作业,与别的孩子挤在门口看一场大雨,或到大雪中去玩,但这一切又都好像与我无关。这是所有人的童年,但不是我个人的童年。关于我个人的童年,我能记起的完全属于我的事情不多,印象最深的有两件事。一件事是,夏天我站在院子当中临一种很古老的字。我从小就喜欢字,还没上学时我就在雪中画字,画完了还端详,好像自己已会写字。我还喜欢把字写粗,然后把边儿用圆珠笔勾勒出来,再用橡皮把中间擦掉,让它们变成空心字。这几乎是我小时候的一项发明创造,至少是无师自通。有一天,院中一个老人对我说,你临临大字吧,给了我一本碑帖。那是一本很大的帖,上面布满怪异的字,隶书,汉隶曹全碑。字迹斑驳,蚕头雁尾,飘飘荡荡,是两千多年前的字。我非常喜欢,就临起来。十二岁的我与两千年前的字好像没有隔阂,一拍即合。没人催我,我站在院中,在一个小凳子上临,有好几年光景就这样度过。

但这一点也意味着什么,我会写毛笔字,会写隶书,在班上却羞于示人。无论小学末期还是整个中学阶段,没人知道我会写漂亮的毛笔字,我也从来没得到展示的机会。当我看到班里墙上偶尔有红纸墨写的表扬名单,上面的字那么幼稚,我也从没说,老师,让我来写吧。我说不出口。

另一件事,就是动不动就脱离地面,一个人到房顶上去玩。渴望房顶大概是所有孩子的心理,我则尤甚。在房顶上,我能看到许多的院子,许多胡同,许多街道,放眼望去,那一格一格的青瓦,种种倾斜度,院连着院，院中院，那广阔得高出所有人的俯瞰，总是让我出神，发呆。这是远看。近看也有特别具体的神奇与乐趣，那就是你看到别人，别人看不到你，即使有人极偶尔抬起头也在你的监控之下，你可以随时隐蔽，比他快多了。我看到了别人炒菜，做饭，如厕，写作业，跳皮筋，追跑打闹，就如同看电影一样会看得入迷。

房顶既是现实的，又是非现实的；如此日常，又形而上。特别对总是怯生退缩的我，这里的安全感简直令我着迷。我一个人待在两个高高的有飞檐的房脊之间，谁也看不见我，我面对着强烈、温暖以至暴晒的阳光，独自享受那种彻底的明亮的寂静，让我如醉如痴。记忆中阳光如同暴雨，似乎有永恒性质。

后来看卡尔维诺，特别是《树上的男爵》，我不能不慨叹人类有太多共同的东西。说实话我有点沮丧，我觉得卡尔维诺写出了我的东西。许多世界名著也是这样，比如《城堡》《1984》《动物庄园》，都该是中国人写的，却不是，每每想到此我都会感到一种羞愧。我不知道卡尔维诺是否有过长时间的房顶生活经历，尽管他有极大的才能，但是我发现他对于"上面的生活"不如我体验得具体，细微，我仍有我的不可代替的空间。

变化：荒凉与圣殿

初中二年级的时候，我的一个偶然的不可思议的举动，改变了我在别人眼中的可有可无的灰尘一样的形象。一次，班上一个大个子家伙总是用小弹弓崩我，虽是纸叠的子弹，崩到脸上也是很疼的，好像有什么附了体，我前所未有地举起了桌子盖向他冲去，他吓坏了，所有人都吓坏了。我并没有拍下去，因为被别人拦住了，那一刻犹如一道闪电照亮了我黑暗的生命，黑暗得太久了：我看清了别人，也看清了自己，从此抓住了这道闪电。这闪电便是别人对我的害怕,我被认为是一个手很黑的人,一个很鲁莽的人,一个不好惹的人,这给我带来发现新大陆般极大的快感。事实上我依然是那个内心害羞、胆怯、紧张、胆小的人。但那个被认为的"人"给我带来了很大的便利,此后我所做的全部工作就是维护那个被认为的人,虚假的人。尽管虚假,尽管色厉内荏,但别人还是十分买账,总是让着我,尊着我,我看到了"人"的虚弱,看到一群羊如同一只羊一样。

我假装疯魔有人怕,我编造的在别处的"英雄事迹"有人信。有人开始主动臣服于我,到了初三,我已是班里的孩子头儿,是最不可捉摸的闹将。我带头与老师作对,率众集体迟到,到教室门口齐喊老师的名字。当时正是黄帅反师道尊严的时候,我的种种表现或表演因此得以实现。任何一个老师要想把课上下去首先得把我哄好,跟我谈判,只要我不带头折腾,要求于别人的均不适用于我。这是极为特殊的待遇,尽管我内心极其志得意满,但也时不时撕毁协议,显示一下存在。同时知道这不是真实的自己,至少是人来疯,是被别人宠坏的结果。真实的自己或者房顶上的那个自己常常窃笑,笑别人,也笑自己,于是那个羞怯紧张的"本我"也有了某种反讽的成长。这对我后来的写作至关重要,说穿了,自我的虚假在现实获得了神奇的真实,显然具有喜剧特征,这个我很早就体验到了。

更为戏剧性的是1975年,新来了一个班主任,一个东北兵团回来的家伙,一米八几的个子,往讲台上一站,不像老师,像威虎山的人。我心里真是肝儿颤,但一次冲突之后——我是被别人"架"上去的,谁叫你是头儿,你不带头冲谁带头冲,不能服软——令我惊讶的事情发生了,大个头班主任留下我找我谈话,声称要让我当班干部。我以为我听岔了,不敢相信,不可思议,但我的确已有了贼性,没太表现出来。不过他这招真是灵,一出手已完全把我从心理上打倒了。那时正评《水浒传》批宋江,这不明显就是招安吗？别看我平时拿班干部不当回事，没一个班干部敢管我，其实内心深处还是向着朝廷的，真让我当班干部我心里还是激动得有点发抖。给我的职务是班里的五大班委之一：军体委员。主要负责打铃进教室，维持课堂纪律，整队上课间操。这些都是最难的，但既然给我这么大的荣誉，我也真是玩命，真的管起了我的弟兄们。谁上课捣乱我先不干了，呵斥，瞪眼，反噬闹将。当然我也是又打又拉，白天弹压他们，晚上又混成一团，抽烟，逛马路，寻衅。我知道我不能失掉他们，他们是我的资本，我的权力基础，这道理天然就明白。

课我上不下去，又不能带头违反纪律，于是看闲书，《三国演义》《水浒传》，剑侠公案，《说唐》《隋唐》《西汉演义》，虽是闲书也长了不少智谋，发现自己身兼黑白两道，这在古代也不多见。我虽身为班干部，但地位特殊，上课可以不听讲，不交作业，考试有人帮着蒙混过关。但是1976年10月之后，我的时代一夜之间过去了。学习开始受到重视，班级重组，学校把学生分成"快班"和"慢班"，也即"好班"和"差班"。这是相当伤人心理的一件事，可我们的历史从不考虑个人感受，时代断裂，个人命运总是随之发生戏剧性的变化，这是我们的传统，我虽为一个小小的中学生也体会到了种种。按考试成绩我绝对要被分到差班的，但或许由于我余威尚存，成了一个特例。我没被赶走，但还是受到极大刺激，此外让我特别悲愤的是我那些弟兄，对这事毫无反抗，毫无尊严，让去差班就乖乖地跟俘虏似的去差班了，真是乌合。我那时看着老师，看他拿我怎么办，果真，他没敢动我，而且继续当干部，还是军体委员。

新的班集体环境变了，兄弟们都分到了差班，我依然站在集体面前整队、出操，喊稍息立定齐步走的口令，我却觉得抬不起头。我的学习无从谈起，数理化一头雾水，上课犹如听天书，一种无可名状的悲剧感几乎让我要求去差班。我在好班干什么？除了出丑不就是让人心里暗笑吗？我沉默,像过去许多时候那样低头看闲书。我把我哥哥拿回来的苏联小说《人世间》——他1973年从山西插队回来上了大学——又读了一遍,以前读过,没怎么读进去,这次一下读入了迷。许多天,我沉溺其间不愿出来,不愿见人,不愿上学,就想一个人待着。《人世间》和我的情况有点像,讲了一个养蜂人的故事。养蜂人原是一名卫国战争将军,时代变迁被强迫退休,无所事事,靠养蜂打发时光。虽然只是个养蜂人又是个将军,并且仍然有着一辆伏尔加小汽车,这种反差特别打动我。作品主要描写了将军的落寞心情,时时怀念过去,反反复复听一首叫"路拉"的歌。当我在小说中读到"把一个人从他熟悉的岗位上强行拽开,就像把一个饥饿的婴儿从母亲的乳房上强行拉下","他出神地望着天花板,老泪纵横,万念俱灰",我禁不住流下了泪,也望着自己家的经常有老鼠迅疾窜过的纸顶棚,自叹自怜。有一天,语文老师布置了一篇作文,题目叫"在党的十一大召开的日子里",要求写一篇好人好事的记叙文。这种作文我毫无兴趣,哪有什么好事,我正"万念俱灰"呢!我不想写,也不知怎么写,可心里又的确有什么东西,有一种强烈的冲动,幻想自己发生奇迹。我决定自行其是,拿出纸笔就"写"了起来。

我写了一个叫王琦的人,这个人过去不爱学习,但是班里的孩子王,一直过着骄傲的唯我独尊的生活,"四人帮"被粉碎,他的骄傲结束了,被分到了差班。王琦不服气,感到耻辱,悲愤,想发奋努力把被耽误的青春补回来,但为时已晚,觉得自己是被抛弃的人,每天"望着天花板,万念俱灰"。有一天,过去的班长找到王琦,谈了一次话,鼓励他,希望帮他补习功课。班长过去曾被王琦保护过,王琦有困难,班长希望报答。班长的深情与赤诚打动了王琦,王琦开始发奋,学习成绩大长,最终以优异成绩回到原来的班。

四百字的作文纸,我一口气竟然写了十一页,我那些闲书真是没白读,我为自己写了一个梦、写下这么多字而激动!但是激动很快就被不安代替:这是老师要求的作文吗?甚至这是通常的作文吗?我这么瞎编乱造老师能允许吗?我一直期待着讲作文,可老师老是不讲,终于这天我看到语文老师拿着一摞作文走了进来,我的心狂跳起来。像我强烈预感的那样,语文老师第一句话就提到了我的作文,他要先给大家念一下。这位语文老师现在我还记得他的名字,叫宋书功,毕业于复旦大学中文系,我考上大学不久他也调到大学做了教授。宋书功操着南方口音,一字一句念我的作文,全班同学都凝神谛听。念了差不多有半节课,然后开讲。他把我这篇作文定义为一篇小说,虽然未按要求,但还是给了我一个"优"字。那时已是1977年夏季,天气很好,阳光灿烂,我从未得到过如此的殊荣,是我人生第一个"优",不仅是一篇作文,还是一篇人们闻之不解的小说!我怎么能写起小说来?我过去连作文都不会写,上中学后我就基本没写过作文,这种戏剧性真是让我惊讶。不用说,那一天,那一刻,奠定了我的道路。

我的"小说"被拿到别的班念,拿到全年级去念,一夜之间我成了作文明星。一天,一个其他年级的女语文老师把我叫到她的办公室,问我作文里的王琦有没有模特儿。我不知道什么叫模特儿,语文老师说就是原型,"王琦的原型是谁?"问得我张口结舌。那是我有生以来第一次听到"模特"这个词。我觉得让那位女老师失望了,但事实上并非如此,我从女老师的脸上读出了她越发惊异的表情。也许我应该告诉这位老师有一本书叫《人世间》,我模仿了这本小说,或者告诉她写这篇作文就是做了一个梦。但当时我又如何说得出呢?

我不自觉地模仿了《人世间》是个奇迹。《人世间》是我那时唯一读的一本外国文学作品,但也就是这一部外国文学作品影响了我!说起来,时至今日,《人世间》也许应不算是一部文学名著,在后来的许多年里,我也从未听到有谁提到这部小说。我一直不知道作者是谁,这到底是一部什么样的书,直到最近在网上查了一下这部作品,才在雷颐先生的一篇文章中看到《人世间》的一点影子。他在文章中写道:

> 1973年前后,与沙米亚京《多雪的冬天》同时流行的几部书还有:柯切托夫的《你到底要什么》,谢苗·巴巴耶夫斯基的《人世间》,邦达列夫的《热的雪》《岸》。"文革"一代处于一个特殊的年代,普遍没有受到过良好的教育,思想也大多受潮流影响,真正独立思考的人并不很多,但是由于那个年代普遍的失控和混乱,也使一小部分人因困惑怀疑而发奋读书,从而独立思考,许多人都受到了这批小范围内部流行书的影响,可以认为是"文革"中的启蒙。

这批书可谓大名鼎鼎,影响了一大批人,但我不知道《人世间》也是其中之一种。也就是说,某种意义上我是最早受到的启蒙者之一?在1975年我还是身兼"黑白"两道的时候?这让我越发地感到历史有时体现到一个具体的人身上就像掷骰子一样,是多么不可思议。或许上帝从来就是一个有戏剧精神的人?《人世间》在那个混乱年代究竟给了一个混乱少年怎样神秘的影响?难道我的思想起点已经从读谢苗·巴巴耶夫斯基就开始了?我不这样认为,我那时只有感受和潜移默化的份儿,不可能有思想,但文学不就是潜移默化的吗?

的确可以做出一些分析,潜移默化的《人世间》给了我一种"人"的东西,情感的东西,让我具体感知到历史事件下的个人痛苦,使我关注到自己的内心与灵魂,并让我冥冥中以感同身受的人性角度超越了当时的历史叙事与意识形态,即"在党的十一大召开的日子里"那种叙事。我不能想象如果没有《人世间》这样的书,我是否还能超越时代写出那篇关注个人痛苦的作文,甚至于小说。

想想读《人世间》前后的同时代我都读过什么吧:《平原枪声》《敌后武工队》《大刀记》《桥隆飙》《铁道游击队》《小英雄雨来》《沸腾的群山》《金光大道》《小五义》《大八义》《三侠五义》《说唐演义全传》《隋唐演义》《水浒传》《说岳全传》《封神演义》《三国演义》……我不能说这些书对我没有帮助,某种意义上说有很大帮助,它们对我参加文科高考起了关键作用。但是就文学而言,这些书缺少最关键的东西,就是人——人的情感,人的心灵,缺少忧伤、忧郁、痛苦,通常是革命、武侠、演义、历史的风云际会,而"人"是微不足道的。一部并非经典名著的《人世间》孤立在那么多"非人"的书之外,如此偶然又必然地改变了我内心的构成,这也说明对"人"影响最大的还是"人",有价值的东西甚至也许不需要多,一点儿即可,这是因为有价值的东西是从生活和生命深处来的。

我无意贬低自己,但是当二十世纪八十年代俄罗斯、欧美文学大批涌进来,我像发现新大陆一样如饥似渴地读外国经典名著,越读越觉得难过,越读越觉得汗颜。我觉得就文学而言我们有多么荒凉就有多么孤独,读马尔克斯的《百年孤独》我感到我的孤独远胜拉美的孤独,我们是千年的孤独。假如我读《三侠五义》《大八义》《沸腾的群山》时读的是巴金、茅盾、沈从文、老舍、曹禺、张爱玲,我们的孤独感是否会少一点呢?我的整个阅读是在十年"文革"之中,根本不可能读到祖国现代文学并不算丰厚的精华。仅有的一个鲁迅也不过是一个政治化符号。此外由于那篇作文或"小说",我神奇地参加了高考,并上了一所大学,虽然是个四流大学。从那时开始,差不多长达十年时间,包括后来在西藏的两年,我一再读外国经典文学作品,读小说、诗歌、传记、哲学、随笔,甚至书信,也读当代的中国小说、诗歌、报告文学。八十年代是一个巨变的时代,但在我看来所有的变化与心灵的变化比起来都不算什么。如果拉美有文学爆炸,那么对中国来说则首先是灵魂的爆炸。对我而言,爆炸的具体日期甚至都可以确定下来——

那是1980年8月31日,一个看似平常的日子,我走进了国家美术馆。我知道沸沸扬扬的美展正在这里举行。1980年还远不是一个可以自由或直接表达的时间,时代与艺术不谋而合都要求一种间接的但又是新的语言,诗歌因此注入了画展,从地下浮出水面。在国家美术馆的墙上诗与画如此的隐晦变形,但谁都能感到这里正发生着存在于每个人心中的核裂变反应。我在画展的"前言"面前久久驻足,我读到了一种对我来说全新的语言:

一年很快地融进历史。

我们不再是孩子了,我们要用新的,更加成熟的语言和世界对话。艺术本身就是一种标志,表明作者有能力抓住美在宇宙中无数反映的一刻。那些惧怕形式的人,只是惧怕除自己之外的任何存在。世界在不断地缩小,每一个角落都有人类的足迹。不会再有新的大陆被发现。今天,我们的新大陆就在我们自身。一种新的角度,一种新的选择,就是一次对世界的掘进。

现实生活有无尽的题材。一场场深刻的革命,把我们投入其中,变幻而迷蒙。这无疑是我们艺术的主题。当我们把解放的灵魂同创作灵感结合起来时,艺术给生活以极大刺激。我们绝不会同自己的先辈决裂。正如我们从先辈那儿继承来的,我们有辨认生活的能力,及勇于探索的精神。我们在新的土地上扬鞭耕耘。未来必定是我们的。

我不知这是否出自北岛之手,时至今日我仍认为这是一个历史性的宣言,或者是中国的文艺复兴宣言,我和许多人都从这个宣言开始了自己。我被墙上的诗配画震惊,仿佛在一个爆炸过程中,历史向我走来,并与我个人化的历史重合,即使如我这个刚开蒙的人当晚都记下了这样的日记:

1980年8月31日　星期四

下午到美术馆看美展,虽然有许多画看不懂,但我却很喜欢。画,大部分色调暗淡,意义很隐晦,但给你极深的印象,使你觉得这里有某种深不可测的力量。

我的心感觉强烈,使我思考。中国人灵魂的火,在这里用一种变形的艺术爆发出来,一反古老的传统,有朝气,有力量,使你既深沉,又强烈,思索一些你头脑并不清楚的问题。总之,它让你思考,尽管不知在思索什么,你感到内心充满要爆发的力量,通过变形的夸张,造型的怪奇,色调的突兀、怪诞,表达了一种强烈的火一样的情思:对丑恶的批判,对美好的赞扬,对光明的追求,对传统的挑战,对黑暗的控诉,要求解放,向往自由。

总之,这个美展,对我总的感觉是强烈,强烈,有力,有力,就是说,不能这样生活下去,要变,要变,中国人的灵魂要来一个大翻身,要在我们古老民族的灵魂的废墟上,建立起崭新的民族之魂,未来属于这一代年轻人,中国人从此站起来了!星星呵,启明的星星呵,你是太阳到来前的先导,在黑暗中,你给了人们最初的一线光明,让我们满怀希望地在心中迎接那光辉太阳的腾空!

我有一种强烈的愿望,就是想看到同时代人这同一天的日记,如果可能的话,有一天我或者我建议某个有眼光的杂志,征集那天或那几天的日记。那一天不属于个人,属于中国。那一天对我是决定性的,甚至是革命性的,因为从那一天我知道了一种新的语言,几乎一夜之间我的语言也开始换装。语言的换装即灵魂的换装,我走进美术馆时还是一个旧人,出来的时候已是一个新人。

我读的是一所大学分校,是由一所中学改的,没有图书馆,只有临时搭建的一排活动房做成的阅览室。倒是买了不少的书,订了不少杂志,包括《世界文学》《外国文艺》。书都是崭新的,主要是外国文学。就是在那样一个简陋的环境里,我读了许多名著,印象深的就有《九三年》《悲惨世界》《红与黑》《大卫·科波菲尔》《约翰·克利斯朵夫》《唐璜》《被缚的普罗米修斯》《当代英雄》《爱丁堡监狱》《复活》《红字》《安娜·卡列尼娜》《鼠疫》《老人与海》《城堡》《审判》《局外人》《橡皮》《鱼王》《喧哗与骚动》《百年孤独》《二十二条军规》。

我读得慢,仔细,悉心,还记日记。读《安娜·卡列尼娜》,我的日记有这样的记载:

1981年10月12日

　　读《安娜》,认真仔细,托氏的作品有时很沉闷,开篇总是很精彩,天才的匠心,但就整体结构来说总给人一种堆砌感,事无巨细,冗长唠叨,典型的庞大笨重。但从细部来看托氏塑造灵魂的天才是无与伦比的,特别擅长刻画人物动态的思想意识活动,他的细致漫无边际。

1981年10月14日

　　《安娜》上部终于读完了,心灵正是在这样的承受着细致的漫长的苦读下成熟的,我相信这样的苦读精读对于我的益处将是深远的,对我的感觉器官更是一个成熟的促进。

近十年的读外国文学经典名著使我获益匪浅，尽管1989年后我读书锐减，而且也基本上放弃了写作，做了广告公司，但1998年再度回到文学上来并不感觉吃力，几乎一下就上了手，我想是由于那个十年苦读，特别是在西藏两年那种如天上人间的阅读，那样的阅读已如血肉长在了我的身体里。十年悉心苦读我想应该是可以造就一个人了，我想就算我有着十年"文革"的废墟，在这废墟之上我也已建立起了一座人文的圣殿。

眺望：文学与远方

在大海停止之处，眺望自己出海。

大海会停止吗？这个说法新鲜，但是想想，毫无疑问世界任何一个海边，哪怕一个伸向内陆的小小的港湾，都是可以看做是大海停止之处。眺望自己出海，虽然只有六个字，含义却丰富。眺望是一个很普通的词，眺望远方，眺望大海，很好理解，很常见，但是眺望自己，这可能吗？眺望是主体，自己也是主体，双主体，这可能吗？诗人的伟大之处就是说出一些隐秘的东西、意想不到却又存在的东西。人有时是会把自己当成客体的，当你把自己当成一个客体或一个他者的时候，眺望自己就成为可能。

像海边是停止之处一样，每一处海边也未尝不是开始的地方。在这个意义上，眺望自己出海实际也隐含着眺望自己归来。当你是一个少年眺望的是自己出海，当你是中年眺望的是什么呢？无疑是归来。

我很小就渴望远方，当我孩提时代一个人站在房顶上的时候，看得最多的东西也是远方。我看到胡同像一条小河一样流向远方，我每天穿行在胡同里就像有舟楫一样。我居住的胡同叫前青厂胡同，位于北京宣武区东北部。东起琉璃厂西街，西至永光寺西街，这条街上有胡适、林海音故居，鲁迅也曾多次到这条胡同考察图书馆馆址，后来办成了分馆。父亲和叔叔的织布厂最初就办在我们院里,公私合营后才迁到了别处。胡同东边不远连着琉璃厂文化街,琉璃厂又分西琉璃厂、东琉璃厂,中间隔着南北向的南新华街。与东琉璃厂相街的是北京大栅栏,再往东到头是前门大街。这一连串首尾相连的胡同对小时候的我来说相当漫长,站在房顶是远看不到头的,我记得大概是上小学三年级的时候我才走完这条长长的胡同。远方是相对的,随着人的成长远方会变得越来越近,仅仅在胡同穿行已不能满足我,我对大街以及大街上行驶的公共汽车着了迷。我记得在我刚上中学,有个寒假,我专门打了一张月票开始了任意乘公共汽车穿越城市的梦想(那时我还没偶然地举起桌子盖,还在逃避人群,喜欢一个人与世界相向,渴望城市的远方)。

那是一种有着丰富内心活动的旅程,因为免除了上车买票,因为想坐到哪儿就坐到哪儿,所以有一种特别的放松。通常快到总站查票时我有时会有一点小小的恶作剧,我会装做是一个逃票者,半天拿不出票,最后当售票员要我出钱买票时,我神奇地变出了一张月票。售票员往往不相信一个小孩子会有月票,会瞪大眼睛仔细端详查验,我喜欢售票员那认真检查的表情,有一种胸有成竹的满足。当然这只是小小的乐趣之一,更大的乐趣是相对于以往徒步穿越胡同,汽车带给我的远方完全不同。在宽广的城市大街上,看到高大的建筑,穿过市中心,到了北城,城市边缘,比如马甸,北土城,中关村,这对我来说可真是远方了。1973年,北京二环路外差不多就是乡村景象,我看到了河流,庄稼地,清晰的远山,夕阳,丝毫不觉得美,只觉得陌生、隐隐的恐惧。当人的自我还没发育完全时是不会有审美的,这时主要的情感就是恐惧。尽管理智上我知道自己是绝对安全的,我坐到头后,也就是坐到总站,可以不下车再坐回来,我有月票,这毫无问题。但情感不会因为理智存在就不滋生恐惧,以及恐惧性的想象。但体验恐惧又正是童年的重要乐趣,听鬼故事也是这个道理,体验恐惧是人的天性之一。我放任自己的恐惧,不知道公共汽车会把我带向何方,前面有没有尽头。或者尽头也许是悬崖,是一条大河,也许一下子开到地底下去了。一场本来是好奇的旅行变成了一场越来越惊恐的旅行,但是最后售票员一查票心里一块石头落了地,立刻因喜悦装作没票,转换之快不过瞬间,如同故事,戏剧。

这是一个十四五岁少年真实的故事,这个故事说明旅行过程是一个强烈地意识到自我与他者互动的过程,这种过程正是文学的滋生地之一。西班牙大哲学家奥德嘉·嘉塞曾经说过:告诉我你关注什么,我就会告诉你你是谁。人往往是通过自己关注的东西来创造自己的,不论我们将注意力投向何方,我们都会被它塑造。你关注远方,远方必定会塑造你,你关注旅行,旅行必定会塑造你。在这个意义上,奥德嘉·嘉塞进一步说:"生命本身就是一件有诗意的工作,人是他自己的小说家,因此生命事实上就是一种文学形式。"我觉得他说得真好。

不过如果细分,旅行和远方虽然有关也有些差别。远方具有终极性质,旅行则更像手段;远方不仅仅是行走,更重要的可能是停下,居住在一个想居住的地方或是被迫居住的地方。这时变化就不再仅仅是空间,更是时间。这时你在一个陌生之地一住就是几周,几个月,几年,甚至一生都可能。故乡怎么产生的?就是由远方产生的——没有远方就没有故乡。而故乡一旦产生,也就产生了双方面的远方:你去的地方是远方,当你到了远方,住下来,一住几年,一生,你的来处也变成了远方,故乡由此诞生。故乡对写作者的影响是不言而喻的,我们强大的乡土文学,像鲁迅,莫言,贾平凹,阎连科,刘震云,哪个不是在异地写作的乡土作家?哪一个不是在远方抒写故乡?还有,被迫走向远方的知青文学,像韩少功、王安忆、张承志;"右派"作家,如王蒙、张贤亮、丛维熙;因求学或写作由小镇来到大城市的作家余华、苏童、格非,可以说数不胜数。

我的远方和上述这些同行还不尽相同，我没有什么其他理由，只有一个很个人的理由，就是在一个地方腻了，想离开。我渴望陌生，渴望远方，渴望有一个故乡。我知道，如果我不离开就是一个永远也没有故乡或第二故乡的人，而没有故乡的人在我看来是一个单维度的人，就如一个不知道镜子为何物的人。故乡好比是一面镜子，在镜子中你看到的不仅仅是你，还有世界，不仅仅是世界，还有你。你和世界隔着遥远的距离，但因为镜子又是同一的。

1984年，北京对我来说已是一个极限，我必须离开。这一年，我大学毕业后在北京的一所中学已任教了一年，学校宿舍后面是一条铁道，每个夜晚都有火车不断经过的声音，每次都提示着远方。我的血液里有一种东西，一种我父亲的东西，我哥哥的东西，一种对他们是被迫的，但是到了我这里变成了一种躁动的东西。但是我也有明显的理由，那就是为了文学我应该读万卷书行万里路。我给远方写信，给新疆，信写得像诗一样。此前在大学时我已在《萌芽》发表了诗，是当时的校园诗人。那时能在四小名旦的《萌芽》上发表诗是相当不容易的。当我费尽周折与新疆农垦建设兵团一所中学取得了工作上的联系，一个意外的消息传来，北京将组建援藏教师队支援西藏，我毫不犹豫地报了名，我觉得对我是天赐良机，这下我将成为我们家族中走得最远的人，同时完成了家族历史的对话。不离开似乎我就不是这个家族的人，但一离开就这么远也真让我没想到。

西藏的远方，西藏的空间，对我至关重要，巨大的陌生，巨大的遥远，会不会创造一个巨大的"我"呢？或客体的"他"呢？我当时憧憬着自己，也眺望着自己。那时我已知道高更，塔希堤岛，高更一到陌生原始的塔希堤岛便画出了惊人之作。此外，八十年代知青作家非常活跃，他们为什么成功？很显然，因为他们曾有一个远方。他们的经历令我羡慕，他们的作品尽管描写的是苦难，但当苦难一旦化为文学，反而再次让远方成为召唤。那时我虽然已发表了一点诗歌,但感到自己生活贫瘠,不可能写出惊人的有力的东西,我觉得到了西藏会完全不同。既然西藏不同凡响,自然也会让我写出不同凡响的作品,一鸣惊人的作品。我的想法应该说不错,是一个年轻人正常的想法,并且从现在来看,我也确实得到了这个结果;但是当初,让我绝没想到的是,这一结果延迟了差不多二十年之久。

二十年是个什么概念?是一个由少年变成中年的概念,从一个眺望自己出海到眺望自己归来的概念。有人在出海之初,也就是一到西藏就写出了不同凡响的作品,像马丽华、马原,但我不行。艺术面对生活往往不是正面直取,但我却是一个接受正面挑战的人。我觉得西藏高原既然以正面的全景的方式震撼了我,我就要正面地全景地表达这种震撼。我希望我的心灵就像一面大镜子那样完整准确地映现西藏,结果我倒是变成了像西藏一样的镜子,但也完全消失在镜子之中。我说不出心中的西藏,许多时候一时激动写出了什么,好像一切都写出了,但就在我落笔的时候,就在密密麻麻的字里行间一切又都神奇地消失了。文字,刚刚还像蚂蚁一样爬行,落在纸端却尸横遍野,全成了死的干的。我不明白这是为什么,我觉得我缺乏才华,无能,我不是写作的料,信心被摧毁,就像上帝说的"我要拯救你就先要毁灭你"。直到许多年后,我作为一个广告人,在北京大街上开着法国原装雪铁龙听到朱哲琴的《阿姐鼓》,才明白了一个道理:西藏是不适合用语言表达的,西藏有着全部音乐的特点,是抽象的,诉诸感觉的,心灵的,印象的,模糊的,隐秘的,非叙事的,谁要想表达这些个谁就是堂吉诃德。然而当时我不明白这个道理,我非常固执,固执一如堂吉诃德战风车。我认为是西藏的难度导致了我心灵的巨大的难度,而我又不是一个会绕过困难的人。我写得少,非常困难,却对困难有一种执迷不悟的劲头。北京人管这种人叫"轴",说这人特轴,指的就是我这种人。没错,我非常轴,我到西藏本来是为写作,结果西藏反而制约了我的写作，差不多把我囚禁起来。

我几乎放弃了写作，放弃了西藏。但西藏却并没有放弃我，奇迹发生在差不多十年后，1997年，那时我在北京一家广告公司任总经理，这家公司现在还有，叫北京绿广告公司。我驱车去一家饭店与一家企业老板谈一笔广告生意，车堵在了东单的银街，北京最繁华之地。我驾驶的是一辆原装法国雪铁龙，本是为越野的，现在却陷入泥淖。饭店已近在咫尺，可我却无法抵达。事情就发生在这最后的几分钟里，我的车经过一家装潢考究的音像店，左近还有一两家，同时放着号叫或混乱的歌唱，正在这时，在交通噪声和混乱嘶声中我听到了一脉来自高原的清音。我当时不知是《阿姐鼓》，但是非常亲切，感到恍惚、一种迷失：

> 我的阿姐从小不会说话
>
> 在我记事的那年离开了家
>
> 从此我就天天天天地想
>
> 阿姐啊！
>
> 一直想到阿姐那样大
>
> 我突然间懂得了她

当时，听得我魂飞魄散，不知自己身在何处，好像一下悬空了。我觉得遥远的我在呼唤我，年轻的我在呼唤我，梦里的我在呼唤我。西藏，我曾为了诗歌为了文学追寻到那里，在那儿整整隐居了两年。西藏的巨大的孤独和自然界的伟岸曾经长时间塑造过我，高高的雪山与梦幻般的河流磨洗过我的眼睛，二十五岁的我像淬火一样身体发蓝，定型在那里。一切都不曾忘记，《阿姐鼓》穿越时空一举照亮我，我觉得身体透明，闪闪发光。

我像梦游一样辞去了广告公司的职务，将账目、车钥匙以及一切的方便全部交了出去，在回忆中重新回到远方。当年的写作困难奇迹般地消失了，往事纷至沓来，西藏纷至沓来，这时再次眺望自己已不是出海而是归来，或者既是出海又是归来。这时大海已不再单纯，而是像3D一般是个立体空间。所有远方的鱼都向我游来，一切都不曾忘记。《阿姐鼓》专辑有七支曲子，我用感觉以及感觉到的文字对位写出了七篇散文，命名为《沉默的彼岸》，1998年发表在《大家》杂志的"新散文"栏目上。此前我已有六年没发表作品，我清楚地记得海男，这位另类的女诗人、小说家只是翻了翻，闻了闻，即拍板。它偶然间成为"新散文"的代表作之一，与这个栏目的创作理念不谋而合。这组散文的开篇叫"漂泊"，完全没有拘束，是在音乐导引下流出来的文字：

　　从无雨之河开始的漂泊与沉思，到了雪线之上突然中止了，鼓声从那儿传来。正午时分，火山灰还在纷扬，鼓声已穿透阳光，布满天空，沿着所有可能的河流进入了牧场、村庄。所有的阴影都消失了，鹰从不在这时候出现，一群野鸽子正沿着河流飞翔。闭上眼，静静地躺在湿地和沼泽之中，面对天空，鼓声，阳光的羽毛。大片的鸥群从你身体上掠过，你摆着手，示意它们不要离你太近。但你的周围还是站满了鸟群，它们看着你，看着湖水，看着湖水流线型从草丛和你的身体上滑过。

　　一个人，躺在隆起的天地之间，有时也在刺破青天的山峰上，就像雪豹那样。那时积雪在你的体温下融化，阳光普照，原野的亮草弥漫了雪水。这些浅浅的像无数面小镜子的雪水汇成了网状的溪流，它们打着旋儿，流向不同，不断重复，随便指认一条，都可能是某条大江的源头。

不，不是所有的源头都荒凉，没有人烟。

在我的行迹中，生长着岩石，冰川，汩汩的泉水，同样，也生长出了帐篷，村庄，正午的炊烟。村庄或石头房子几乎是从岩石上发育出来的，经幡在屋脊上飘扬，风尘久远，昭示着时间之外的生命与神话，存在与昂扬。村庄太旷远了，以致溪水择地而出，从许多方向穿过村庄，流向远方。桑尼的弟弟，一个三岁的男孩，站在时间之外，在没有姐姐的牵引下，那时候正走在正午的阳光里。

这是个没有方向的孩子，只是走着，时而注视一会儿太阳。

那个三岁的男孩，他来到门前一条小溪旁，小溪不过一尺宽，但自然界的提示还是不能过去，他站住了，他一无所有，于是蹲下来玩水。他没有任何玩具，手伸到小溪里，小溪流速很快，水就顺胳膊涌上身来，自然界的力量一下让他跌倒了。他的鞋湿了，他脱下了鞋，于是发现了鞋。他用小鞋舀水，站起来，倒下，就像他的姐姐汲水的情景。玩了一会儿或许是累了，小鞋不慎落入水中，一下顺流而下漂走了。他没有追，只是望着，眼睛里充满了好奇，待小鞋子漂远看不见了，他蹲下来拿起另一只再次放到水上。小鞋再次漂浮，像船一样前行，男孩跟着跑了几步摔倒了，再爬起来小鞋已远去，男孩看看地面，再没什么了，又看看远方，这时他简直就像一尊小铜像。男孩眼里没有迷茫，只是直瞪着，只是不解，并且无法越过的不解。他还不能思考，但思考已经孕育。

这是我住的西藏的那个村子发生的一件事，这个村子与我教书的学校仅一墙之隔，那所学校坐落在拉萨西部圣山脚下，因为是山的延伸，操场是倾斜的，足球运动仿佛是在一个斜面上，有几排石头房子，一个水塔，还有形同虚设到处是洞的围墙。周边是田野，牧场，沼泽，村子。穿过村子和一大片山脚下的卵石滩,就到了山上的哲蚌寺。站在村子的高处或卵石滩上的一块高大的飞来石上,可以看见拉萨河像天空一样的波光。我经常在村子在寺院里面散步,远一点我会走到拉萨河的几个小支流上,或者干脆走到拉萨河边。河边有许多大大小小像浴盆一样的水湾,有时我会脱光衣服躺到里面,任水鸟鸣叫着围绕着我飞翔。

在《阿姐鼓》的音乐中我回忆着,眺望着,一个早已存在的漂泊者、流浪者的形象在我心中完全孕育成熟。这是一个什么样的形象?什么样的形象才能承载我的西藏?我觉得只有罗丹雕塑《青铜时代》那样一个走向原野展望人类未来的形象,或者像老子所说的一个赤子的形象、婴儿的形象,我觉得只有这些具有哲学意义或文化人类学意义的形象才能承载我心目中的西藏。西藏在我看来是在世界高处开始的地方,那么这个形象也要有开始的味道。

我用了三年时间完成了这部长篇小说,塑造了一个叫马格的人,一个来自大城市的人,一个从中心城市走向边缘的人,一个家境殷实却选择了流浪的人,一个拒绝一切秩序的人,一个在自然中去除了心灵之垢的人,一个因为总是接触水眼睛变得特别深远明亮的人。他眼中的拉萨是这样的:

马格站在拉萨河桥上,四月,流域沉落,残雪如镜。城市在右岸上,白色的石头建筑反射着高原的强光,一直抵达北部山脉。布达拉宫幻影一样至高无上,神秘的排窗整齐而深邃,仿佛阳光中整齐的黑键,而它水中的幻影更接近音乐性,更像一架管风琴的倒影。窗洞被风穿过,阳光潮水般波动,能听到它内部幽深而恢宏的蜂鸣。拉萨河静静流淌,波光激滟如一张印象派的海报。是的,这是个音乐般的城市,静物般的城市。

除了一些寺院呈现着绛红色调子，这个城市几乎是白色的，高音般的白，但细部比如雕窗则是鲜明的黑，整个看上去明快，抒情，单纯，单纯色构成不同的色块，简单，迷人。在马格看来，这是个童年的城市，积木般的城市，他想起小时候曾搭建的那些好看的城堡，想起他在钢琴上幻想的一个积木城市。但那时他无论如何没考虑过这么亮的阳光，因此这甚至是一个孩子也无法想象的城市。但白色的拉萨，又的确是一个孩子的城市，多漂亮的阳光，全世界的孩子都应在这里与阳光相聚，与河流相聚，以决定他们的城市和未来。可以有一些白发老人，比如轮椅上的老人，推婴儿车的母亲，然后全是孩子。

西藏需要一颗赤子之心、婴儿之心，两者都是干净的，只有干净才能呈现干净，只有水才能呈现水。这部小说叫《蒙面之城》，问世于2001年，2002年意外地获得了老舍文学奖。在人民大会堂举行的颁奖会上，我在简短的获奖感言上说，除了这部《蒙面之城》，我所有发表的作品加起来不过几万字。会后记者采访，为什么写得那么少？我讲了我被西藏囚禁的情况。我说我得感谢这种囚禁，没这种囚禁我不会获得一颗赤子之心，一个罗丹的雕塑那样的形象。

《蒙面之城》问世五年之后，我又投入了另一场大规模的有关西藏的写作，再次眺望自己，眺望西藏。这是2010年问世的长篇小说《天·藏》，这部小说为我第二次摘得了老舍文学奖，以及首届施耐庵文学奖。如果说《蒙面之城》中的西藏还是一个局部的西藏，那么《天·藏》就是一个全景式的西藏，一个音乐般的西藏，就像我刚到西藏，被震撼，当时却无法言说的西藏。

《天·藏》一开始就像一段叙事性的音乐：

我的朋友王摩看到马丁格的时候，雪已飘过那个午后。那时漫山皆白，视野干净，空无一物。在高原，我的朋友王摩说，你不知道一场雪的面积究竟有多大，也许整个拉萨河都在雪中，也许还包括了部分的雅鲁藏布江，但不会再大了。一场雪覆盖不了整个高原，我的朋友王摩说，就算阳光也做不到这一点，马丁格那会儿或许正看着远方或山后更远的阳光呢。事实好像的确如此，马丁格的红氆氇尽管那会儿已为大雪覆盖，尽管褶皱深处也覆满了雪，可看上去他并不在雪中。

从不同的角度看，马丁格是雕塑，雪，沉思者，他的背后是浩瀚的白色的寺院，雪，仿佛就是从那里源源不断地涌出。

寺院年代久远，曾盛极一时，它如此庞大地存在于同样庞大的自身的废墟中，并与废墟一同退居为色调单纯的背景。不，不是历史背景，甚至不是时间背景，仅仅是背景，正如山峰随时成为鸟儿的背景。

马丁格沉思的东西不涉及过去，或者也不指向未来，他因静止甚至使时间的钟摆也停下来。他从不拥有时间，却也因此获得了无限的时间。他坐在一块凸起的王摩曾坐过的飞来石上，面对山下的雪，谷地，冬天沉降的河流，草，沙洲，对岸应有的群山，山后或更远处的阳光，他在那所有的地方。

这是我离开西藏许多年后描绘的西藏，当年我是写不出这样的文字的。这里有一个非常重要的概念，就是时间。我前面也提到了时间的参与，许多处也都谈到了时间。这里我想说远方绝不仅仅是一个空间概念，它还是一个时间概念。没有时间参与的远方，是一个没有生命沉淀的远方、一个走马观花的远方，为什么旅游文字通常写不好？也是因为远方没有成为重要的参与者。所以我说我被西藏囚禁起来,某种意义上不如说是被时间囚禁起来。囚禁的意义我前面也说了,它使我的西藏变成了一个3D的西藏,立体的西藏,西藏本身,使我获得了一颗西藏之心。我为远方所塑造,为时间所塑造。

关于我所描写的西藏是否和别人不同,我想引用一下上海著名的批评家程德培先生的一段话,他这样评论道:"《天·藏》的叙述者是一位形而上的思考者,他聪明而饶舌,给我们讲述的却是沉默的内涵;他处理过去仿佛它就是现在,处理那些远离我们日常生活的故事,好像它就在眼前。对宁肯来说'空间'总是慷慨和仁慈的,而'时间'总是一种不详的情况。小说力图向我们展示一种文化的全貌,这种展示既面向我们,也面向与世隔绝的人。"程先生这段话有两个关键词,一个是时间,一个是空间,这也正是我所要表现的,我觉得表现西藏必须把西藏放在一个"慷慨的空间"和一个"不详的时间"中。我想,我得感谢时间,感谢时间对远方的参与,没有时间,远方就只是空间。

未来:双向的远方

但是,我是否已经走得太远了?那个疏离的孩子,那个目光如一种小动物的孩子,那个长时间在房顶上长时间伫立的孩子,那个打一张月票乘公共汽车走向远方的孩子,那个在院子里聚精会神临一种两千年前的字的孩子,那个影子般的并且总躲在别人影子里的孩子,还在吗?那个问父亲大还是大哥大的孩子,还在吗?

有一天,我在一私密笔记簿里写道:有时的确需要回顾一下来路,别总急着往前赶。赶是一种盲目的心态,为了前方一个风景,略过当下风景是划不来的。停下来,坐在一块石头上,不走了,倒可能是境界。要想想,到底要赶什么呢?其实中途挺好,或三分之二途吧;不必非要登顶,这儿挺好,一凳一亭,自己即是自己的庙。当我写完最后一句,感慨半天。

那个孩子当然还在,只是非常非常远了。但月亮也是很远的,童年如同月亮,它存在着,挂在那儿,与我还有多大关系似乎不好说。显然后来我更多地是与太阳发生关系,但我的核心却不是太阳,是月亮。现在的我,对于童年同样是远方,有时我觉得我要是回到童年是看不到现在的我的。

当然,对于童年我有时也会感到非常非常陌生,就好像少小离家老大回,乡音未改鬓毛衰,有时回望童年就像是参观自己陌生的旧居,抚抚这儿,动动这儿,摸摸这儿,摸摸墙上的父亲母亲、遥远的战争、父亲十三岁的被井离乡,1912年,1920年,1939年,1945年,1957年,1966年。一切都好像和我有关,像一块沉默的大陆,从未进入过我的写作——我的小说。一直以来我的写作甚至故意远离我的过去,远离我的父辈兄长,家人,我也不知道是为什么。我想还是疏离的问题,月亮的问题,月亮是羞怯的,好像因为童年的羞怯,我一直对羞怯感到羞怯,羞怯顽强地阻挡着我,把我推向远方。它好像说:不要回来,你走吧,走得越远越好。说真的,我有些伤心。

直到最近,当我决定不再向前赶了,当我感到"自己即是自己的庙",感到时间不再只有一个方向,还有许多方向,当我感到自己已经老了,我突然感到一种和解,一种融化,一种全面的和解。与童年,与疏离,与孤僻,与淡漠,与无尽的无明的往事。我感到那块同样属于我的沉默大陆在慢慢苏醒,我是我们家的一员,从来就是,事实上是被他们爱得最多的一员。我是多么想念我的亲人,想念父亲,想念母亲。想念1966年,1957年,1945年,1939年,1920年,1912年。我当然知道这些时间在我的写作中实际上一直神秘地存在着，如果我自己真是我自己的庙，那么庙里供奉的无疑是我的父亲母亲，我的童年，还有那些重要的神秘的时间。我的主人公马格（《蒙面之城》），李慢（《沉默之门》），苏明侦探（《环形山》），王摩诘（《天·藏》），哪一个没有我童年的疏离的倒影？他们的那种孤绝，幻觉，安静，固执，狂热，哪一个不是来自那些纪年的时间深处？事实上字里行间都布满了那些神秘的时间编码。但神秘主义又是容易的，不容易的倒是，那片沉默的大陆我还从来没上去过，但我知道我会踏上去的，我今后的远方绝不仅是一个方向，我的身后，来路，更远，更长，更虚无，更辽阔。

图书在版编目（CIP）数据

说吧，西藏/ 宁肯著.-上海：上海文艺出版社.2019.1
（宁肯文集）
ISBN 978-7-5321-6935-1
Ⅰ.①说… Ⅱ.①宁… Ⅲ.①散文集—中国—当代
Ⅳ.①I267
中国版本图书馆CIP数据核字（2018）第265893号

发 行 人：陈　征
责任编辑：李　霞
美术编辑：钱　祯

书　　名：说吧，西藏
编　　著：宁　肯
出　　版：上海世纪出版集团　上海文艺出版社
地　　址：上海绍兴路7号　200020
发　　行：上海文艺出版社发行中心发行
　　　　　上海市绍兴路50号　200020　www.ewen.co
印　　刷：上海天地海设计印刷有限公司
开　　本：890×1240　1/32
印　　张：10.125
插　　页：2
字　　数：260,000
印　　次：2019年1月第1版　2019年1月第1次印刷
ＩＳＢＮ：978-7-5321-6935-1/I・5538
定　　价：39.00元
告 读 者：如发现本书有质量问题请与印刷厂质量科联系　T:13817973165